COLLECTION FOLIO

Daniel Boulanger
de l'Académie Goncourt

Les jeux du tour de ville

Gallimard

Daniel Boulanger est né à Compiègne en 1922. Poète et romancier, il écrit une centaine de films et remet en honneur la nouvelle.

C'est à lui que les deux Académies, française et Goncourt, décernent en premier lieu le prix qu'elles fondent sur cet art.

En 1979, le prix Pierre-de-Monaco couronne son œuvre. En 1983, l'Académie Goncourt l'appelle à siéger parmi les Dix.

à l'alouette et au rossignol

Ville, vous m'êtes robe ou cuirasse, embarcadère ou geôle, selon l'humeur. Je connais les houles de la mer et du ciel. Celle de vos pavés les égale.

Dom Pistor,
Septième Méditation

La ville. Vue panoramique

Nous ne la connaîtrons jamais parfaitement. Elle nous échappe toujours par une fumée nouvelle, une lumière jamais vue au bord de ses fontaines, l'un de ses ineffables passants, d'une distance d'étoile, ou par l'un de ses chats. De ceux-ci j'ai commerce avec le roi qui a pour sceptre une tête de hareng et daigne baisser les paupières pour mieux m'observer. Même au fort de la guerre, sur la maison natale en cendres, je l'ai vu, sa grande arête en gueule, qui passait avec indifférence d'une ruine à l'autre.

J'aime la ville autant qu'un livre. Mes amoureuses illustrent ses pages, et les enfants qui m'acceptent quelquefois dans leur royaume. Je sais des rues où mes regrets font le bruit des immortelles que l'on froisse, feu sec et surpris, d'autres où mes désirs tournent leur perle et prennent sa lumière à la plus douce peau.

Je voudrais aimer ceux de ses habitants qui ne m'ont pas aimé pour n'être d'aucune chapelle ni d'autre foi que celle du vent qui souffle où il veut, impasse, avenue, dessous de porte, qui s'enchante également des toits soulevés, de la chute des feuilles ou des ailes étendues de l'été, qui s'enivre aussi d'un rien, de son propre jeu, d'un ciel où les oiseaux ont les mêmes envols, dérives et chutes que ma mémoire.

BRASSERIE DES DEUX-MONDES

J'aimais bien Marin Bourez parce que les conteurs m'ont toujours guéri des jours trop immédiats, difficiles, ou des peines que le raisonnement n'arrive pas à estomper. Je savais le trouver chaque soir au fond de la Brasserie des Deux-Mondes, le dos à l'immense miroir bordé de cuivre et l'œil à toute la salle. Je venais de perdre mon chat. Une méchante arête en était cause. Je dis ma perte à Marin Bourez.

— Je constate une fois de plus, dit-il, que le destin groupe souvent son tir. Une chose n'arrive jamais sans son double, voire son triple. Cela ressemble à ces moments où nous roulons en plaine. On ne voit rien de l'un à l'autre horizon, mais on pressent une rencontre et nous voici quatre voitures au même instant, au même carrefour. Les blés, une ligne de frênes, le chemin creux nous cachaient.

— Vous avez perdu aussi votre chat ? demandai-je.

— Non, mais je vous vois venir comme Christophe Mallut, celui du bureau d'emploi temporaire. Un soir de lassitude, quand la fatigue d'être chez soi vous pousse ici et que vous désirez vous mêler à d'autres vies. Vous n'avez plus d'eau à domicile pour vous ouvrir et vous prenez le premier venu pour jardinier. Cette envie d'être tous du même bouquet ! J'écoutai donc Christophe Mallut jusque fort avant dans la nuit. Votre chat est bien mort ?

— Oui, dis-je.

— En êtes-vous certain ?

— Comme je bois cette gueuze.

— Tout a la couleur de votre bière dans ce que je vais vous dire. Chaque histoire a son fond de teint. Bref, dès que sa femme lui fit un enfant, Mallut quitta la chambre conjugale et dormit avec son chat. C'était pourtant un chat bien ordinaire. On le connaissait dans le quartier. Il y était né, il s'y promenait sans appréhension avec son nom gravé sur la médaille d'un collier en lézard et chacun lui donnait du Mathurin, comment va ? Bonjour ! On ne sut jamais par quelle crainte ou quel reproche Christophe Mallut préféra la compagnie de Mathurin à celle de son épouse dès la naissance d'Edwige, mais l'homme et la bête étaient devenus inséparables. Dans les rues on ne voyait plus Mathurin qu'au bout d'une laisse et tenu par Mallut qui n'était pourtant pas un vieillard perdu, mais un homme solide apparemment. En fin d'après-midi, dès qu'il rentrait de son officine de placement, il faisait faire un tour à Mathurin. Les voisins ne commencèrent à s'inquiéter que lorsqu'ils virent une faveur au cou du chat, une grosse coque de ruban dont la couleur changeait avec l'état du ciel, rose au soleil, verte à la pluie. De son côté, Mme Mallut allait dans d'autres directions pousser le landau d'Edwige, une niche de dentelles sur de hautes roues d'une gravité de loterie, mais tous deux tenaient des discours semblables, à l'enfant et au chat, leur confiant secrets, gentillesses de passe-temps, pensées qu'ils n'exposaient plus au conjoint ou drôleries qui les surprenaient, si difficiles à garder pour soi. Les Mallut ne sont pas des exceptions. Bon nombre de citadins ne se déplacent qu'avec leurs bêtes qui vont de l'ocelot au boa. La femme du procureur qui habitait à la périphérie près de la rivière des maraîchers allait faire baigner chaque jour un canard blanc qui parlait moins du bec que de son œil en trou d'aiguille. Elle lui attachait un fil à la patte qu'elle tirait quand la volaille s'éloignait sur l'eau, et qu'elle tenait court pour rentrer. On commence d'ailleurs en haut lieu à se pencher sur le problème des animaux qui par dizaines de millions consomment plus que les humains des anciennes colonies, mais on n'arrive pas à donner mauvaise conscience à la population qui préfère au fond de son cœur les bêtes à ses semblables.

Un soir, il arriva que Mme Mallut découvrit Mathurin couché sur Edwige dans son berceau. Les deux créatures dormaient, mais l'enfant respirait à peine. Elle allait étouffer. Mathurin se retrouva en vol plané sur le palier. Mallut qui montait à sa chambre vit le chat tomber interdit, arqué et miaulant d'une détresse tout humaine. Il voulut le prendre dans ses bras, mais la bête dévala l'escalier et s'enfuit.

— Tu finiras par nous donner en fait divers ! lança Mme Mallut.

Mathurin ne reparut pas de deux jours et son maître

lut dans son regard plus qu'un reproche, une défiance. Il eut grande difficulté à le caresser, à accrocher la laisse, à faire qu'il se détendît et voulût bien l'accompagner en ville, marchant à sa hauteur. Christophe trouva que l'animal avait ce réflexe humain de faire payer à son plus proche familier le mal reçu d'une main étrangère. Il lui tint un long discours que la bête cependant prit pour ce qu'il était, un monologue qui se voulait rassurant, mais Mme Mallut qui avait jusqu'alors toléré la présence à table du chat, assis près de l'assiette de son maître, cherchait le moyen de s'en débarrasser. Il fallait d'abord qu'elle rentrât dans ses grâces, mais Mathurin ne se laissait pas approcher par elle. Quand son maître allait au bureau, il filait au jardin et de mur en mur allait inspecter le quartier. Certes, pensait-elle, si je l'empoisonne, mon mari n'aura de cesse de le remplacer et l'affaire se présentera comme aujourd'hui. Je n'aurai eu qu'un répit. Peut-être qu'en lui rendant la vie impossible par de simples coups de balai continuels ce Mathurin ira chercher la paix ailleurs. Christophe l'attendra un moment, se lassera d'une telle indifférence et ne lui cherchera pas un remplaçant qui lui servira tôt ou tard la même infidélité, mais, un matin doux et frais qui annonçait l'une de ces paisibles journées d'été où chacun a l'impression de bien remplir son espace, comme le bleu est à l'échelle du ciel et supprime l'idée du vide ou de quelque écart possible, l'une de ces heures où tout est en place et le désordre impensable, Mathurin surgit à la fenêtre ouverte, regarda les époux qui trempaient leur pain dans un bol de café et la petite Edwige qui gigotait auprès d'eux dans son berceau. Mathurin se retourna, tira une queue horizontale, pissa d'un long jet droit sur la famille et disparut. Mallut comprit qu'il ne reviendrait pas et la paix s'installa de nouveau à la maison. Les Mallut s'entretenaient quelquefois de ce malaise qui avait assombri les premiers mois d'Edwige et ils n'arrivaient pas à l'expliquer. Bientôt ils ne purent souffrir les mamours dont leurs voisins accablaient leurs bêtes et Mallut se surprit sur la route du bureau à envoyer de-ci de-là un coup de pied aux chats qui déambulaient ou guettaient au pied des arbres les oiseaux. Il y avait environ un an que Mathurin était parti quand les Mallut qui déjeunaient en silence, à l'écoute du bulletin d'informations, entendirent, mêlé aux nouvelles de la guerre au Moyen-Orient, le drame d'un Brugeois qui l'année précédente avait passé ses vacances en Pays basque. Au moment de regagner sa Flandre, le chat qui l'accompagnait avait disparu. L'homme avait cherché la bête partout. Hôteliers, commerçants, policiers s'étaient mis en chasse. Il avait bien fallu rentrer sans le fugueur. Or le chat, un nommé Pompon, venait de rentrer à Bruges par ses propres moyens, les coussinets usés, mais le poil brillant. Les Mallut échangèrent un regard au-dessus de leur salade sans commenter l'odyssée de ce Pompon qui laissait loin derrière lui dans l'anonymat leur Mathurin et sa maigre aventure. Cette annonce allait passer avec le reste des drames comme feuille au vent si le journal télévisé du soir ne l'avait reprise dans le reportage qui illustrait l'émission. Avec quelques dizaines de millions de leurs semblables les Mallut découvrirent Pompon dans les bras de Joos van Cleef qui répondait au journaliste dans son appartement brugeois bourré de cuivres, de coquillages, de fleurs en cellulo, de baromètres et d'assiettes peintes. Un lustre du siècle d'or hollandais tombait au ras de sa tête et reflétait en vingt miniatures, dans sa boule et ses bobèches polies jusqu'à l'étincellement, l'énorme crâne pâle, les épaules tombant d'un maillot de corps, le chat maigre et roux et dans la perspective de sorcière les lointains pieds rectangulaires sur les fleurs du tapis. Le pianola marqueté paraissait s'enfoncer à reculons, têtu, dans le papier peint à bouquets géométriques comme s'il avait peur de la grenouille au-dessus de lui qui dans un bocal respirait sans bouger et paraissait souffrir, écrasée, sans mémoire, réduite à cet air rapide et compté. La voix d'une lenteur de péniche, Joos van Cleef remontait sa rivière attristée. Il tenait entre deux gros doigts blancs la tête du chat pour qu'elle fixât bien l'objectif.

— On dirait ton Mathurin, dit Mme Mallut. Je reconnais son œil.

— On dirait, en effet, Mathurin, reprit Christophe Mallut qui se pencha sur le petit écran.

Ils eurent un instant de fierté, puis le doute revint quand la caméra suivit le chat que Joos avait posé sur le tapis. Mathurin n'était pas tel. Amaigri, on le comprend. Mais il avait une si longue queue, et celui-ci pas. La lui aurait-on coupée ? Ils eurent un instant de doute, et Mme Mallut pensa que le chat de son mari ne pouvait être qu'un médiocre et qu'elle venait une fois de plus de rêver à un homme qui exalte tout ce qu'il touche.

— Hélas !

— Quoi, hélas ? dit Mallut. Il faut toujours que tu parles dans les moments intéressants ! Écoute !

— Oui, psalmodiait Joos van Cleef, cette bête a franchi douze cents kilomètres pour retrouver son sauveur. Parce que le plus curieux, c'est qu'avant mes fameuses vacances au pied des Pyrénées je ne connaissais pas Pompon. Je l'ai ramassé en Picardie, au bord d'une route où je m'étais arrêté pour pisser. Il avait dû se battre et errer. Un collier en lézard, il y restait l'anneau d'une médaille arrachée, lui pendait au cou. Il sauta dans ma voiture. Je le remis dehors. Il bondit de nouveau sur la banquette. Je l'adoptai.

— Mathurin ! murmura Mallut.

— Je l'avais reconnu avant toi ! s'écria Mme Mallut.

— Nous vécûmes des vacances réconfortantes, poursuivait Joos van Cleef. En fait, je ne suis jamais en vacances, comme tout météorologue. Notre science encore imparfaite nous titille vingt-quatre heures sur vingt-quatre. Bref, je redonnai du poil à cette créature. Nous ne nous quittions pas. Et je vais vous dire ce qui s'est passé le jour de la rentrée : on a voulu me voler Pompon ! Je revois douze gâteux à l'hôtel qui ne cessaient de le caresser, de l'allécher ! Certains visages que j'ai en tête, s'ils me regardent, peuvent se dire qu'ils ont de la chance que je ne porte pas plainte, faute de certitude ! Mais Pompon n'est pas comme vous et moi, c'est une bête, il a de la reconnaissance et du flair. L'odeur de la bonté est indélébile et tenace, parce que rare.

— Un dernier mot, coupa le journaliste. Voulez-vous dire que ce chat a autant d'intérêt que vous ? Son aventure vaudrait donc la vôtre ? Je ne parle pas de votre équipée vacancière, vous l'avez faite à deux, en effet. L'un sans l'autre, ça ne tient plus.

— Monsieur, dit Joos van Cleef en ramassant Pompon Mathurin pour le câliner devant l'objectif, tous les faits, tous les êtres se valent dans notre pauvre histoire terrestre si transitoire ! Le lion passera comme Pompon, le pape comme le bedeau...

— Merci pour cette leçon de sagesse, mais le temps nous presse.

— Le temps, poursuivit Joos van Cleef sans faiblir, je le fais, comme le reste.

L'image du Brugeois disparut, aussitôt remplacée par celle d'un chanteur punk. Mallut coupa le courant. Sa femme respecta ses pensées.

— Je vais demander l'adresse du Belge, dit-il.

Il l'eut dans la quinzaine et pensa se rendre à Bruges un dimanche, en famille, mais Mme Mallut résista, au nom d'Edwige. Mallut prit rendez-vous par téléphone et partit seul au volant de sa voiture avant le lever du jour. Il pénétra dans la ville des canaux au premier carillon d'un matin de fête. Les rues étaient pavoisées et l'odeur des frites à la graisse de bœuf, douce et têtue, donnait déjà du front contre les murs de brique. C'était bon comme lorsque l'on se trouve chez soi, en maillot de corps, avec un dimanche d'été à la fenêtre, mais Joos van Cleef reçut Mallut avec un air grave.

— Depuis votre coup de fil Pompon a disparu, dit-il d'emblée. J'ai sans doute eu tort de lui faire part de votre appel, de votre certitude qu'il s'appelait Mathurin et de ma tristesse de me séparer de lui, puisque votre description correspondait à cette charmante bête, la queue en plus.

— Il est parti ? demanda Mallut.

— Oui, il se cache dans les environs, dit Joos, depuis une semaine. Les bêtes ont des sens que nous ignorons. J'aimerais savoir ce que vous avez pu lui faire pour le chagriner à ce point.

— Rien ! s'écria Mallut, et parfois j'éprouvais une sorte de honte à le préférer à mon enfant.

— Je vois, dit Joos. Un Pompon ne pourra jamais nous causer les ennuis que crée la famille que nous fondons ! J'en ai vingt exemples autour de moi.

— Avouez cependant, dit Mallut, que Mathurin crée l'exception.

— Peut-être vous ressemblait-il trop ! dit Joos. Vous avez vu en lui un frère, un portrait de vous. Votre double, votre part de l'autre règne, et il y eut, mort en moins, ce qui s'est passé entre Abel et Caïn. J'en ai aussi quelques exemples autour de moi. Mireille, la chienne de ma cousine Hermance, par exemple. Elles portaient toutes deux les mêmes nœuds de soie, elles avaient le même regard transparent, la même odeur, le même dégoût des biscuits, la même fringale de foie de poisson. Un jour, Hermance ne l'a plus retrouvée sur la carpette de sa chambre, en s'éveillant, comme il arrive à un couple humain qui a fait le tour de ses possibilités. Prendrez-vous un verre de gueuze ?

Il alla en chercher une bouteille à la cave et ils en tempérèrent l'acidité avec un fond de sirop de grenadine. Mallut regarda le fanion triangulaire d'une équipe de fouteballe au-dessus du pianola en palissandre marqueté d'étoiles en citronnier.

— Il marche au pétrole, dit Joos. C'est un souvenir de ma tante qui était socialiste. Une rareté à l'époque. Je ne vous en veux pas, cher monsieur, mais tout de même il faudrait avoir la certitude que Pompon et votre Mathurin ne font qu'un.

— C'est l'objet de ma visite, dit Mallut.

— Hélas ! dit Joos.

Les deux hommes ne savaient plus quoi dire. Mallut soupçonnait cependant Joos de lui mentir et pensait que Mathurin devait être pour la journée en lieu sûr.

— Connaissez-vous la ville ? demanda Joos. Voulez-vous que je vous la fasse visiter ?

— Je n'en ai pas le cœur, dit Mallut. Avez-vous demandé à vos voisins s'ils n'ont pas vu Mathurin ?

— Évidemment, et je suis sorti toutes les nuits à sa recherche ! Il y a deux jours j'ai eu une émotion extrême. Je rentrais du grand Béguinage où je sais que les vieilles femmes esseulées sont à l'affût des chats errants, quand arrivant à un cul-de-sac du canal au coin du musée je vois flotter immobile sur les eaux, vous savez que l'eau ne court pas ici, gonflée déjà, la dépouille d'un chat sans queue. Je descends dans l'obscurité jusqu'à l'appontement, et je vois que le chat est noir, non pas roux, mais je restai dans la tristesse. Monsieur Mallut ?

— Oui ?

— Excusez-moi, j'ai cru que vous ne m'écoutiez pas. Il est vrai que ceux qui ont perdu un être cher, la douleur les rassemble pour un dialogue de sourds, même s'ils ne cessent de vanter le disparu. L'un songe à telle qualité quand un défaut éblouit l'autre. Ce n'est finalement pas la même personne qu'ils se remémorent.

— N'essayez pas de me faire croire que Pompon n'est pas Mathurin, dit Mallut. Sans doute êtes-vous plein de sollicitude, mais je viens troubler votre dimanche paisible. Pardonnez-moi, monsieur, et permettez que je me retire.

Ils firent encore assaut de politesses, ainsi que l'on voit aux portes des cimetières.

— Encore avez-vous une famille, dit Joos van Cleef, moi, je reste seul. Il faut sans doute que nous prenions l'un et l'autre ce chat comme un avatar divin. J'envie ceux qui peuvent écrire et laisser trace de ces hôtes que le destin s'amuse à nous envoyer pour un plaisir d'un instant dont l'ombre ne cesse de s'allonger. Je ne voudrais retenir que l'heure éclatante.

Les yeux de Mallut tombèrent sur un large bac à fleurs en Delft, plein de sable, dissimulé sous une desserte en bambou. Le retiro improvisé du fameux Pompon présentait une surface bouleversée avec des zones humides. Ce bas rectangle désolé, d'un jaune tabac, pesa soudain sur les jours de Mallut à l'étouffer. Quand il revint à la salle encombrée de poteries, à

Joos dont le pantalon d'intérieur serré aux chevilles évoquait les polders à pinasses ventrues, aux verres vides que la bière acide avait tendus d'un voile brûlé, à l'odeur de pain d'épice qui montait de la nappe à jours, au pianola buté qui pensait sous ses porte-cierges à son siècle défunt, Mallut eut un haut-le-cœur.

— Et surtout, dit Joos, n'oubliez jamais que « le mieux est l'ennemi du bien », qu'« un de perdu dix de retrouvés », sont des palais de miroirs ! Ne reprenez jamais un chat ! Avant Pompon, je n'en ai jamais eu. Je n'en aurai plus. C'est un conseil. Vraiment, vous ne voulez pas en profiter pour visiter la ville ?

Il suça le bouchon de la bouteille de grenadine resté sur une soucoupe et le remit en place d'un coup de paume.

— Je n'insiste pas pour vous inviter à déjeuner, reprit Joos van Cleef. Dans l'état où je vous vois même une anguille au vert ne passerait pas. Rentrez donc doucement, et bonne route ! Rien ne vaut un paysage qui défile pour vous nettoyer. Comme c'est étrange ! J'avais pensé acheter un collier à Pompon. Quand je songe que mon passage à la télévision fait peut-être encore rêver des milliers de gens, rêver à cet ingrat !

Mallut était certain que la bonhomie de Joos n'était que roublardise, mais que pouvait-il faire ? Il avait l'impression que Mathurin s'enfuyait une nouvelle fois.

— Ne vous excusez pas, dit Joos sur le pas de la porte, pour un moment si agréable. Que dirais-je des lettres que je reçois depuis cette émission ! Je passe une heure par jour à les déchiffrer. Les gens m'envient ! Si vous pouviez les détromper ! Où avez-vous garé votre voiture ?

— A côté, près du marché aux poissons, dit Mallut.

— Vous allez avoir un temps superbe, dit Joos. La halle ne sent pas, c'est le meilleur signe.

Mallut le vit respirer en fermant les yeux sur le seuil et remettre l'une de ses bretelles qui avait glissé. Il tourna le coin de la rue et soupira. Ce Joos lui parut dangereux. Il imagina Mathurin guettant la grenouille au-dessus du pianola, sa patte au-dessus du bocal et la colère de Joos van Cleef. Tous les chats du monde prévalaient-ils contre ce batracien ? Et la scène ne s'était-elle pas plus d'une fois déroulée, avec coups de pied, sans doute, pour finir ? Le fanion triangulaire de l'équipe de Joos pouvait le laisser entendre. Mallut en frissonna. Oh oui, méfiez-vous de ceux qui devant les autres font tant de mamours aux êtres qu'ils tiennent dans leurs bras ! Joos et son chat sur le petit écran devait être le bon Dieu pour la plupart, mais y a-t-il un bon Dieu ? se demandait Mallut. Que signifie d'ailleurs un adjectif ? Mallut tournait sa peine en hargne contre le ciel lorsqu'il s'arrêta, saisi précisément par un arrêt divin. Mathurin était assis sur le capot de la voiture et se mit à miauler en le voyant.

— C'est toi, c'est donc toi, c'est donc bien toi ! dit Mallut en allant le caresser. Tu me reconnais ! Tu as perdu ta queue. Il faudra que tu me racontes tes enlèvements, tes bagarres.

Le chat ronronnait. Sur le chemin du retour, Mallut le traita dans une auberge, mais il abrégea le repas, gêné et dans la crainte de tous ces regards sur leur couple. La plus heureuse fut celle qui connaissait le moins Mathurin, Edwige. L'enfant et la bête devinrent inséparables.

— Mathurin a aujourd'hui vingt-sept ans, mais oui !, me dit Christophe Mallut. Nous l'avons fait couper peu de temps après son vagabondage. Voulez-vous que nous reprenions une gueuze ? C'est une boisson pour moi pleine de souvenirs. Oui, j'étais jaloux d'Edwige. J'adorais ma femme, monsieur. Vous ai-je dit que je l'ai connue à mon bureau de placement temporaire ?

À hauteur d'homme un voile de tabac flottait immobile sur toute la largeur de la brasserie qui s'était vidée. Il me sembla un instant qu'il pleuvait, mais c'était la sciure que lançait sur le carrelage le dernier garçon de service. La plupart des chaises étaient sur les tables, indécemment accouplées.

— Il n'empêche que je n'ai, moi, aucune chance de revoir mon chat, dis-je à Marin Bourez.

— Comment s'appelait-il ?

— Grinou.

— Vous allez voir, nous allons sortir — d'ailleurs, il le faut — et c'est bien le diable si nous ne rencontrons pas quelques chats dans cette ville qui en abrite une armée ! Nous allons dire Grinou, Grinou ? Ils répondront tous. Un seul vous suivra. Ne faites pas le difficile. Au contraire, soyez heureux, ce sera le nouveau Grinou, doublé de l'ancien. C'est comme nous, ce soir. Plus tout à fait les mêmes. Les mêmes enrichis, vous voyez ?

3, passage de la Belle-Amour

Vous passez la tour de l'Horloge dont les aiguilles sont arrêtées pour toujours, semble-t-il, sur une heure ingrate : trois heures douze, et il est facile de parier que vous allez regarder votre montre. Elle est à la bonne heure et l'heure vous plaît car l'endroit est plein de désirs. Vous longez le mur de l'église noire à son assise et qui blanchit en s'élevant jusqu'à son clocher de zinc d'un trouble de perle, mais vos yeux reviennent aux hôtels à touche-touche, aux chambres pour voyageurs, à la journée, à l'heure. Ils font un bruit de poulailler qu'un coup de vent hache en paille, tant la voie est resserrée. Si proches les uns des autres, mais si rapides, les passants n'ont pas l'air de se reconnaître. Pourtant, ils se ressemblent, ils ont les mêmes goûts, les mêmes exigences, avec l'envie d'en finir et de connaître un coin d'éternité. Les musiques se retiennent derrière les fenêtres à guillotine. Elles ont le front bombé. Elles sentent l'eau de Cologne quand on en verse trop et que le mouchoir reste longtemps humide dans notre plus profonde poche. Et vous allez croire un instant que tous les hommes sont frères. Le 3 n'a ni numéro ni lanterne, comme vous pourriez vous y attendre. Le chiffre est taillé dans l'un des pavés qui bordent le ruisseau central, avec une flèche qui vise les deux marches usées du seuil. La troisième est à l'intérieur et donne sur un couloir de céramique si miroitant que vous vous surprenez jusqu'à l'âme.

LE MESSAGER

Germain Faillez marchait à longs pas sur le bord du trottoir et se parlait, mais sa voix intérieure passait quelquefois ses lèvres et le taquinait. À cette heure matinale le boulevard Flaubert était peu fréquenté. La voirie venait de l'arroser et l'on sentait se lever l'été avec son parfum de linge frais. C'était l'ancienne Promenade des Ducs dominant un paysage maraîcher humble dans sa barbe de roseaux.

— Il fait beau, mon petit père, se disait Germain, et tu es jeune. Que demander de plus ?

Il se mit à siffler. Des pigeons barbotaient dans le ruisseau dont l'eau filait en claire torsade.

— Tu as un travail qui te plaît. *Le Messager des Flandres* est un journal libre et paie bien tes articles. Tu n'as pas d'autre ambition que celle de les écrire alertes et souriants.

Un individu qui venait en sens inverse et qu'il n'avait pas remarqué se trouva soudain devant lui, même âge, même carrure, mais le visage fermé. L'air en était chatouillé.

— Je vous demande pardon, dit l'inconnu, je vous vois la gueule fendue, les bras ballants. Qu'est-ce qui vous fait rire ? J'aimerais savoir.

— Je ne sais pas, dit Germain, je me sens bien.

— Vous avez écouté les nouvelles, ce matin ? Guerre à droite, guerre à gauche, enlèvements, augmentation du prix de l'essence, et vous riez. Pourquoi ?

— Je n'y peux rien, dit Germain, et je ne dois pas être le seul dans mon cas.

— Vous trouvez que c'est une raison suffisante ?

— Oui.

— Vous n'avez pas eu d'accident ces temps-ci ? Un choc ? Une sale gifle ? Votre femme a filé, elle est revenue. On pavoise !

— Laissez-moi passer, dit Germain, je suis célibataire et je vais à mon journal.

— En plus ! Qu'est-ce que tu racontes dans ton canard ? Les baptêmes, les inaugurations ? Eh là, doucement ! Inutile de te sauver. Parce qu'un type qui rit comme toi sur le trottoir, à sept heures du matin, par les temps qui courent, c'est assez fascinant.

— Regardez-moi bien, dit Germain, et en particulier mon poing droit. Je ne vous prends pas en traître.

— Vas-y, dit l'inconnu, va pour l'uppercut ! Tout est dans l'ordre : tu ne rigoles plus, tu es prêt à la bagarre. J'aime mieux ça. Le monde reprend sa trogne habituelle. Ton sourire était une erreur, tu vois. Et maintenant, journaliste, parle-moi du temps, je sens que tu en as envie. Température normale pour la saison, c'est ça, bien que tout soit détraqué ?

— Aussi loin que l'on remonte, dit Faillez, on a toujours trouvé que c'était détraqué.

— Voilà de l'eau à mon moulin, Seigneur ! Et tu trouves qu'il y a de quoi marcher en équilibre le long des trottoirs en montrant toutes ses dents ? Pitié !

Le teigneux s'éloigna en haussant les épaules, et Germain Faillez gagna la salle de rédaction qui était vide à cette heure. L'énergumène venait de lui gâcher sa journée. Il essaya par contrecoup de rédiger un billet d'espoir que *Le Messager* passerait dans l'encadré qui lui était réservé, chaque jour, mais l'idée ne venait pas. Il ne se rappelait même plus celle qui l'avait éveillé cette nuit et qu'il n'avait pas notée, par paresse d'allumer sa lampe et de prendre son carnet de notes sur la table de nuit. Il lut les feuilles punaisées sur le tableau de la salle, qui donnent les nouvelles de la ville, venues de la mairie et du commissariat, ou même parfois d'anonymes dont on affiche les lettres quand elles sont savoureuses. Germain apprit que dans sa séance de la veille le conseil municipal avait encore débaptisé deux rues, celle du Chat-d'Argent et celle des Dames-de-Vertu, qui portent maintenant le nom de deux notables du cru, l'ancien maire Désiré Bigras et l'ex-député Léon Pécoud. Les médiocres finiraient donc un jour par l'emporter, par défigurer le pays. Le nom de ces rues en était une nouvelle annonce. Ils, ce *ils* qui cache les ambitieux de tout poil, mettraient leurs noms sur tous les murs de la terre, et l'on construirait encore des murs pour leurs successeurs, des rues aveugles et sans goût. Même l'idée d'une rue Germain-Faillez lui soulevait le cœur. Il écrivit un papier qui lui donna la fièvre. S'il fallait des noms il aurait pu en citer cent autres moins vicieux et quelconques que ces Bigras et Pécoud, plus suffisants et moins valables que la plupart de leurs administrés. L'Histoire avec un grand H gâchée par ce ramas d'arrivistes lui paraissait tout à coup un château de boue à l'écart de la vraie cité, avec des hérauts cariés sur les tours.

Le rédacteur en chef lut le papier et conseilla à Faillez d'en écrire un autre.

— Je ne trouve pas qu'il soit mauvais, dit-il, mais ce n'est pas ce que l'on attend de vous. À chacun sa clientèle. Pourquoi riez-vous ?

— Je pense à un type que j'ai rencontré ce matin, dit Faillez, un teigneux.

— Eh bien, décrivez-le !

— Il aurait écrit ce papier, dit Germain.

— Lui, mais pas vous !

Germain Faillez reprit la plume et son écho passa comme lettre à la poste. « Renaissance. Nous apprenons avec plaisir un double baptême dans le berceau du vieux quartier, celui où j'ai vu le jour et que j'habite encore, permettez-moi ! La rue du Chat-d'Argent, avouons-le, ne nous disait guère. Avait-elle été hantée par un félin blanc, empereur du quartier, ou son nom venait-il d'une déformation d'un patronyme Charles Argent, disons, comme vous en avez des exemples qui remontent au temps sans orthographe ? Était-ce le souvenir d'une enseigne dont le Chat d'Argent coiffait une boutique de fil et d'aiguilles, ou quelque marque de fabrique ? On connaît des filigranes de papier, des couvercles de confiserie au chat. Coiffait-elle l'officine d'un opticien ? L'histoire n'a pas toujours hélas des yeux de chat. Quant aux Dames de Vertu, une enquête dans les archives ne nous a mené sur aucune voie ferme. On ne relève pas de maison de Vertu, comme de Bourbon, et sans doute est-il sage de croire qu'il y eut autrefois dans ce passage une sorte de béguinage, à moins que le nom, par un humour assez fréquent, vienne en défense contre un lieu mal famé, la galanterie pouvant être tenue pour la première étape de vies qui se terminent avec contrition et dignité. Il est possible que l'appellation sorte aussi par reflet puisqu'il est d'usage d'associer la vertu à la disgrâce. La rue des Dames-de-Vertu était-elle le refuge des femmes laides ? Toujours est-il que le V majuscule nous accable de morale. La vertu a en effet quelque chose d'inhumain si l'on n'y cherche son plaisir. Je pencherai toutefois vers une autre explication. À défaut de trouver une femme vertueuse dans ses murs, la cité d'antan a-t-elle cherché à affirmer pour nous qu'elle en possédait, en nous donnant le change avec cette plaque ? La réputation de vertu n'est-elle pas la première vertu et ne la dépasse-t-elle pas en intérêt ?

« D'où nous pouvons conclure, nous qui aimons la vérité et les doigts de saint Thomas, qu'il est sage que le conseil municipal nous interdise de rêver. La rue Bigras et la rue Pécoud sont évidentes. Elles ne cachent rien. Beaucoup de nos concitoyens ont croisé l'ancien maire et l'ex-député. Ils disaient bonjour à tout un chacun. Pas fiers pour un sou, et même pour beaucoup, leur main serrait la vôtre pour un oui pour un non. C'est tout l'art. Cette alternance les mena à être les représentants de tous. Au nom du collectif, permettez-moi de crier encore : Vive Bigras ! Vive Pécoud ! »

Germain Faillez ne relisait jamais ses papiers de peur de rougir. Il tenait ainsi de l'autruche et, comme ce grand oiseau, finissait par tout digérer, par aller sans ailes, d'un pas de muséum. Il réussissait ce tour de force de vivre au jour le jour dans un journal sans ouvrir les journaux. À peine en regardait-il les titres dans la collection qui tombait régulièrement au *Messager*. L'article écrit, il quitta les collègues de la première page, éditorialistes et commentateurs qui le regardaient comme dans les réunions de famille on jette un œil sur le cousin quelque peu taré, chanteur de couplets entre la poire et le fromage. Heureux, débarrassé de son pensum, prêt à siffler, il allait rentrer chez lui et se remettre à la pièce de théâtre dont il rêvait quand l'escogriffe du matin surgit à son côté, accompagné d'une femme entre deux âges, ni belle ni laide, de taille moyenne et sans couleur.

— Je vous demande encore pardon, dit-il. C'est bien vous que j'ai vu ce matin. Le journaliste. Oui, c'est vous. Encore à rire ? Solange, je te présente un mec (ça vient du grec, faire des saloperies avec la femme des autres) pas ordinaire, et pourtant pas du tout extraordinaire.

— Ça suffit, dit Faillez, que me voulez-vous ?

L'inconnu s'était placé devant lui et le pointait du doigt.

— As-tu déjà vu un type comme ça, Solange? Un phénomène qui avance dans la vie, fendu jusqu'aux oreilles, les bras en avant comme un chef d'orchestre et qui a l'air de s'étonner qu'on lui demande ce qu'il trouve de si excitant à flotter dans la rue, comment s'appelle-t-elle? la rue du Chat-d'Argent?

— Pas pour longtemps, c'est même fini, dit Faillez.

— Qu'est-ce qui est fini?

— Elle s'appelle depuis hier la rue Bigras.

— C'est pas ça qui va la rendre plus con, hein, Solange? Je ne vois même pas comment elle pourrait l'être! Je dirais même que Bigras, si ça ne mélassait pas, ça pourrait distraire la bouche. Alors, tu habites là et ça ne te réseque pas? Qu'est-ce qui te fait tordre?

— Vous, dit Faillez.

— Solange, est-ce que je t'ai déjà fait rire?

— Il n'y a pas de raison, dit la femme.

— Vous entendez?

— Oui, dit Faillez, mais il faut que je rentre.

— On t'accompagne, tu n'y vois pas d'inconvénient? Puisque je te fais rire!

— Vous n'êtes pas d'ici? demanda le journaliste.

— On n'est pas malades, dit l'inconnu. Non, on passe, on fait le tour. Solange a hérité de ses vieux. On a vu l'Égypte, maintenant la France.

— André veut me faire plaisir, dit Solange, mais tout se ressemble. On aurait pu rester chez nous.

— Où ça? demanda Faillez soudain intéressé.

— À Nouraque.

— Nouraque en Picardie ?

— Oui, dit Solange.

— Je vois, dit Faillez. Voulez-vous monter prendre un verre ? Je connais Nouraque. J'y suis passé.

Ils quittèrent la rue Désiré-Bigras, enfilèrent la rue des Vierges.

— La future rue Connard, dit amèrement Germain, mais tournons ici, passage du Bon-Pasteur, et nous sommes chez moi.

Il leur servit un verre de vin.

— C'est ta boisson habituelle ? demanda l'inconnu. Ah, je comprends ! Il te donne des crampes, tu ris à l'envers, on a beau tout imaginer, on reste encore surpris.

— C'est un bon vin ! s'écria Faillez.

L'autre vida son verre dans l'évier et le remplit d'eau.

— Comme ça, tu connais Nouraque ?

— Oui, dit Faillez, c'est un bourg moderne. Je me rappelle la plaque à l'entrée : « Nouraque. Son arbre. Sa halle démontable. Patrie du champion cycliste Omer Braquet. » Un nom prédestiné.

— Ah, tu connais Nouraque ! Et tu n'as rien remarqué ?

— Non, dit Germain.

— Solange, dis-lui que c'est peut-être le patelin le plus nauséeux qui existe.

— C'est dégueulasse, dit Solange, et même un peu plus, mais je ne trouve pas le mot.

— Ça l'est moins depuis que ses vieux ont passé

l'arme à gauche, mais quand même, reprit André. Alors on cherche ailleurs, mais on ne trouve pas.

— Vous me parliez de l'Égypte, dit Faillez. Le désert. Peut-être que là...

— J'y ai pensé, dit André, mais au bout d'un temps, dans les sables, on doit se les mordre pour se rappeler qu'on vit.

— Alors, dit Germain en s'énervant, de quoi vous plaignez-vous ? Vous avez besoin des autres pour râler, pour pouvoir balancer le vin qu'ils vous offrent ?

— Je t'aime mieux comme ça, dit André. Naturel. Allez, Solange, on les met. Il est bien comme les autres.

— Ça nous rassure, dit la femme, mais il ne fait pas bien clair chez vous, même en plein midi. Quelle idée de venir se casser une patte dans un escalier minable !

Germain Faillez se demanda s'il n'avait pas rêvé, mais il y avait bien trois verres sur la table et il ne se prenait pas pour la Sainte Trinité. Il acheva la bouteille avec l'espoir de s'engourdir et d'oublier, mais la rencontre avait été trop vive et il décida d'aller brûler l'alcool en marchant. Il emprunta un moment la rue des Dames-de-Vertu, mais sans variations, tout à l'étonnement de sa rencontre et cherchant à redessiner la femme qui accompagnait l'inconnu. Seule la voix hargneuse restait dans sa mémoire et redoublait sa surprise de sortir d'un ensemble aussi neutre. Il se disait toutefois que sa journée n'était pas perdue, qu'elle était digne d'être contée, que l'inconnu avait tendu et balancé devant lui le voile rouge d'une singulière véronique, et la bonne humeur lui revint. Comme il rentrait plein d'une fatigue revigorante, il se demanda s'il n'avait pas tort de sourire à nouveau, de crainte que cette gale ne surgît une nouvelle fois, comme une morale à la fin d'une fable, mais il ne vit personne et trouva le sommeil avec délice, orné d'un rêve qu'il essaya de noter au réveil, mais la plupart des éléments lui échappaient, explosant au ralenti comme on voit parfois dans les films. Il suivait une femme sans âge, aux traits passe-partout, qui l'appelait André dans la rue Germain-Faillez, mais sur le gris tapis du ciel, des murs et des pavés elle retournait les fenêtres de toutes les couleurs, étalant en réussite, géométriques et brûlantes, leurs cartes à jouer.

La porte de la Vierge

Dans l'un des noirs matins, paille et rat, du Moyen Âge, les doigts joints devant elle, en orante, enveloppée de sa forte odeur de sainte, une jeune fille l'emprunta pour aller au-devant des assiégeants leur demander de s'éloigner. Ses mains dessinaient l'ogive qui reste intacte dans le rempart. La toute brave et naïve signifiait par là que celui qui voudrait rentrer dans la ville devrait d'abord passer par elle, par sa porte étroite. Elle n'était pas une envoyée des citadins affamés, une victime sacrificielle qui allait à elle seule payer la rançon de ces résistants dont le moral venait de mourir, mais elle avait pris cela sous son bonnet de toile aussi simple que ses pensées. L'ennemi déconcerté trouva l'apparition divine et leva le siège, l'arrière-garde dressant en l'honneur de la vierge une forêt d'oriflammes.

Le premier dimanche de juin on fête l'anniversaire de ce miracle. Un cortège traverse la ville tendue de tapisseries. Les dames portent des robes de sept siècles, les messieurs des cuirasses et des lances, mais les chevaux de la couleur de la bière sortent de la cour de la brasserie et sentent une bonne odeur qui n'a pas l'air de monter de la nuit des temps, mais au contraire promet un monde à venir, fait de grands espaces d'herbe sans personnages. On plante alors sur l'arc et les piédroits de la porte garnis de fiches de fer autant de bougies qu'il en brûle dans les églises, devant les saints et les saintes. Le soir de ce jour consacré à la flamme, un feu d'artifice rassemble le peuple sur la pelouse de l'hippodrome et pique sur chaque mémoire l'aigrette la plus fragile et la plus durable.

LA MADONE

À l'intérieur de la pâtisserie dont les parfums ont la grâce de ses moulures Régence, derrière la vitrine où les brioches alternent avec les diplomates et les feuilletés, une jolie femme acide et peinte, le corsage ouvert sur des seins attendris, déguste debout, lentement, d'une petite cuiller affectée, un puits d'amour. Elle regarde la rue dans le soleil. Un homme passe, qu'elle ne connaît pas, un touriste sans doute. Grand, blond, pas mal. La gourmande laisse un instant sa cuiller en suspens. Des chiens surgirent sur le trottoir d'en face, tournant, jouant, tête à queue. La caissière et les serveuses échangeaient des regards, des coups de menton, au fond de la boutique. La pendule prise dans la boiserie laissa passer d'une douceur de clin d'œil les timbres vieillots de cinq heures après midi, et le calme soudain se gâta. Une pétarade lointaine grossit. Des motards, deux, cinq, dix, passèrent en trombe. Une petite assiette trembla sur un comptoir de marbre.

— Les sauvages ! dit la pâtissière. Voulez-vous une tasse de thé, madame Mantel ?

— Merci, non.

— Je mets le puits d'amour sur votre compte ?

— Comme d'habitude. Au revoir.

La femme se passa une main dans le corsage dont la soie sauvage l'énervait et sortit.

— Qu'est-ce qu'elle a encore épinglé, la Madone ? dit une serveuse. Elle pue « Soir de Mai ». Elle a renversé le flacon !

— Respectez les clients, ma petite ! dit la patronne en levant ses longs cils. Dans le commerce, on n'en pense pas moins, mais on le garde pour soi. D'ailleurs celles qui s'inondent comme ça de parfum, c'est parce qu'elles sentent fort.

Pour Pierrette Mantel, que l'on appelait la Madone, tout homme était bon à croquer, avec une préférence pour les mariés, les chargés de famille, enfin ceux qui n'ayant pas toute liberté ne pouvaient entamer profondément la sienne. Quand elle n'était pas moulée dans des pantalons qui laissaient rouler ses fesses à plaisir dans une rumba permanente, des robes fendues jusqu'à l'indécence prenaient tout poisson dans leur nasse. Évidemment, les victimes tombaient amoureuses du bourreau, exigeaient un immédiat et éternel « à la vie à la mort », ne voyaient plus d'existence où elle ne fût pas, oubliaient instantanément leur passé et ne se demandaient pas si un plaisir aussi vif et sans façon n'était pas qu'un feu de paille ! La cendre en effet était aussi secondaire que le rougeoiement, et Pierrette ravie comme un pompier qui met le feu pour le mieux éteindre assurait le refroidi qu'il avait eu la meilleure part d'elle-même, que maintenant il devait la laisser retourner aux heures grises de son ménage, à son mari qui ne mérite pas de souffrir et ne se doute de rien jusqu'à présent, vous ne savez pas d'ailleurs combien il pourrait être brutal ! Pierrette Mantel regardait alors au loin, retenait son souffle, et des larmes embuaient ses yeux de myope. Il lui fallait ôter et remettre ses verres de contact, se refaire un visage et sourire à l'inconnu qu'elle espérait déjà derrière la proie qui restait affaissée devant elle, aujourd'hui le directeur du Meuble Moderne, hier un pilote de ligne, avant-hier un expert-comptable de son mari l'éleveur de poules, et l'autre année l'inspecteur des impôts, le poète de la ville, conservateur du Musée, d'autres encore, on ne les compte plus.

La Madone habitait un pavillon au-delà des faubourgs, en bordure de la forêt. Construction en meulière à bandeaux de pierre blanche flanquée d'une tour qui montrait mieux que les paroles et les mines de Mme Mantel sa passion de dominer. De ce balcon la vue couvrait les quatre longs bâtiments bas où jour et nuit la volaille piétait sous des lampes électriques, et l'ensemble avait le tragique concentrationnaire d'un camp tassé sous son mirador. Une odeur tenace et pouilleuse s'étendait sur les champs, s'accrochait aux bois d'alentour et passait dans la maison des maîtres, mais la Madone n'y était pas sensible, non point par les parfums dont elle s'inondait, étant d'une propreté douteuse comme la plupart des femmes qui se maquillent jusqu'à l'emplâtre, mais par une absence d'odorat qui allait jusqu'à pervertir sa façon de cuisiner dont elle se vantait et qui laissait toujours un peu surpris, bien qu'elle annonçât toujours que l'on allait lui en dire des nouvelles, « je l'ai particulièrement bien réussi aujourd'hui », et sa vaisselle s'entassait d'un jour sur l'autre, dès que la servante polonaise avait fantaisie de ne pas venir. Elle avait bien souvent changé de domestique. S'ils n'aimaient guère sa façon de les régenter, ils lui auraient volontiers pardonné de se prendre pour une duchesse, en eût-elle eu l'ombre d'une teinture, mais le langage de la Madone était d'un vulgaire que le peuple n'apprécie pas et qui s'accroche comme lierre aux murs des petits-bourgeois, de ceux qu'ils appellent les entre-deux, qui ne sont plus des leurs et ne sont pas des autres que pourtant chacun rêve de devenir. La Madone s'ennuyait ferme dans ce qu'elle appelait le domaine et pour un oui pour un non se rendait en ville ou à Paris au volant d'une voiture anglaise qui restait la seule élégance des Mantel, mais dont l'intérieur gardait trace des victimes de cette mante religieuse. La Madone y vivait la plupart de ses frasques avec fougue, mais sans soin. Elle avait cependant connu des appentis, des caves, des fourrés, les arrières de la bibliothèque municipale, les bureaux déserts de l'Hôtel des Finances dans les samedis vides et sonores, des cabines du Sporting Club, la machinerie du théâtre, telle chapelle de déambulatoire, des serres et des resserres, parfois même de vraies chambres, mais comme tout être garde en soi un jardin secret, une réserve où parquer la haute solitude d'une superstition, la Madone n'avait jamais goûté d'autre mâle que le sien dans sa propre maison, pas même dans le hangar à grains et phosphates du bout du domaine. Claudius Mantel pouvait s'allonger sur un lit que personne n'avait approché, devant un miroir où ne surnage que la double fleur des époux dans le désordre des linges. Sans aller jusqu'au mépris elle regardait pourtant depuis toujours l'éleveur de poules comme un pis-aller, bien qu'ils fussent nés la même année dans le même quartier, de parents voisins qui tenaient boutique, pour elle de papiers peints, pour lui de chaussures. La négligence fondamentale de Pierrette, la facilité à la pente et le seul souvenir tendre qu'elle possédât de Claudius lui tirant les nattes au sortir de l'école étaient beaucoup plus forts que ses rêves d'un homme plus intelligent et plus beau, ce qui n'était pourtant guère difficile à trouver, mais il lui aurait fallu se déplacer et sa nature était de laisser venir se brûler le papillon à sa flamme intermittente. Elle aimait les voir tomber en cendres, et son mépris du mâle, en même temps que son besoin, s'aggravait avec les années. Claudius ignorait qu'il était le seul qu'elle eût préservé si elle avait eu le pouvoir d'un désastre général, parce qu'il était commode, toujours satisfait, complaisant, berné au-delà de toute mesure, finalement heureux maître chez lui, puisqu'il n'avait aucune pitié pour sa femme dont il ne soupçonnait pas le vide, ce tragique de fosse commune, et qu'elle l'amusait avec ses façons provocantes de s'habiller, d'user d'un parler dont les nouveaux charretiers à bord de leurs poids lourds ne voudraient pas, ce qui lui paraissait la pointe de l'aisance et de la liberté. Il riait à ses grossièretés et les répétait avec gloire aux deux ouvriers agricoles qui recueillent et trient, au bout des tapis roulant sous les poules immobiles, les œufs et les fientes. Pierrette ne mettait jamais le pied dans les longs et bas hangars où la lumière électrique ne faiblissait pas plus que l'odeur aigre, piquante, tenace, pouilleuse et le caquètement usé mais sans fin des volailles dans leurs boîtes. C'était bien le domaine de ce mari fidèle et buté, qui n'aurait eu finalement que le défaut d'être imprégné jour et nuit de ce relent pâle si Pierrette avait eu du nez. Sans l'ennui, sans le nonchaloir envieux, le coin préféré de la Madone eût été la tour de la maison où elle avait installé la salle de bains dont elle changeait trois fois par an le décor de papier selon la publicité qu'elle dévorait sur l'écran de télévision. Le volailleur y voyait Versailles, où régneraient dans un seul corps l'épouse et la favorite, mais Pierrette, qui aurait voulu changer de royaume en fermant les yeux et atteindre au règne fabuleux des vamps qui vont d'un pôle à l'autre de la terre, ne trouvait de vrai trône qu'assise dans la voiture anglaise. Elle y pouvait posséder tous les horizons, la forêt, la plaine, la berge du fleuve, la ruelle obscure, les souvenirs de la veille et d'au-delà, la capitale et le hameau, les lumières et les ombres. Cependant Pierrette et Claudius à l'image du mirador inséparable des baraquements allaient ensemble. La réunion de deux êtres assortis a toujours un côté divin, et les Mantel formaient un couple que beaucoup enviaient. Or, un après-midi de ciel calme, leur harmonie fut rompue. Si l'on est puni par où l'on a péché, on ne sait jamais d'où tombera l'éclair dans la suite innombrable des fautes qui ont toutes la même teinte. La Madone avait bien craint quelquefois certains de ses amants rejetés. Elle avait vu dans la main de l'un le poison, de l'autre une arme, parfois des poings nus qui allaient la rouer, mais elle en était quitte pour une peur qui restait le seul souvenir agréable de ces fausses liaisons, car elle ne s'était jamais réellement livrée, incapable du moindre don. Il s'agissait pour elle de prêts qu'elle accordait en gaspillage, sans jamais réclamer d'intérêts, non moins incapable de chercher autre chose que le plaisir de la chasse et l'abandon de sa chair surchauffée. Elle rentrait donc d'un hallali dans la forêt voisine quand elle vit son mari botté, crotté, qui lui faisait signe d'entre les géraniums du perron. Une motocyclette était sur sa béquille au milieu du gravier.

— Tu as de la visite, dit-il.

— Qui est-ce ?

— Je ne sais pas. Il faut que je retourne aux poules. Je l'ai installé au salon.

— Mais qui ? reprit-elle angoissée.

— Une jeune fille. C'est toi qu'elle veut voir.

La Madone rajusta son turban, repeignit ses lèvres devant le miroir de l'entrée et prit l'air hautain que lui inspirait la jeunesse, sa grande rivale. Elle aperçut une adolescente vêtue de pied en cap d'un cuir aussi noir que ses yeux, son casque de motocycliste à terre.

— Je vous ai déjà vue, dit la Madone. Je me trompe ? Rappelez-moi.

— Vous m'avez aperçue, peut-être. Je suis de Saint-Paul-aux-Bois, Annick Rambaud, la fille d'Henri Rambaud qui possède les viviers et l'usine de quenelles.

— Oui, c'est pour quoi ? demanda la Madone sans paraître accuser le coup et certaine depuis la première heure que le Rambaud en question était un faiseur d'embarras, un renfermé sentimental sous ses dehors de colosse de plein air.

— Depuis qu'il vous connaît la vie est intenable à la maison, dit-elle.

— Je ne comprends pas, dit la Madone.

— Mon père n'adresse plus la parole à ma mère, à ma sœur, à moi. Il s'est mis à faire chambre à part. Il n'est plus jamais à la maison et il n'est pas heureux.

— J'ai rencontré en effet votre père, mademoiselle, pour des raisons de travail. Il me parlait de notre élevage et du sien, d'une complémentarité possible, sur le chapitre des engrais et de la nourriture, mais l'affaire n'a pas eu de développement. Elle ne peut en avoir.

— Je n'en doute pas, dit la jeune fille. Vous vous êtes amusée de lui, et maintenant vous l'évitez.

— Je vous en prie.

— Je vous ai suivie. J'ai vu vos manèges, entendu ses appels au téléphone, contrôlé vos rendez-vous qui n'étaient que des lapins.

— Il est majeur, mon petit. Occupez-vous de vos affaires. Je me demande ce qu'il penserait s'il apprenait que vous fourrez le nez dans les siennes.

— Il fait ce qu'il veut, dit Annick, pourvu que l'air soit respirable à la maison.

— N'élevez pas la voix, c'est inutile. Quelle étrange démarche !

— Pas tellement. Vous avez revu mon père, la semaine dernière. Il est monté dans votre voiture à la sortie du faubourg nord. Vous l'avez ramené à la sienne une heure après. Exactement comme vous le faisiez il y a deux mois, à peu près tous les jours. On le laisse tomber, on le reprend, on le sème, on lui fait tirer la langue à nouveau, et nous, nous subissons ses crises de nerfs. Eh bien, c'est fini.

— Que me chantez-vous ? Vous êtes folle, vous êtes en plein roman !

— C'est fini, reprit Annick, de jouer avec lui. Vous avez assez des autres. Je ne vous conseille pas de le revoir.

— Est-ce moi qui le relance ? s'écria la Madone. Que savez-vous de la vie ? Que savez-vous de votre père ? Que lui ai-je promis ? Rien ! Je suis bien bonne de vous écouter ! Reprenez votre casque, mademoiselle, et parlez plutôt à votre cher papa. Conseillez-lui d'aller les yeux baissés s'il ne sait pas résister aux regards qu'on lui lance, innocemment je vous promets ! C'est lui qui m'a abordée, si vous voulez tout savoir. J'espère que vous savez déjà résister, que vous n'aurez pas mes faiblesses.

La Madone fut la première étonnée de sentir ses yeux s'embuer, mais elle avait peur. Pour la première fois elle frôlait un danger.

— Ne vous retrouvez pas sur son chemin, reprit la jeune fille, ni de loin ni de près.

Elle noua la mentonnière de son casque et sortit en croisant Mantel qu'elle ne salua pas.

— Que voulait-elle ? dit Claudius.

— C'est pour des œuvres, dit la Madone.

— Avec leurs œuvres on n'en finit pas de donner ! Tu as l'air toute chose.

— Oh ! Ils ont l'art de vous apitoyer !

La Madone respira profondément et prit son sourire commercial, celui des vendeuses qui passent à un autre client. Elle regarda son mari à la dérobée, avec toujours le mélange d'envie et de mépris qu'elle avait pour cet homme qui se désintéressait de tout ce qui n'était pas le rendement de son entreprise. Certes, il lui laisse les rênes sur le cou, mais elle aurait aimé cette fois-ci qu'il les lui tirât pour la mettre dans la bonne direction, mais Mantel en était incapable, elle le savait bien, l'égoïste ! Une voiture franchissait la grille.

— Tes parents ! dit la Madone.

— Eh bien oui. Ils viennent déjeuner, dit Mantel.

— C'est vrai, dit-elle fébrilement, nous sommes le premier samedi du mois.

Elle les détestait car ils habitaient en ville et passaient leur retraite de concierges du Grand Théâtre à traîner dans les rues, surtout sa belle-mère qui disait à qui voulait l'entendre que son fils avait épousé une putain, mais à table ce n'était que sourires et admirations réciproques. Vous ne vieillissez pas ! Vous êtes toujours la même ! Comme vous êtes jeune ! Ce corsage vous va à ravir. Ce sont des broderies tziganes ? Elles jettent un de ces jus !

La conversation commencée avec un air du grand monde et un calme de lait tourna vite et fermenta, les grimaces d'accueil échangées. Ils passèrent aux questions générales, ne pouvant plus rien puiser en eux-mêmes. La terre roula sur la table, avec ses croûtes, pareille à ce fromage que l'on appelle tête-de-Maure.

— L'U.R.S.S. m'inquiète.

Leur mine avec ensemble devenait tragique, tous plis tombants.

— Il faudrait un coup de torchon.

Cette fois, cependant, l'on ne s'enfonça pas plus avant dans la politique, et la belle-mère qui voyait les continents à feu et à sang soupira, en rajustant une bretelle de son soutien-gorge :

— Par chance vous n'avez pas fait d'enfants ! Les pauvres, quel avenir ! À propos j'ai eu la visite d'une demoiselle, une de ces filles dont on ne sait plus si elles ne sont pas des garçons, toute en cuir et à cheval sur une japonaise.

— Ah ! dit le vieux Mantel. Quand ça ?

— Tu étais à l'apéritif, comme tous les midis.

— Une quêteuse pour les œuvres ? demanda Claudius. Il y en a une qui vient de passer.

— Parlons-nous bien de la même, mon garçon ?

— Ne traitez pas toujours Claudius comme s'il portait des culottes courtes ! s'écria Pierrette qui s'attendait au pire et cherchait à attaquer la première.

— Mais quelle mouche la pique ?

La Madone s'attendait à tout de la part de sa belle-mère qui restait fidèle au rite du premier samedi du mois mais en ville, au hasard des courses, dès qu'elle pensait que sa bru ne l'avait pas repérée, changeait de trottoir ou disparaissait au coin d'une rue pour ne pas avoir à lui parler. La Madone l'avait même surprise qui faisait un détour et revenait pour la suivre, la surprendre, savoir dans quel magasin elle entrait, à qui elle allait parler, où la belle voiture était garée.

— Vous avez donc eu la visite de cette quêteuse ? dit la Madone qui humait un piège et soudain se rassurait comme un voyou quand il sent la ruse d'une autre canaille. (Elle ne sait rien, pensait-elle. Elle a vu cette petite garce sortir d'ici. Elle tâte le terrain.)

— Oui, dit la belle-mère. C'est la fille aînée des quenelles de Saint-Paul-aux-Bois. Il paraît que vous la connaissez.

— Tu la connais ? demanda Bernard.

— Je t'en ai parlé. Il voulait traiter avec toi d'une affaire d'engrais.

— Première nouvelle, dit Claudius.

— Tu ne peux pas tout te rappeler, dit la vieille d'une voix de miel, tu aurais trop à faire. Toujours est-il que la fille du vivier de Saint-Paul-aux-Bois, en effet, venait pour une quête.

La Madone sentait que la belle-mère faisait marche arrière mais ne soupçonnait pas que c'était parce que la vieille femme s'apercevait soudain qu'elle allait faire mal à son fils, en tout cas lui mettre la puce à l'oreille, et qu'elle était allée trop loin, incapable de refouler longtemps la hargne qu'elle avait pour sa bru.

— Des quêtes, il n'y a plus que ça ! s'écria le père Mantel.

— C'est ce que je disais à Pierrette, dit le mari.

— Est-ce qu'on m'assiste, moi ? reprit le vieux. Il n'y a que nous qu'on n'assiste pas ! Est-ce que je n'aurais pas le droit, moi aussi, d'être assisté ?

La Madone sortit les alcools « pour se remonter » et

en même temps pour fêter ce qu'elle venait de découvrir : la belle-mère inventait, ne savait rien que ce que tout le monde connaissait. La fille du vivier de Saint-Paul-aux-Bois suivait les cours du lycée et traversait la ville en pétaradant sur sa grosse cylindrée. Et après ? Elle sort d'ici. Croit-elle que c'est l'agent de liaison entre sa guimauve de père et moi ? Cette vieille chipie n'est qu'une malhonnête et veut me tirer les vers du nez ! De son côté la mère Mantel, une fois de plus, se posait des questions sur son fils et balançait la tête de droite à gauche pour toute réponse. Quand on vit avec la Madone, c'est qu'on s'y trouve bien et qu'on est donc à mettre dans le même panier. Le mieux c'est de laisser les choses comme elles sont, en leur état, de se lever et de partir, sur une série de baisers sonores, joue contre joue, dans le vide.

— La Chine aussi m'inquiète, dit le père Mantel.

— Eh bien, nous serons chinois ! Et après ? dit la belle-mère. On se fera une raison. Il est temps de rentrer. J'ai encore trop mangé, moi. C'est votre faute ! ajouta-t-elle en souriant à la Madone. Claudius, tu as une femme qui sait recevoir !

— Je fais de mon mieux, dit Pierrette en prenant un air de petite fille.

— Vous êtes plus belle que toutes les actrices que j'ai vues défiler à mon théâtre ! dit l'ancien concierge, heureux que son fils qu'il trouvait assez laid et tout à fait du côté de sa mère pût chaque soir se glisser au lit d'une telle créature. Merci pour tout. En route, maman ! Tiens, regardez-la, ici, déjà jolie comme un cœur !

Le père Mantel avait pris à deux mains la photographie de la Madone enfant dans un cadre à chevalet posé sur la cheminée et la contemplait, comme s'il s'agissait du portrait d'une petite que ses enfants lui auraient faite, et il ne se trompait guère car sa bru se jugeait ainsi, telle sa propre enfant et se portant un amour maternel. C'était elle, lors d'une fête au cours de danse de sa toute jeunesse, déguisée en lapin aux oreilles dressées et battant du tambour.

— Elle n'avait déjà pas les yeux dans les poches ! s'écria le vieux. Regardez-moi cet air crâne ! Ah, Claudius, dorlote-la bien !

La Madone jeta un œil sur sa belle-mère qui observait la scène à distance, déjà sur le pas de la porte, la tête renversée et les lèvres serrées. Ils étaient tous à cet instant jaloux de cette enfant en représentation, cambrée, glorieuse, avec l'avenir d'une étoile devant elle, mais leur jalousie avait toutes les facettes, et si la belle-mère voyait déjà dans la pose enfantine de la provocation, une audace dont elle avait été elle-même toujours dépourvue, la Madone, elle, y lisait de la souffrance, mêlait regret et reproche, chargeant le ciel de ce que cette enfant n'ait pu poursuivre sa danse jusqu'à l'envol. Elle la plaignait et en même temps c'était très doux de se pencher une nouvelle fois sur elle, comme sur un premier rêve, un enfant-cygne, bien qu'elle ressentît l'amertume de ne pas avoir su au départ qu'elle était vouée à la velléité, se forgeant d'anneau en anneau la chaîne qui est sa vraie parure. En un éclair la Madone revit la suite de ses décisions avortées, de tous ces plaisirs qu'elle s'était promis et qui n'avaient duré qu'un matin, une saison, nage, tennis, cheval, musique, et même la simple envie d'aller voir des expositions, maisons de couture ou musées. Rien n'avait tenu. Ainsi l'homme, celui dont elle avait rêvé, ne viendrait jamais, ne l'enivrerait jamais de ce vin épais et fou qu'elle avait imaginé. Il lui faudrait se contenter de grappiller les raisins, les mûrs, les acides, les verts, les fripés.

Dès que les beaux-parents eurent repassé la grille, elle se sentit sans force et chercha la colère. Le volailleur avait regagné ses baraquements. Elle regarda autour d'elle, d'un œil d'huissier, ce qu'elle pourrait sacrifier pour retrouver son calme, mais le mobilier, les chaises, les vases, le lustre en perles — il faudrait le nettoyer de sa croûte de poussière agglomérée par la vapeur des potages, que signifie un mari qui exige sa soupe, et brûlante, chaque soir ? —, les cadres ovales inclinés sur les murs — clair de lune sur des ruines et lever de soleil sur les Alpes —, le bahut breton, le miroir bordé de verroteries avec son aigrette desséchée de buis des dernières Pâques, tous les éléments de ce décor criaient pitié. Pitié, nous ne sommes que des choses que tu as choisies, qui t'avons accompagnée en silence, toujours heureuses quand tes yeux subitement dérivent, alors que tu grignotes face à face avec ton mari qui fait tant de bruit en mangeant, et qu'ils retrouvent ta dernière proie, ton vrai repas, sur le coussin arrière de ta voiture ! Ou quand tu viens devant moi, ton miroir, pour te contempler longuement, refaire le masque de ta beauté, oui, si dévotieusement, avec tout cet attirail de pinceaux, peignes, brosses, pinces, houppettes, tubes, crayons, crèmes et poudres qui gonfle le baise-en-ville à tes initiales dont tu ne peux te séparer !

La Madone ouvrit son sac et le posa sur le bahut breton qu'elle avait déniché à la salle des ventes — une affaire, pensait-elle, et un souvenir du Grand Siècle. Ne dispersait-on pas ce jour-là le mobilier du château de Crassy ? Qu'importe que ce meuble à jours, orné de roues, ait vu le jour vers 1920 ! Pierrette regarda l'heure au carillon Westminster. Il lui restait le gros de l'après-midi. Elle reprit son ravalement. Elle allait descendre en ville. À cette heure, le samedi, les rues sont pleines, le marché n'est pas terminé. Chacun prépare son dimanche. Je vais sillonner tout ça et au besoin faire un crochet par les bois Saint-Paul. Elle se regarda dans les yeux et murmura comme s'il était derrière elle, à l'écoute :

— Rambaud, ça va être ta fête !

La Madone ne le rencontra pas ce jour-là, bien qu'elle eût roulé en rond plus de trente kilomètres, le compteur en faisait foi qu'elle avait mis à zéro. Devant la Brasserie des Indes une vingtaine de motocyclettes stationnaient en tas et leurs cavaliers, casques au pied des tables, s'étalaient à la terrasse, les jambes ouvertes à angle droit devant des jus de fruits. La Madone aperçut la quêteuse au milieu du groupe et repassa devant eux une heure après. Ils n'avaient pas bougé et regardaient toujours dans le vague. Elle s'arrangea pour que la fille Rambaud la vît, mais les jeunes gens attendaient on ne sait quoi, toujours aussi harassés et, semblait-il, tombés, abandonnés après quel combat ? La

Madone regagna sa tour et, pendant plus d'une semaine, en dépit de ses attentes à proximité du vivier des bois Saint-Paul et des méandres qu'elle faisait faire à sa voiture dans la ville et les alentours, elle ne rencontra pas le bel Henri. Elle finit par se demander s'il n'avait pas envoyé sa fille pour rallumer son attention et s'il ne se cachait pas pour jouer l'intéressant et l'intriguer. Elle lui trouvait tout à coup un certain piquant, mais comme elle ne pouvait souffrir de se voir mener par le bout du nez, elle s'en voulut d'être tombée dans le panneau et décida de rayer Rambaud, de ne plus même compter sur le hasard pour le rencontrer. Fantasque, sa pensée se retournant sans cesse sur elle-même et passant par l'étroit goulet de sablier du plaisir immédiat, elle effaça l'idée qu'elle pouvait faire croire que la démarche de la quêteuse avait réussi et qu'elle ployait de peur. Ne voyant plus que la liberté de se tourner vers l'inconnu qu'elle allait lever dans une chasse nouvelle, elle rentra ce soir-là heureuse et le sang frais. Mais il est ridicule de ne pas croire au hasard qui vous enveloppe, à ses combinaisons innombrables qui rappellent l'agilité, la force et l'inépuisable fécondité des songes où nous nous mouvons dans le sommeil.

À quelque temps de là, Henri Rambaud tomba sur la Madone au bureau de tabac où tous deux allaient acheter des cigarettes. Il laissa sa jeep garée sur la place et monta dans l'anglaise de la Madone. Midi sonnait. À l'autre bout de la ville la fille d'Henri sortit avec ses camarades du lycée, essaim de robots à visières de mica, bombillant, bottés, bardés de casques, d'écouteurs à éponge, de magnétos qui gonflaient les blousons et laissaient filer le bruissement électrique des hannetons, d'acides frottements d'élytres entre les pets vaniteux des moteurs. Ils passèrent à pleins gaz la grille de la cour d'honneur, avant de se diriger chacun vers sa table familiale. La quêteuse aperçut la jeep paternelle, fit quelques tours sur la place, entra au débit de tabac, à la Brasserie des Indes, et contre toute vraisemblance dans les trois restaurants du centre. Henri n'y mettait jamais les pieds et restait introuvable. Elle téléphona au vivier et dit qu'elle était invitée à déjeuner chez une amie. De la terrasse des Indes où elle resta devant un sandwich pour se donner une contenance, le temps lui parut infini, mais venant pourtant vers elle, un peu à la façon d'une marée montante. Dans cette heure de battement les employés, les fonctionnaires emplissent la brasserie d'un tumulte joyeux. Les salles fermentent, lacèrent le fumet de choucroute en tentacules qui ondoient au-delà de la terrasse et viennent palpiter encore sur les pavés du milieu de la rue. La fille d'Henri Rambaud se sentait exclue de cette presse heureuse, roc au milieu des méduses. La jeep avait l'air abandonnée, là-bas, le long du trottoir. La Madone passa triomphante devant elle, la fixant de ses yeux encore en fête, et déposa le père un peu plus loin. Annick n'avait pas bougé. Elle ne démêlait plus très bien ses sentiments, et le dégoût de la faiblesse de son père se mêlait à la chaleur de la gifle qu'elle venait de recevoir. Elle vit Henri qui sur la chaussée parlait encore à la Madone, penché à la portière et caressant les mains de sa maîtresse, des mains qui ne quittaient pas le volant ! Elle mit un peu de monnaie à côté du sandwich qu'elle n'avait pas touché, enfourcha sa moto, la fit se cabrer en démarrant et disparut en sens inverse de la Madone pour aller l'attendre sur le chemin du volailleur. Dès que la Madone apparut, Annick se mit en marche et l'escorta sur le côté, sans un geste, sans un appel. À l'entrée du domaine elle fit demi-tour, et la Madone qui pensait à une nouvelle dispute ne comprit plus. Elle conclut que la quêteuse, devant l'échec, venait de tenter une reprise et finalement abandonnait, mais, le jour suivant, alors qu'elle sortait de chez elle pour se rendre innocemment à la ville, tout de noir vêtue, en voile et robe de pleureuse grecque, et ne pas manquer les condoléances aux obsèques d'un adjoint au maire (contre quelques effets de jambe le cher disparu avait facilité des travaux de voirie au pied du mirador), des motards apparurent par enchantement de part et d'autre de sa voiture. Martiens en croupe, ils l'accompagnèrent un instant, la quittèrent, mais d'autres relevèrent cette première escorte, la renforcèrent, et elle se trouva coincée, obligée de s'arrêter. En un éclair la troupe la tira brutalement, la dénuda, jeta ses vêtements dans le fossé, la remit au volant et lui fit reprendre la route. La Madone nue obéissait aux coups de pneus, de guidons, de casques maniés en fronde, et sous la dure escorte entra dans la ville. Elle se recroquevillait le plus possible, mais arrivée derrière l'abside où l'on entendait les orgues de l'office funèbre donner de toutes leurs trompettes pour la sortie, sur un ordre de la quêteuse on la tira sur le pavé, sans qu'elle poussât un cri, laissant ses ongles de vamp dans la bagarre et perdant ses verres de contact. Elle allait s'évanouir lorsque la troupe la rejeta sur le siège avant, et la fille Rambaud prit le volant accompagnée par la troupe pétaradante. Ils arrêtèrent la voiture de la Madone près du corbillard, sur la place du parvis, au moment où sortait le cercueil suivi de l'assistance, puis retirant les clés de contact et vingt mains se précipitant pour en ouvrir les portières, les motards s'évanouirent dans un vacarme d'escadrille en rase-mottes. Le maître de cérémonie, les prêtres, la famille, les amis, la foule, autour du cercueil que les croque-morts au garde-à-vous maintenaient de surprise sur leurs épaules, regardaient dans la voiture ouverte la Madone sans voile, la tête dans les mains et les cheveux en cascade. Pierrette Mantel n'avait jamais été aussi belle, sans doute parce que le scandale était absolu. Un homme sortit de la foule et alla refermer les portières. Un autre sentit qu'il en tombait amoureux, totalement, tout de suite, demain et à jamais. Un autre... La foule et le mort reprirent leurs mouvements. On eut le loisir de longer au petit pas la belle voiture où la Madone restait immobile. La lumière se couchait sur le dos magnifique. Certains, et plusieurs femmes, lorgnaient avec envie la banquette arrière.

2, place des Lanternes

Les lanternes anciennes, ovales et cuivrées, qui lui ont donné son nom l'entourent de nouveau depuis que la municipalité a décidé d'arrêter le défigurement de la ville. Au bout de leurs cordes elles tombent de fines potences, et sur la place ronde, la nuit, pour peu que l'on soit songeur, elles ressemblent à des crânes de pendus dont les corps se seraient détachés. Au milieu de pavés gris, des grès roses dessinent une étoile dont les pointes filent vers les lanternes. La fontaine du centre est une pyramide que surmonte un globe d'or. L'eau sort en nappe, à sa base, d'entre les griffes qui la supportent. Au long des heures on entend son bruit sans fin. Quelque chose d'éternel et de triste se reflète dans le cirque des fenêtres symétriques sur la balustrade qui fait le tour des demeures et masque les toits. Si l'on oublie les passants, les voitures, les pigeons, l'enfant qui vient lâcher dans la vasque un bateau de papier, le cœur se serre de crainte et de beauté. Il semble qu'une couronne d'épines l'enserre, et cette image se voit dans la vitrine du libraire, au numéro 2, un laïc correspondant d'une congrégation fondée il y a deux siècles par une religieuse née native d'ici, comme il aime à dire. « Ma religion, ajoute-t-il, est la première qui ait trouvé que Dieu possède un cœur pareil au nôtre. » Commerce oblige : le muscle divin est environné de revues nudistes, d'ouvrages illustrés sur la guerre à travers les âges, de bandes dessinées à l'usage des extraterrestres et de manuels de cuisine bourgeoise. Quand vous achetez une grosse de crayons vous recevez une gomme en cadeau, mais ce genre de clients est rare. On trouve aussi journaux, cartes postales, jeux d'enfants, chapelets, masques de carnaval et lames de rasoir, un mélange que couvre assez bien l'éventail du mot « librairie » collé en lettres de faïence sur la vitrine et que de l'intérieur on lit à l'envers : « eiriarbil », mais qui dira avec justesse l'odeur merveilleuse qui règne dans cette pénombre ? Elle tient du vieux poivre, du bois frais scié, d'un taillis que traversa la meute, de la chair des hautes femmes fraîches qui sortent du bain et du placard oublié que l'on ouvre sur des fourrures. Elle nous fait baisser les paupières.

LES GRANDES INDES

Comme autrefois sa grand-mère disait aux officiers à sabre qu'elle recevait à dîner : « Désarmez-vous ! », Delphine Chanteloup priait ses invités de laisser leurs tabac, pipe et cigarettes sur la crédence de l'entrée.

— Je me charge de l'atmosphère, affirmait-elle.

Son jour était le dernier jeudi du mois. Elle était en sari et ne cessait d'allumer des bâtonnets d'encens. Elle agrémentait ses réunions d'un artiste qu'elle faisait venir de Paris, violoniste ou conférencier, magicien ou sénateur. Le nom de Chanteloup que l'on voyait sur tous les grands chantiers promettait à chacun un faste solide, une table et des bouteilles que l'on se rappelle en salivant, et l'on passait même au rang des plaisirs l'impossibilité de fumer à l'intérieur de la maison qui flattait en Delphine un sentiment de puissance. Chacun se rachetait de ce manque au verser des alcools. Chanteloup montrait l'exemple à suivre. On prenait son verre et l'on passait au jardin que l'on traversait pour atteindre les grilles d'un chenil gigantesque où côte à côte dormaient les monstres rouges et jaunes de l'entreprise. Devant les hôtes toujours saisis de voir la terre peuplée de ces insectes... — sur le point d'être tous téléguidés, confiait Chanteloup —, le maître des lieux flattait de la main ses créatures, grues repliées sur leurs plates-formes, énormes chenilles coiffées de palans, bouteurs à roues géantes et formidables gouges à tranchées. Des projecteurs leur donnaient des ombres fantastiques qui se mêlaient à celles des cèdres voisins éclairés par en dessous. C'est alors que des haut-parleurs se mettaient à diffuser l'ouverture de *Parsifal*. Les soirs d'hiver ou de grosse pluie, on se contentait de regarder l'étrange scène depuis la véranda encombrée de lianes et de ficus. La troupe guidée par Chanteloup rentrait ensuite au salon, où Max qui remplissait tous les offices de peine, vêtu de blanc et assisté de sa femme Évangéline, la perle des bonnes, versait les jus de fruits dans des brocs de verre que la vieille Thérèse, la cuisinière, renouvelait dans la souillarde à l'aide de mixeurs multicolores. C'était l'heure où les esprits voletaient au ras des corps repus, désireux de fumée, de la légèreté de la fumée, ivres d'en être privés.

— Ce que je reprocherais à l'Inde, dit le héros de ce soir-là, un petit vieillard vif à crinière lumineuse et aux lèvres épaisses, c'est de ne pas nous offrir l'équivalent du pont-l'évêque que vous nous avez servi tout à l'heure, madame, ou de ce maroilles du plus rare moelleux.

Romain Beaufol baisa la main de Delphine Chanteloup.

— Vous êtes charmant, dit-elle. Oui, parlez-nous

de votre spécialité, ce grand roulement de la vie que vous avez perçu là-bas, cette pensée en expansion comme l'est, paraît-il, notre univers.

— L'Inde est inépuisable, reprit Romain Beaufol dans le silence des invités. Depuis trente-sept ans que mes conférences roulent sur elle, je puis dire que je n'interprète pas encore clairement le signe que sur son sol rouge me fait l'ombre d'une main d'entre les milliers qu'agite l'amoncellement des statues dans les étages de ce temple infini !

Les invités échangèrent quelques regards de côté, se demandant muettement si l'un d'entre eux saisissait la pensée de Romain Beaufol, mais il poursuivait :

— J'ai fondé une école qui a de grands besoins matériels. Aussi me permettrai-je, si vous le permettez, madame, comme j'en réserve le privilège à ces rencontres d'élection, de procéder à une vente à l'américaine.

Il lut quelques appréhensions sur les visages et les dissipa aussitôt en tirant de son gilet un médaillon de verre où l'on vit une poudre d'un gris rosé.

— C'est un porte-bonheur en même temps que le souvenir d'un des plus grands hommes qui nous firent la grâce de passer à la surface de ce monde. Cette cendre provient du bûcher qui consuma Gandhi.

Évangéline proposait toujours ses limonades sur un plateau. Elle vint regarder le médaillon et personne n'y trouva à redire. La relique passa de main en main.

— C'est une idée géniale, dit Delphine, mais vous allez faire des envieux !

— Je le souhaite, dit Romain Beaufol. Il me reste

encore quelques pincées précieuses que je réserve pour d'autres soirs. Partout où je passe la bienfaisance fleurit et il me semble que le monde n'a que le désir de se surpasser. Je mets cette grâce au compte de l'Inde, dont le poudroiement merveilleux n'a pas fini de nous embellir.

La douzaine de convives resta disséminée dans les fauteuils face à Romain Beaufol debout, le dos à la cheminée dont l'âtre, hiver comme été, regorgeait de plantes vertes. Personne n'osait lancer la première enchère, mais chacun en mourait d'envie ; elle n'engageait à rien, mais comment désobliger l'hôtesse qui regardait autour d'elle d'un air de défi ?

— Mille ! lança-t-elle.

Et l'on monta par petits paquets de dix, chacun comptant bien laisser la relique à Delphine Chanteloup, mais à deux mille francs, bien que l'on considérât cela comme un passe-temps altruiste, passablement obligatoire certes, l'épouse de Benjamin Clermont de la Banque Abel Clermont et Fils se demanda ce qui prouvait que la cendre était bien du bûcher de Gandhi. Elle ne savait pas que les autres se posaient la même question.

— Deux mille vingt, dit Romain Beaufol, en montrant du doigt Mme Clermont qui venait de cligner de l'œil sous l'effet de son doute, mais le respect humain fit que l'on atteignit quatre mille dans les minutes qui suivirent.

— Cinq, dix, quatre mille cent !

Les doigts se levaient toujours, doublant les coups de menton.

— Je demande une petite pause, dit Delphine Chanteloup, le temps de renouveler mes bâtonnets.

Elle en ficha quelques poignées dans les coupes de sable où s'éteignaient les dernières et fragiles braises. L'air devenait irrespirable, d'une teinte d'albâtre sous les abat-jour, et la vente se poursuivit dans la pénombre avec un air de jeu clandestin. Évangéline et son mari regardaient cela depuis la porte de l'office, intéressés et graves.

— Cinq mille, dit Beaufol en désignant la main levée au fond de la salle.

Tous se retournèrent. Thérèse la cuisinière baissa le bras.

— Thérèse ! s'écria Delphine, ce n'est pas une plaisanterie. Où voulez-vous trouver cette somme ?

— Il suffit de monter sur elle, dit Beaufol.

— Et si nous nous arrêtions là ? demanda Chanteloup assez satisfait.

— Oui, reprirent les autres, si nous laissions les cendres à Thérèse ?

La patronne fit un signe à Évangéline qui vint chercher la vieille servante et l'entraîna vers la cuisine. Mme Clermont jugea que le ciel s'était mis de la partie pour dérouter le conférencier, et l'air s'était détendu. Chacun pensait que Beaufol avait failli le posséder, et Delphine se demandait comment elle avait pu tomber dans le panneau.

— Nous ne pouvons pas poursuivre ni laisser se ruiner cette malheureuse !

— Jamais, dit Beaufol qui était devenu pâle, je ne me suis trouvé dans une telle situation. Voulez-vous que nous restions à l'avant-dernière enchère ? Qui l'a lancée ?

Personne ne bougea et il y eut un consentement muet, général et absolu pour que Beaufol en fût pour ses frais. En un éclair on le vit perdu, son coup manqué, et Chanteloup en était si réjoui qu'il proposa un marc qu'il se gardait en Suisse et cérémonieusement pour les grandes occasions, quand il avait conclu un marché d'importance ou découvert le nouvel amant de sa femme, ce qui se passait en général au temps de Noël, à la période des cadeaux, mais Beaufol conservait les dés et lança la dernière main glorieusement.

— Mes amis, dit-il, ne jouons pas avec le sacré. Le malentendu vient de moi. Oublions. Je garde le médaillon pour un soir meilleur.

— Mon cher maître, dit Delphine, considérons cela comme un intermède, nous penserons à vos œuvres. Parlez-nous de l'accueil que vous avez eu à l'Éden. Est-ce que notre population diffère des autres, et en quoi ? Nous sommes une ville assez fermée. Je me rends mal compte de la figure que nous offrons.

— C'est un public en or ! dit Romain Beaufol qui reprit son sourire.

— Vous auriez dû proposer cette vente à la fin de votre conférence ! dit Mme Clermont.

— Il ne faut pas mélanger les genres, expliqua Beaufol. J'ai appris cela dès mes débuts, quelques années après la guerre. Gandhi venait d'être la victime d'un fanatique. J'avais eu la chance d'être dans la première vague de la marée humaine qui allait submerger son bûcher.

Les invités regardaient le petit vieux élégant, sa rosette et la main baguée qui remettait sans cesse une mèche sur l'oreille, et ils trouvaient qu'il ressemblait si parfaitement à l'envers d'un escroc qu'il ne pouvait qu'en être un.

— Es-tu certaine, murmura Chanteloup à Delphine, qu'il est le vrai Romain Beaufol, celui de la Salle Pleyel ?

— La Salle n'y fait rien, souffla-t-elle. C'est peut-être une canaille, comme à peu près tous ceux qui n'ont que l'Inde à la bouche.

— À son âge ! reprit Chanteloup.

— L'âge n'y fait rien ! C'est une arme de plus aux mains des intrigants, et sans doute la dernière, dans le sens de la plus grande tromperie, qu'un malin puisse employer !

Delphine avait branché l'électrophone et mis l'un de ses disques préférés qui mariait à l'odeur de l'encens une plainte répétitive et féline.

— Chère amie, dit Beaufol, cette musique vient de la région de Jaipur. C'est un merci sans fin. Vous n'auriez su trouver plus sympathique pensée.

Il avait fermé les yeux et l'on crut qu'il allait s'évanouir, mais il reprit son verre sur la cheminée et se dirigea vers le maître de maison qui versait de petites sucées de son eau-de-vie. La patronne s'était éclipsée. Évangéline et Thérèse qui finissait de remplir la machine à vaisselle la virent arriver souriante.

— Thérèse, quelle idée avez-vous eue de lever le doigt ? Vous ne saviez pas que c'était sérieux ?

— J'ai cru à une loterie, Madame ! Je vous

demande bien pardon. J'aurais dû rester dans mon trou. D'habitude, je vais juste passer un œil sur l'assistance, vous le savez bien.

Il était en effet dans les usages que la vieille Thérèse vînt jeter un coup d'œil quand on ne l'appelait pas pour la féliciter de ses plats. Elle apportait alors de l'eau, des glaçons ou quelque friandise, ce qui permettait le lendemain à Delphine qui avait confiance en son jugement de lui demander son impression sur un nouveau venu. En général, l'avis de Thérèse, pour instantané qu'il fût, se trouvait juste. Elle avait discerné sur-le-champ, avec un flair de bête, l'odeur essentielle de l'individu, qui échappait à la patronne.

— Qu'en dites-vous, Thérèse ?

— Du petit vieux ? Il souffre, Madame.

— Comment ça ?

— Comme tous ceux qui ne sont pas heureux. Il n'a jamais été heureux, cet homme-là ! Ça se voit comme le nez au milieu du visage.

— Oh, dit Évangéline, je vais mettre un peu plus de chlore dans la machine.

— Ce n'est pas un microbe qu'on peut tuer, reprit Thérèse. Es-tu gourde, ma pauvre fille !

La patronne avait regagné le salon et regardait d'un nouvel œil le conférencier. Des groupes s'étaient formés et la parlote allait d'un si bon train que l'on ne s'entendait plus. Comme à l'ordinaire, on traitait ici du problème juif, là de la révolution, un peu plus loin du dernier film italien et du dernier scandale amoureux éclaté dans la ville. La mode passe, on ne faisait plus attention au héros du début de la soirée, et Romain

Beaufol se retrouva seul. Son regard allait sur la collection de verres gravés éparpillés sur les étagères de cuivre dans le passage entre les deux salons. Des rampes de lumière exaltaient leurs feuillages, leurs scènes de chasse.

— C'est mon passe-temps favori, lui dit Delphine, je cours toutes les ventes pour en trouver.

— Ils sont très beaux, dit Beaufol. Je remarque une fois de plus que la femme contrebalance à sa façon l'ouvrage de l'homme. Votre mari collectionne les monstres d'acier et vous, les cristalleries. Heureuse alliance ! Tournoiement des contraires pour un disque parfait !

— Asseyez-vous par ici, dit Delphine, nous serons plus à l'aise.

Elle alluma dans le petit salon de nouveaux bâtonnets d'encens et se laissa tomber sur un canapé.

— Mon petit doigt me dit que vous vous ennuyez, ne protestez pas, je me mets à votre place, dit Delphine. Vous n'êtes pas ici, vous êtes en Inde, je le vois, vous êtes toujours en Inde. Si l'on ne parle plus de l'Inde, vous dépérissez, n'est-ce pas ?

— Oui, dit Romain Beaufol.

— Mais pourquoi la quittez-vous ?

— Pour mieux y retourner.

— C'est votre femme, en sorte ?

— Si vous le voulez. Je pense que, si bien que l'on soit avec une femme, il faut de temps en temps la quitter de peur de la gommer. Au loin, elle reprend ses arêtes, son détail, le parfum auquel vous vous étiez habitué et qui de nouveau vous émeut et vous rappelle à sa fleur. Je crois qu'il est un temps pour vivre l'amour, un autre pour en parler, et le dernier est aussi important. Je ne peux plus me passer de discourir sur elle, de la vanter, sinon de la faire connaître, mais je vous fais un aveu : je me déçois, je me sens toujours en dessous de ce que je veux dire, de ce qu'elle représente, de ce qu'elle vaut. J'ai donc l'air d'un bonimenteur. Faites-moi la grâce de garder ces confidences. Rejoignons vos invités, voulez-vous ?

— Attendez ! dit-elle.

Elle passa dans le bureau voisin, y rédigea un chèque qu'elle mit dans une enveloppe et revint à Beaufol qu'avaient rejoint deux dames et qui souriait comme un vieux beau, les jambes croisées et les bras sur le dossier du canapé.

— Je vous l'enlève un instant, dit-elle. Venez, monsieur Beaufol.

— Nous lui disions au revoir, Delphine ! Il est tard. Il nous faut rentrer.

— J'allais aussi vous demander la permission de regagner mon hôtel, dit le conférencier. Je pars très tôt demain pour Lyon. J'y ai aussi un petit public.

— Il n'y a pas de petit public ! s'écria Delphine. Il suffit qu'un seul cœur batte en vous écoutant, n'est-il pas vrai ?

— Oh, Delphine, dirent les amies, c'est toi qui devrais monter sur scène ! Tu as toujours les mots qu'il faut !

On s'embrassa, on se serra les mains, on applaudit une dernière fois Romain Beaufol que le mari d'Évangéline aidait à passer son paletot de demi-saison fleuri d'une rosette, et dans le quart d'heure qui suivit Chanteloup ronflait dans son lit jumeau près de Delphine qui regardait, penchée sous l'abat-jour de sa table de nuit, la poudre dans le médaillon, d'une teinte de fleur sèche.

Elle eut le lendemain une prise de bec avec son mari quand celui-ci vit la relique au cou de Thérèse qui la portait avec ostentation, mais ce n'était qu'un grain de sable pour Chanteloup et l'on pensa au prochain jeudi, qui vit un quatuor à cordes yougoslave caresser les engins dans le chenil monstrueux. Le violoncelliste traduisait à ses camarades les performances que l'industriel présentait comme s'il avait affaire avec des acheteurs terriblement tentés.

Ce n'est qu'au printemps suivant que l'on retrouva le souvenir de Romain Beaufol.

— Madame, dit Évangéline en apportant le petit déjeuner dans la chambre de Delphine, il faut que vous veniez consoler Thérèse. Elle pleure tout ce qu'elle sait.

— Elle est souffrante ?

— Elle passe la moitié de la nuit à lire le journal sans en sauter une ligne. Vous n'avez pas lu dans celui d'hier ? On a appris l'arrestation de votre conférencier, le médaillon ! Il paraît qu'il a une double vie. À son âge ! Il n'a jamais mis les pieds chez Gandhi. Ça fait pourtant quarante ans qu'il en parle, avec des affiches, des salles pleines ! On l'a coincé dans un trafic de devises. Et ce n'est pas son nom ! Il s'appelle M. François. Un Suisse ! Mais sans famille. Il a toujours vécu à l'hôtel.

Le pont moderne

Il s'appelait Louis XV avant les bombardements de la dernière guerre. On n'a gardé de l'ancien que la croix au milieu du parapet d'aval, d'un beau cuivre que l'on entretient. Certains regrettent le vieux pont, étroit et bombé, auquel ils trouvaient plus de charme sur ses deux piles en éperon, mais celui-ci d'un seul élan presque plat est d'une rigueur qui ne fait qu'un avec la beauté. Plus large, mais comme s'il ne voulait point paraître ni peser, il a l'air d'oublier l'eau qu'il franchit, de la tenir pour rien, de ne pas la craindre comme faisait l'ancien avec ses proues de pierre, mères des tourbillons. Véritablement, il remplit mieux sa fonction qui est d'enjamber. La rivière non plus n'en a souci. Elle ignore, si elle ne méprise, ce qui demeure. Elle va sa vie d'eau, se sait toujours jeune et incapable de vieillir. Ce n'est pas elle que l'on pourrait appeler moderne. Mais il n'est pas vrai de dire non plus que le pont inauguré un matin d'hiver par le Président de la République qui y prit un froid qui devait l'emporter, sans que l'on ait admis que la véri-

table raison de sa mort fut cette coquetterie d'aller nu-tête par tous les temps, il n'est pas vrai qu'il fasse son office mieux que l'ancien. Il enjambe certes, mais plus vite, et il ne laisse donc pas autant que l'autre l'impression d'avoir franchi un rude obstacle. Il semblerait avoir aussi quelque chose du détachement des avions qui survolent si finement la ville et que l'on ne voit bien qu'ici, où l'éventail du ciel en grand peut s'ouvrir. Par la rue principale il relie le cœur de la cité au faubourg où se dressent les paratonnerres de la prison et le drapeau qui flotte sur le cimetière militaire.

L'ATTRAPE-NIGAUDES

Le conservateur du musée de Mérande, Fabian Massol, se tenait devant le tableau qu'il préférait et qu'il avait fait accrocher, seul, dans la dernière salle sur un velours neutre à peine gris. On ignore l'auteur de ce *Paysage avec personnages* qui vécut au quinzième siècle de notre ère et ne laissa que cette œuvre. Tant qu'on l'avait laissée parmi d'autres représentations de natures plus ou moins mortes, les visiteurs ne s'étaient guère intéressés à cette toile, mais M. Massol avait décidé d'en faire parade sans autre motif que son plaisir, et l'on ne voyait plus qu'elle dans cet ancien couvent acheté et transformé par la municipalité en lieu d'expositions. Fabian Massol avait connu des succès avec l'art du cierge, les aquarelles d'artistes locaux, trois siècles de graffiti dans les geôles anglaises de Guyenne et plusieurs collections d'étiquettes dont le fameux ensemble de boîtes à camembert du pharmacien Castanède, mais l'intérêt avait fait place à l'estime depuis la présentation du tableau qu'il avait rafraîchi, nettoyé avec quelle délicatesse ! à la pomme de terre et au savon de Marseille. C'était devenu d'autant plus son œuvre que l'auteur s'obstinait à rester inconnu et que l'on voyait mal à quelle école l'apparenter. L'ensemble était d'une tonalité qui fondait dans les verts, acides et gras, transparents et murés, relevés par des touches d'orange et de jaune. On pouvait y voir un résumé paradisiaque de la terre, mais baigné d'ombre et donc au bord de l'inquiétude. De même qu'il est courant d'entendre des musiciens dire d'un chef d'orchestre qu'ils ont admiré : « Si vous saviez comme il était laid au naturel, mais comme il devenait beau dès qu'il levait sa baguette ! », Abel, le gardien-jardinier du musée, déclarait que Fabian Massol perdait son physique ingrat dès qu'il se plantait devant le *Paysage*. Petit, le nez en coin de rue, le cheveu paille et rare, voûté en diable et prêt à glisser entre les parenthèses de ses jambes, sa taille se relevait, il se nimbait de soleil et quelque chose d'angélique porté par les rayons de ses yeux enchantés remodelait son visage. Autant avouer qu'il devenait méconnaissable. Cela faisait aussi l'étonnement d'Adrienne Dupuytren (aucun rapport avec le chirurgien de la Restauration) qui lui servait depuis quelques mois de secrétaire et faisait bénévolement visiter la ville aux touristes. Le Syndicat d'initiative, sa base de départ, était installé dans l'ancienne porterie du couvent, au rez-de-chaussée. En dehors de ses tournées où elle faisait caracoler mille ans d'histoire, Adrienne Dupuytren passait à la fin du jour par les salles qu'Abel oubliait parfois de fermer et laissait allumées. Elle n'en disait jamais mot au conservateur par reconnaissance pour Abel qui lui avait dévoilé la véritable histoire de l'Occupation allemande et d'autres secrets de la ville, l'emplacement des puits au Moyen Âge, par exemple, tous bouchés et oubliés sous les ruines de la dernière guerre. Adrienne reconnaissait volontiers que les groupes de Germains et d'Asiatiques qu'elle pilotait vibraient surtout à ces souvenirs récents qu'elle tenait d'Abel, fuite de résistants de souterrain en souterrain jusqu'au cœur des forêts d'alentour, catacombes des temps modernes où l'on avait même installé un atelier d'imprimerie d'où partaient pour couvrir la zone nord du pays les tracts de la revanche et de l'espoir. D'ailleurs, à tant ressasser cette époque qu'il n'avait cependant connue que par ouï-dire, Abel n'avait pas vu les ans se succéder et les pouvoirs changer. Il restait enfoncé dans ce coin du temps qu'il ne quittait pas plus que sa bêche le jardin entouré par le cloître. Il émouvait Adrienne qui palliait ses manques et répondait de lui auprès du conservateur, mais il arrivait qu'elle oubliât de passer la dernière au musée et de couper le courant laissé par le jardinier. Plutôt que de laisser Abel se faire tancer, elle endossait une faute qu'elle n'avait pas commise.

— Ma chère amie, dit Fabian Massol, vous connaissez mon faible ?

— Non, monsieur.

— C'est d'aimer les sardines. Deux fois par mois j'en consomme plusieurs boîtes au même repas et je sais pourtant que je vais les digérer difficilement, me lever au milieu de la nuit, descendre au jardin, faire dix fois le tour du cloître. J'en ai mangé hier.

— Vous avez donc mal dormi, dit Adrienne. Vous

êtes descendu et vous avez trouvé les fenêtres du musée illuminées.

— Oui, dit Félicien Massol d'une voix désespérée. Vous comprenez que je vais me décider à demander un gardien plus sûr. Ce pauvre Abel n'a plus sa tête.

— Il l'a ! dit Adrienne, détrompez-vous, mais elle est remplie une fois pour toutes par des événements tellement forts et situés dans une portion précise de l'Histoire que plus rien n'y peut entrer. Nous sommes tous comme Abel, monsieur le Conservateur, mais nous ne le savons pas. Chez l'un, un mariage ancien bloque tout, chez l'autre un accident, la mort d'un enfant, un incendie, un voyage, un voyage qui reste unique ! Et d'ailleurs Abel n'est pas responsable des lumières de cette nuit. Je suis venue après le dîner. Je voulais voir où en sont les gravures qui se piquent dans la première salle. Il ne faut vous en prendre qu'à moi, cette fois-ci.

— Et la fois dernière, vous m'avez seriné la même réplique, dit Fabian Massol. Comment voulez-vous que je vous croie ? Quel cadavre y a-t-il entre Abel et vous ? Les gravures de la première salle se piquent ! Je le sais, figurez-vous, et nous n'y pouvons rien. Nous les avons fait laver deux fois. Non seulement elles se couvrent de champignons mais elles s'effacent. Nous ne pourrons bientôt plus dire ce qu'elles représentent. Si vous ne saviez pas que c'est l'aventure de Roméo et Juliette, que diriez-vous que c'est ?

— Que c'est toujours leur aventure, mais invisible. Il suffit de mettre quelques cartes d'explication en dessous, dit Adrienne Dupuytren. D'ailleurs...

— Quoi, d'ailleurs ?

— Ce que nous demandons à un tableau, c'est de nous emporter. Vous voyez le balcon de Juliette, vous ne pouvez donc grimper que sur ce balcon et prendre la Juliette représentée, comme la nôtre avec ses bandeaux et ses yeux globuleux, vous allez imiter Roméo, mais si vous ne voyez pas ce balcon couvert de liserons entre Juliette dodue comme les vraies romantiques, si vous n'apercevez plus qu'un soupçon de balustrade dévorée par la nuit, une nuit blanche où vous attend une jeune fille sans traits précis à qui vous pouvez donner ceux de votre désir, alors vous êtes vraiment Roméo ! D'ailleurs...

— Quoi encore ?

— Ce que nous désirons d'un tableau ce n'est pas la contemplation, mais la transformation. Je suis triste, je le regarde et il me console. Je m'endors et il me réveille. Je ne crois plus en rien et m'en voilà le maître. Je suis la reine, l'esclave et la murène ! Je suis le cheval, le pommier, le soir qui tombe. Je suis tout ce qu'il m'offre. Il m'est arrivé d'être une simple asperge !

— Ne vous emballez pas, dit le conservateur qui paraissait de plus en plus intéressé et même ravi. Si je vous peins une mascarade, un pendu, une guillotine, qu'allez-vous chanter ?

— Je ne les regarde pas, monsieur. Notre honneur est de choisir. En tout domaine. Et d'ailleurs...

— Je vous en prie, dit Fabian, continuez, je crois m'entendre.

— Il est des tableaux que l'on voudrait pour soi.

Permettez-moi dans ce soir de sincérité de vous faire un aveu qui pourrait me coûter ma place. J'ai horreur des musées. Je trouve que les toiles seraient beaucoup mieux chez les particuliers. Une toile ça se commande et ça se déguste en secret. Je comprends ceux qui les volent ! Je comprends qu'on ne les partage pas ! Et je reste honnête jusqu'au bout : je n'aurais pas envie d'aller regarder le trésor de l'autre, ce serait l'amoindrir. Plus ! Il y a des tableaux devant lesquels je m'interdis de m'arrêter.

— *Paysage avec personnages* ? demanda Fabian Massol.

— Vous me comprenez, dit-elle. J'oserais dire que cette œuvre vous appartient.

— Je l'ai tirée du grenier, dit le conservateur. Je l'ai accrochée avec les autres et puis, un jour, je l'ai enfin découverte. Il me fallait lui donner la part du lion, la laisser seule. Plus rien ne tient à côté.

— Et personne n'est plus digne que vous de la servir ! dit Adrienne sans songer un instant qu'elle pouvait, selon la formule, « en faire un peu trop ».

— En effet, dit-il avec simplicité.

— Vous lui avez donné un nom, qu'elle n'avait pas.

— Comment le trouvez-vous ?

— Il ne laisse aucune possibilité d'être autre.

— Je vois que vous l'aimez aussi, dit-il.

— Je ne l'ai pas assez contemplée, dit Adrienne. Aimer c'est se fondre dans le même temps. Je n'ai fait que passer. Nous avons eu pour tout rapport, elle et moi, que deux ou trois battements de cœur.

— Madame Dupuytren, dit Fabian Massol, à propos de battements, depuis un demi-siècle j'entends toujours une volée de cloches, un samedi que je passais par le marché de Saint-Cernin. Une jeune femme m'a regardé. Nous étions à quelques pas l'un de l'autre. Cela n'a duré qu'un début d'*ave* ! Elle est partie, et elle est toujours là. Ces cloches ont été de vrais coups de marteau. Elles ont accroché la toile la plus ineffaçable de ma jeunesse. Voulez-vous me faire l'amitié de m'accompagner ? Je vais vous la montrer. Elle s'est inscrite dans le *Paysage avec personnages.*

— Je sens bien que je suis allée trop loin, dit Adrienne, et vous vous dites maintenant qu'à tout prendre, autant m'accompagner jusqu'au bout !

— Venez, dit-il. Je n'espérais pas que vous me comprendriez si justement ! Vous allez avoir une surprise encore plus forte.

Ils montèrent l'escalier dont la pierre avait la douceur laiteuse des hautes baies en verre cathédrale. Au fond des salles qui se désemboîtaient en enfilade le tableau dense et d'un luisant d'émail s'ouvrait en mouvement contraire, offrant des corolles qui sortaient l'une de l'autre avec les contractions d'un cœur qui bat, et venait vers les visiteurs interdits.

Adrienne Dupuytren se demanda si elle n'était pas sous le charme du conservateur qui l'avait mise en condition et la pervertissait, mais elle suivit le petit homme, son dos rond, son crâne de mauvaise cire, emperlé de sueur, jusqu'à la toile généreuse. Fabian Massol par enchantement se redressa et, se tournant vers Adrienne pour la prendre à témoin des merveilles, elle le reconnut à peine. L'œil habituellement en laisser-aller avait de la pointe et de la fierté, les lèvres un suc, les rides une fantaisie, les mains un tourbillon d'amants. Sa voix même prenait des suavités inconnues. Il indiqua du doigt un point précis dans la masse des verdures.

— Les demoiselles du marché Saint-Cernin, la tour ajourée derrière elles, les vibrations mêmes du bronze, mon ombre heureuse, vous voyez ?

— Parfaitement, dit Adrienne Dupuytren sans s'étonner, minuscule et transformée en battement d'ailes, telle une mésange dans les quatre mètres carrés du tableau où tient à l'aise, et prête à croître encore, une part énorme du monde.

Elle survolait la masse des forêts, s'éclairait tout à coup d'une plaine sous elle et fendait l'air léger. Ces taches claires et bariolées au ras des champs, dans les chemins creux, sur les rocs du rivage et dans la transparence dansante des feuillages, c'était des amis, sa famille, son mari, les inconnus, Fabian Massol en effet, elle-même.

— Vous voici, dit le conservateur. Et vous êtes là-bas, aussi, certains jours difficiles.

— Difficiles ?

— Oui, vous ne voulez pas toujours m'entendre. Alors, vous vous enfuyez, je vous cherche, je vous retrouve dans ce petit bois où l'ombre est propice au pardon.

Adrienne Dupuytren s'enfonça plus avant dans le paysage. Les mouvements de l'air diversement coloré mêlaient aux bleus frais, aux jaunes taquins, des gris de fourrure tiède. Elle vit se déplacer vers elle une forme claire dans les fourrés à murmure, lourds d'une odeur de vieux fruit. Tous les sens d'Adrienne étaient attaqués par ce lent et soudain complot des éléments. Elle reconnut Fabian Massol à sa voix.

— Je savais bien que je ne vous trouverais qu'ici, dit-il, mais remontons plus avant. Un soir de sardines, je ne pouvais pas dormir, j'ai pris une lampe et je suis monté au grenier. Les moines y faisaient jadis sécher leurs plantes. L'odeur en reste et vous remet au sommeil. J'allais donc redescendre quand une sorte d'ivresse me saisit.

— Par bonheur, c'était avant moi, dit Adrienne. Vous ne pouvez pas dire que je vous empêche de dormir ?

— Ce sont des choses que l'on ne peut avouer en face, dit le conservateur. Comment même sous la forme la plus tendre peut-on vous faire un reproche ? Je reprends. Je me suis donc raccroché à un tas de cadres que l'on avait remisés là, avec des toiles encroûtées, enfermées, oubliées, passées de mode, et je fus attiré par ce tableau. Je l'ai fait descendre par Abel. Nous l'avons accroché avec d'autres pendant des années. Pendant des années nous avons tous glissé sans le voir. Les hommes cherchent le paradis et ne le trouvent pas, alors qu'ils passent dix fois par jour devant l'entrée, mais le nez à terre ! Et j'ai eu l'illumination, peu de temps après votre agrément comme guide officielle, quand vous avez remplacé la défaillante Mme Massegrain, Yvonne Massegrain. Vous rappelez-vous que vous vous êtes arrêtée un jour devant cette toile ? Et que vous avez dit aux touristes que vous entraîniez : « Excusez-nous. On ne voit plus rien. C'est un trésor encore enfoui. Il faudrait le nettoyer, mais nous n'avons pas de crédits ! » Alors, j'ai pris mes pommes de terre et mon savon de Marseille. Dès le premier angle nettoyé, en bas, oui, ici, entre le rocher et la source, vous êtes apparue et vous avez fui. Je vous ai traquée dans la moitié du monde, et en même temps je retrouvai tous les chemins par lesquels j'étais passé avant de vous rencontrer. Vous ne vouliez toujours pas m'entendre ! Êtes-vous convaincue, maintenant ? Personne ne nous entend. Ils sont tous à courre !

Des masses d'arbres tremblaient au-dessus d'eux, dans la chaleur qui montait du sol. Le soleil tombait au rond-point où restaient des bruits d'équipage, l'aboiement profond des chiens, le son d'une trompe qui les rameutait, le rire d'une amazone et le lointain froissement de la harde franchissant un roncier, fuyant à l'opposé de son mâle en péril.

— Adrienne, dit M. Massol, vous savez où me trouver, désormais.

— Je viendrai, dit-elle.

— Seule, voulez-vous ?

— Je viendrai seule. Il faudrait que vous remettiez cette toile au grenier et que personne ne puisse y entrer que nous.

— Voilà comment les femmes nous font prendre la mauvaise route ! dit d'une voix rieuse Fabian Massol. Je simulerai un vol et mettrai le tableau dans ma chambre ! Je vous ai entendue ! Adrienne, il peut venir devant cette toile dix mille touristes par jour ! Aucun ne saura que c'est notre cachette.

Le charme s'en alla d'un coup. Adrienne s'aperçut que sa main était dans celle du conservateur. Elle la retira, tourna le dos au tableau et se dirigea vers la sortie. Fabian Massol la suivit dans l'escalier.

— Laissez-moi passer devant, madame Dupuytren. Vous courez si vite que vous me faites manquer aux usages.

— Rassurez-vous, je ne tomberai pas dans vos bras, dit-elle, ni d'une façon ni d'une autre. Vous avez bien failli m'avoir !

— N'aggravez pas ma peine, Adrienne !

Elle le vit retrouver son visage. Mon Dieu, qu'il est laid ! Il doit le savoir pour dire qu'il a mal, qu'il a de nouveau mal. C'est peut-être aussi pour cela qu'il est laid ! Mais enfin on ne peut pas m'obliger à vivre dans une toile à tous les vents ! Je le voyais bien tournicoter, chercher le moyen de se déclarer ! Tout leur est bon, même l'art ! Surtout l'art ! D'ailleurs je n'ai qu'à regarder mes touristes ! Indiens ou belges, ils cherchent tous à en profiter. Il faut les voir me presser, m'entourer, jouer leur Fabian Massol. Tous ! Tous ! On commence par vous dénuder sur le sofa de Fragonard et l'on vous demande : « Où puis-je vous revoir, mademoiselle ? Où peut-on vous adresser une petite carte ? Votre ville est un enchantement. Je reviendrai. »

— *Paysage avec personnages* ? dit Adrienne, je viens de trouver un meilleur titre : *L'attrape-nigaudes* !

— Je sens que nous ne nous entendons pas, dit Fabian Massol. J'en parlerai à la mairie.

— Ne mangez surtout plus de sardines ! dit-elle en sortant par le jardin.

Abel s'approcha d'elle, des primevères à la main.

— Ce sont les premières, dit-il. Je vous remercie pour la lumière, mais quand j'oublie d'éteindre, il ne faut pas mettre la faute à votre compte. M. Massol m'apostrophe de plus belle ! En plus, vous savez que c'est lui, souvent, qui laisse l'électricité toute la nuit ! Il va voir son tableau. Je ne sais pas ce qu'il fabrique, mais je le vois de mes fenêtres sortir de l'étage comme un somnambule et répéter des mots sans suite. « Adrienne, Adrienne ! »

— Adrienne ?

— Oui, Adrienne, il le répète ! Et il dit que c'est moi qui perds la tête ! Mais avant vous, du temps de Mme Massegrain, il sortait du tableau et c'était : « Yvonne, Yvonne ! »

— Le *Paysage avec personnages* n'était pas là, voyons !

— Non, mais il y en avait un plus petit, dans l'entrée, déjà du temps de Mlle Planet, « Christine, Christine ! ». Avec l'âge, Monsieur le Conservateur prend des natures plus vastes. Il finira par s'y perdre et y rester, voilà tout.

La gare

Zaza, la sémillante Isabelle de Grand'huis, l'épouse du député centriste, organise les tournois de bridge et reçoit tous les jeudis le gratin des notables. Elle lança un soir à ses tablées qu'elle n'avait plus la main depuis qu'elle avait perdu un gant au complexe, en descendant de l'express de Paris. Elle ne savait pas que ce mot allait faire fortune en ville et que l'on n'emploierait bientôt plus que lui pour désigner la gare. « L'heure presse, je ne veux pas arriver en retard au complexe et manquer mon train! » Ainsi naissent les formules, par hasard et jeu, comme les enfants, et comme eux, sans nous, font leur chemin. Mais il n'y a pas de fumée sans feu. Avec ses buffets, hôtels et dépendances, le souterrain qui mène au magasin à grande surface, ses parkings, le terre-plein des cars de correspondance, les kiosques à fleurs et à journaux, sa station de taxis, le Syndicat d'initiative qui partage avec le Club des Pongistes le tabac-loterie-P.M.U., le stand des billards électriques et la plus grosse agence immobilière, les anciennes annexes de la Petite Vitesse, la passerelle qui relie la place à la piscine couverte, la gare, en effet, a tout du complexe, et l'on est quand même étonné d'y trouver aussi des rails. Beaucoup de citoyens s'y rendent pour faire des courses, nager et parier, mais avec son hall, choucroute et abricot, orné de paysages en céramique où l'on voit les races faire la ronde en souriant, elle reste pour les rêveurs la porte du monde. C'est encore la mère des voyages. Elle porte les plus délicats dans son sein. Sous la verrière où l'on voit passer et repasser l'ombre des oiseaux, arrivées et départs se confondent. Le surplace à la gare offre le saisissement des épiphanies. Des amours y naissent et meurent dans un regard comme apparaissent et s'enfuient les flèches rose et argent des rapides. Ces communions d'éphémères demeurent à jamais dans la mémoire. L'amour aussi est un complexe.

LA HUTTIÈRE

La brume tient à l'eau immobile par plaques d'une consistance de cendre et lève à hauteur de roseaux des voiles transparents qui se dédoublent comme par un jeu de miroirs et restent obliques sans un souffle de vent, enchantement de déséquilibre, instantané de danseuse en vol. La lumière traverse tout cela, froide et verte, et l'avant de l'étroite barge, rectiligne et d'un bois passé au goudron, est l'image de la volonté entrant de force dans le désordre de la nature et lui imposant ses lois. À l'arrière, Omer Longpré godille debout, remuant à peine l'épais liquide d'où s'élèvent à perte de vue sur le marais, groupés en touffes et multipliant des îles inégales, les joncs à panaches. Une échasse noir et blanc s'envole, humide nappe secouée. Casquette plate, velours sombre à côtes, molletières cirées, Omer regagne la levée où l'attend sa motocyclette. Très haut passe un vol de canards. Le garde relève la tête et double de sa main la visière de cuir. Le soleil est blanc, d'un sérieux de vierge. Le credo de la grande-messe en *ut* de Mozart lance dans ce monde irréel et calme quelque chose de diabolique qui s'insinue partout, se débat, souffre, se dresse, exulte. Omer se retourne vers le centre des étangs, mais au ras de l'eau la huttière de Monsieur Max, son patron, est invisible. Par les fenêtres en forme de meurtrières les notes en feu s'échappent, laissant monter leurs volutes sur le paysage désolé. Jusqu'au soir il en sera ainsi, et demain dimanche cela continuera. La musique ne s'arrête qu'à la nuit, quand Monsieur Max assourdi par ses disques trouve enfin le sommeil sur son lit de camp. Omer lui a tant de fois répété qu'il est étrange qu'un architecte d'un tel renom se soit fait bâtir en creux un pareil sarcophage de béton au beau milieu des étangs, avec juste de quoi se retourner, un cagibi, une méchante cuisine, tout cela dépassant à peine le niveau de l'eau. Certes un endroit rêvé pour le chasseur aux aguets, mais Monsieur Max a horreur de tuer. Au contraire, il repeuple les étangs, baguant les oiseaux qui se laissent prendre à ses nasses et les relâchant avec un tel plaisir qu'Omer l'a vu quelquefois battre des mains comme un enfant. Une seule bête échappe à son amour, le brochet. Il l'appâte par les meurtrières et lui tend ses gaules à plat, l'œil à ras. Omer transporte sa femme Élise dans la barque, les jours où Monsieur Max désire un beurre blanc, mais la plupart du temps le patron retourne à Paris avec sa pêche qu'il distribue aux commerçants de son quartier, n'ayant pas d'amis et seulement une épouse bizarre dans sa grande maison de la villa des Épagneuls, un coin chic où l'on soigne au ciment teinté la moindre carie des arbres.

Omer Longpré amarra sa barque, enfourcha sa motocyclette et contourna la voiture de sport de Monsieur Max garée dans la peupleraie au bout du domaine aquatique. Il franchit plusieurs petits ponts et s'engagea sur la route du village qui sent éternellement la chicorée, une odeur qui sied à ses briques sombres, à ses portes où brille un poussoir de cuivre, à son café-billard dont les vitres ont le jaune des vieux journaux, à l'accent du coin plein de fausses notes graves qui glissent d'un limon chantant, au parler plein d'images.

— L'oiseau est au nid ? demanda le cabaretier. Il bat toujours de l'aile ?

— Plus que jamais, dit Omer. Je lui ai fait sa piqûre et je vais chercher encore de quoi, à la pharmacie.

— Un gaillard qui n'a pas quarante ans ! J'aime mieux ma peau que la sienne. Ah, cirrhose et diabète !

— Camille, tu es jaloux ! reprit Omer. Parce qu'il ne boit rien de tes bouteilles !

Monsieur Max ne se déplace en effet qu'avec sa boisson, un malt des îles qui n'a jamais moins d'un quart de siècle. Il arrive le vendredi, ponctuel, avec pour tout bagage ses trois bouteilles, son tonnelet de glaçons recouvert d'un tissu écossais, le même qui l'accompagne dans l'avion, où qu'il aille, fût-ce en Écosse pour les tournois de rugby. Alors, c'est sa secrétaire qui l'accompagne avec la seringue.

— Il n'est pas heureux, dit Omer en se grattant le front d'une main qui tient sa casquette. Il n'y a guère que la musique qui le calme. Il met son disque — il m'assure qu'il a tout Mozart, ça remplit le quart de la huttière — et il regarde l'étang, debout jusqu'à ne plus tenir. Il s'assied, boit et recommence.

— Ça, dit Camille, il ne fait de mal à personne. Lui, ça le regarde.

— L'an dernier, dit Omer, il pouvait encore dormir, vers le fond de la deuxième bouteille, mais à présent il veille, il remet disque sur disque. La semaine passée, comme il m'avait fait peur, je me suis réveillé sur le coup de trois heures du matin et Élise m'a dit : « Omer, va voir. »

— C'est une femme comme on n'en fait plus, dit l'autre.

— Une heure après, j'arrive à la levée, le marais plein d'éclats de trompette. Monsieur Max était dehors sur son île à regarder la nuit. Il me dit : « Pas de bruit, Omer ! Quand il a écrit cette musique, il n'avait plus qu'un an à vivre, un an qui ne signifie rien, vous l'entendez bien : il est là ! » Je levai le nez parce que Monsieur Max me montrait les étoiles et son bras tremblait. Je l'ai fait rentrer. On est descendus par l'échelle jusqu'au fond où il avait reclaqué son lit. On dirait une civière.

— Je voudrais quand même bien voir cette installation, dit Camille.

— Non, dit Omer, Monsieur Max a ma parole. Personne n'entrera dans sa huttière tant que je serai à son service. Alors, il s'est laissé faire. J'ai sorti ma seringue et je lui ai demandé sa cuisse. Quand il arrive en fin de semaine et que je l'attends, c'est son premier geste, jamais un mot avant. Et toujours la même heure pour l'insuline. En plus, Camille, je crois que tu ne verras jamais la huttière en vie, ce n'est pas pour triompher que je te dis ça, mais vous savez bien qu'il a demandé les autorisations et qu'il les a, il me les a montrées. Quand il ne sera plus, elle lui servira de tombeau.

— Les riches peuvent tout, dit Camille, sauf ne pas mourir.

Omer Longpré reprit un petit verre d'alcool. Il serait bien resté à bavarder un peu plus, caressé par l'odeur du lapin aux pruneaux qui venait du passage ouvert derrière le comptoir, aussi profonde et simple que les morceaux de verre de couleur qui font de la partie supérieure de cette porte d'écurie un vitrail de Haut Empire.

— En tout cas, reprit le cabaretier, tu le gardes, c'est normal. Il t'habille de neuf, en veux-tu en voilà !

— Oui, dit Omer, j'ai bien dix costumes comme celui-ci. Élise les tient dans la naphtaline. Je ne peux pas en offrir, tu le comprends bien, mais plus tard...

— Tu m'en as promis un, Omer !

— Et je n'ai qu'une parole. Que veux-tu que je fasse d'un magasin de costumes ? Je ne m'appelle pas Rothschild pour en changer tous les jours !

— Surtout quand c'est toujours le même, et la même casquette. Élise me l'a dit : nous suivrons son enterrement, tous avec la même casquette. Tu as de quoi !

Omer savait bien que Camille ne disait pas cela méchamment. Il partageait le même humour toujours un peu triste, toujours né d'une tristesse évitée. Les joueurs de billard arrivaient avec le soir et les boules allaient dessiner des géométries d'étoiles sous le gros abat-jour dont Camille alluma l'ampoule depuis son tiroir-caisse. Omer gagna la ville comme le pharmacien fermait son officine. C'était un homme nouveau dans le pays; il n'était là que depuis dix ans, mais on commençait à lui parler car il changeait de son prédécesseur qui ne vous regardait jamais dans les yeux.

— C'est pour Monsieur Max, dit Omer.

— Je sais, je sais, dit le pharmacien. Toujours la même ordonnance. Vous lui demanderez de me la renouveler. Comment va-t-il? Je l'ai vu passer comme une flèche dans son bolide. Jamais il ne s'arrête!

— Mettez-vous à sa place! dit Omer. Pour lui les étangs sont le paradis. On ne fait ni halte ni crochet quand on sait où est le paradis! On y vole!

— Qu'est-ce qu'il y fabrique, si vous me dites que le gibier ne l'intéresse pas?

— Je vous le répète, dit Omer en redressant la taille, fier comme ceux qui sont dans le secret et la ruelle des puissants. Monsieur Max médite. Quand j'ai fait sa piqûre et mon rapport sur la semaine, je le laisse. Tout s'enchante dès qu'il arrive, je vois les anguilles et les poules d'eau se mettre en couronne autour de l'île. À croire qu'elles le sentent. Il va passer là trois nuits et repartir à l'aube du lundi.

— Omer, dit en se penchant le pharmacien, cela nous a tellement intrigués, ma femme et moi, quand vous me l'avez appris, que nous sommes allés un dimanche faire un tour là-bas au-delà des barrières jusqu'au haut de la levée principale.

— Où j'accroche les barques, dit Omer.

— On entendait la musique qu'apportait le vent, de si loin, du fond des roseaux. C'est une propriété énorme !

— Six cents hectares, dit Omer, un monde pour un homme seul. Je parle de moi et de la semaine. Les canaux à entretenir. Les braconniers, leurs filetages et leurs nasses. Parce qu'à un moment on ne peut plus distinguer les frontières, les plates filent avec un semblant d'innocence. Monsieur Max écoute mes aventures et rit de mes misères. C'est un grand enfant qui se ferait plumer comme un canard.

— Oh, dit le pharmacien, un peu moins d'oiseaux ou de poissons, je ne vois pas en quoi ça le léserait !

Omer regarda l'homme pâle et sévère dans sa blouse blanche immaculée et il pensa que le monde s'en allait en quenouille décidément, si même ceux-là qui ont pignon, formules et tampons de toutes sortes ne comprennent pas que le bien d'autrui est un tout, comme l'honnêteté et le point d'honneur ! Il ne l'avait jamais entendu se permettre de telles licences. Est-ce la fatigue, en cette fin de jour de marché où toute la campagne a dû l'envahir ?

— Monsieur Max ne s'apercevrait de rien, dit Omer, mais moi oui, et je gâterais son rêve qui est ma fête.

Le pharmacien observait à son tour le garde sombre et d'une pièce, taillé à coups de serpe, de la race travailleuse et dévouée modelée par ce pays rigoureux, d'une langue à délices et dont la force était si visible qu'on le sentait capable à lui seul de surveiller les Enfers.

— Vous êtes comme notre bonne, Omer ! Savez-vous ce qu'elle a répondu à ma femme qui l'engageait en lui disant qu'elle allait avoir un patron méticuleux ? « Madame, le difficile, loin de m'effrayer, je l'aime ! »

— C'est une bonne fille, dit Omer. Quand je repasse, je vous apporte un brochet. Adieu, dès que je traîne un peu, ma femme se ronge les sangs.

Quand il arriva à son pavillon, la silhouette d'Élise immobile se découpait de dos sur la fenêtre illuminée. En passant la porte il entendit Monsieur Max et resta interdit.

— Viens vite ! dit Élise.

Elle était debout devant la table mise, l'œil sur l'écran de la télévision où l'image de Monsieur Max tremblait.

— Il ne t'a pas dit qu'il passait ? demanda Élise. C'est une table ronde sur l'architecture. Je ne comprends pas tout ce qu'il raconte. Je le trouve vieilli, on dirait une vieille femme, regarde les poches qu'il a !

— Mais l'œil brille, dit Omer.

— Comme une pièce au fond d'un porte-monnaie, pas plus !

— Il serait grand temps, déclarait Monsieur Max de sa voix ravagée, de se pencher sur le problème des tours.

— Plutôt qu'elles ne penchent elles-mêmes ! lança un de ses confrères de l'émission.

— Je ne plaisante pas, reprit Monsieur Max tandis que l'on projetait des images fixes, habitations qui élevaient leurs centaines d'étages aux quatre coins du monde. Je ne dis pas d'abandonner le principe des tours, mais voyez clair. Que fait l'animal quand il sent le danger ? Il se terre. Je songe à sauver l'animal humain, du moins une partie. Je propose donc des tours à l'envers. Si l'humanité veut se préserver, que l'on creuse, que l'on enfouisse ces centaines d'étages au lieu de les élever comme des poteaux d'exécution ! L'avenir est à la tour-abri, et l'avenir c'est maintenant.

— Notre ami est pessimiste, s'écria-t-on autour de la table, et la caméra revenait sur le visage de Monsieur Max qui semblait au contraire des plus sereins.

Les invités de l'émission prenaient tour à tour le verre d'orangeade ou d'eau qui leur avait été servi, mais sur la table basse devant Monsieur Max le tonnelet au parement écossais restait le point de mire du réalisateur.

— Il nous faudrait creuser aussi cette proposition intéressante, dit le meneur des débats, mais le temps nous est compté. Nous voici au terme de cette...

— Je ne plaisante pas, coupa Monsieur Max. C'est étrange cette habitude que vous avez d'inviter les gens à exposer leur point de vue et de ne jamais leur laisser la parole !

— Excusez-moi, lui dit le meneur, et merci à tous, nous sommes hélas esclaves du temps.

Le générique de fin se déroulait déjà.

— Ah, dit Élise, là-bas, enfoncé avec sa musique dans les roseaux, il ne se sera pas vu ! Quel homme bizarre, quand même ! Il voudrait qu'on vive comme lui.

— Quand on a trouvé le bonheur, c'est tout naturel, dit Omer en coupant le pain.

— Il arrivera ce qu'il arrivera, dit Élise, moi je ne bougerai pas d'ici, pour une tour en l'air ou pour une tour dessous. J'ai l'impression qu'ils cherchent tous à nous faire peur.

Ils taillèrent leur soupe, jetant un œil sur le bulletin d'informations qui faisaient succéder au générique de Bourse les mannequins de la mode d'été, la naissance d'un zèbre au zoo de Bucarest, des lance-flammes, un combat de rue, et dans une palmeraie des femmes dont on ne voyait que les yeux plus beaux que les plus beaux rêves.

Monsieur Max s'était couché avec l'espoir de dormir, mais sa femme venait d'occuper toute sa pensée. Ils avaient vécu près de quinze ans sous le même toit et il ne lui avait jamais reproché de donner plus d'affection aux bêtes qu'à lui-même ; il les aimait tant qu'il était devenu végétarien (aidé par les excès passés !), mais tout amour a ses exclusives. Si le partage avait été difficile avec une meute de pékinois, il était devenu presque impossible avec un couple d'ocelots. Plus tard, le boa qui leur avait succédé et que madame entretenait dans le grand salon avait étouffé le restant d'intérêt qu'elle gardait encore pour l'homme, son compagnon naturel. Où était-elle maintenant ? Monsieur Max s'agitait. Comment peut-on perdre une partie de sa vie et ne plus la surprendre qu'au hasard d'un éclat de mémoire ? Le visage de sa secrétaire vint se greffer un instant sur le corps de l'épouse, mais il vit s'éloigner l'hybride avec les jeunes hommes qu'il employait dans son étude. Cette Virginie avait pourtant des qualités : la ponctualité, par exemple, et le pouvoir de déchiffrer les pattes de mouches, de réinventer les rapports, esquisses, devis et notes de son patron, semés sous les meubles, enfouis dans les poches. Chère Virginie, si distante cependant, même lorsqu'elle joue l'infirmière et lui pique la cuisse! Monsieur Max allongea le bras, but une rasade de whisky et décida de se lever, d'interroger la nuit puisqu'elle ne voulait pas de lui. Il ouvrit les étroites fenêtres et choisit le quintette à cordes en *sol* mineur (Koechel 516). C'était le plaisir douloureux qui lui convenait. Monsieur Max aurait voulu que la nuit fût moins pure, moins lointaine, et que les astres s'accordassent à la désolation vibrante de son âme et des archets au lieu de rester dans un suspens ébloui de ressuscités, dans un étonnement d'autre monde. Ils sont de la même famille, quand même! Il sortit de la huttière au toit de béton couvert de chaume, un seul plan incliné que perce la cheminée de la cuisine, guère plus haute que lui. Il monta dans l'une des plates amarrées à l'îlot et s'éloigna d'un coup de gaffe dans le dédale des étangs. Violons, altos et violoncelle tressaient des tiges idéales dans la masse obscure des roseaux. Bien qu'allongé sur la plate, Monsieur Max se laissait dériver dans cette vannerie céleste. Une tiédeur à peine perceptible doublait la surface de l'eau, laissant le froid monter à l'infini. La musique s'éloignait elle aussi et il y eut un frémissement. L'embarcation était entrée dans un massif de hautes herbes et de cannes. À peine visible et surpris comme une sentinelle couchée sur son épée, un héron retira son bec de sous son aile et s'éloigna en titubant. Monsieur Max tendait l'oreille à l'adagio lointain dont la prière ne l'atteignait plus que par bribes, mais il le connaissait par cœur. Le vent s'était levé et lui substituait ses plaintes. Monsieur Max caressa l'idée qui lui revenait sans cesse que les astres étaient morts depuis longtemps et que le ciel, si brillant fût-il, était du passé. Il s'agenouilla et, s'aidant des roseaux, essaya de se dégager. Il avait saisi quelques tiges à pleines mains, et tiré. Il vit la pluie d'étoiles, les escarbilles s'éteindre, l'eau en cendres. Le noir hautain ouvrit son ambassade.

Le lendemain, Omer Longpré découvrit le corps en fin d'après-midi. Le bruit court encore dans la région que Monsieur Max fut victime d'un braconnier, et l'on ne saura jamais comment naquit cette rumeur puisqu'il fut reconnu que Monsieur Max mourut noyé, sans aucune trace de quelque coup, mais on a besoin de légende et Camille le cabaretier l'attise, vêtu maintenant de velours sombre en souvenir de Monsieur de la Huttière, comme il dit. Le domaine revint à la commune selon le testament du disparu, et les édiles trouvèrent le moyen de tourner le dernier désir de Monsieur Max en faisant mine de l'honorer d'un beau marbre dans le cimetière de tous, plutôt que de laisser sa dépouille au cœur des étangs. Qui le désire paye maintenant un droit de chasse pour y aller et venir, sur les barques noires. Omer Longpré en est toujours le garde avec des adjoints qui portent le lot de casquettes. Il arbore toujours sur son baudrier la plaque en cuivre où l'on peut lire : « La Loi. Garde particulier de Monsieur Max », et Monsieur Max est plus présent qu'en son temps de chair et d'os. Omer a fait de la huttière son poste de commandement. Une fois, elle fut pleine de roses apportées par la secrétaire Virginie. Mozart est à la mairie et à l'école, c'est le même bâtiment. Les élèves l'écoutent quelquefois et la maîtresse, de qui je tiens cette histoire, souvent.

56, avenue Homais

Si l'on consulte les Mémoires *du Père Brasseuse (1825-1908) on découvre au tome VII et dernier les lignes suivantes : « Je me dois de dire que le personnage du pharmacien Homais qui a fait beaucoup pour le renom du mécréant Flaubert n'est pas un nom mythique, inventé par son auteur. Flaubert comme tout naturaliste prenait son bien un peu partout. Il s'est contenté de changer la profession du Homais qui lui survécut un demi-siècle, naquit chez nous, habita un moment au 56 de la rue qui porte son nom. C'était un physicien de bonne compagnie, respectant l'ordre, l'Église et croyant en Dieu au point d'offrir avant de mourir le vitrail dit de l'Agneau qui remplaça dès 1905 dans la chapelle du Bon-Samaritain la verrière que des émeutiers anticléricaux, à la suite de la loi Combes de séparation de l'Église et de l'État, avaient détruite à coups de pierres. Combes ! Il est à noter en passant que l'Église n'eut jamais pire ennemi que celui qui se destinait dès ses premiers temps à la servir. Je m'apprêtais à classer la correspondance de notre compatriote Homais dont Flaubert par bonheur a tu le prénom d'Alexandre, lettres et rapports que m'avait légués le dernier descendant de sa servante, lorsque la guerre de 14 éclata, réservant ses premiers tirs d'artillerie à notre ancienne et vénérable maison. Les souvenirs de M. Alexandre Homais ne furent bientôt plus que cendres, et s'il m'est permis de le confesser je les regrette autant que les précieux incunables qui faisaient la gloire de notre librairie depuis huit siècles. J'affirme cependant que le pouvoir romanesque est étrange qui d'un homme sans postérité fait un père de quatre enfants et tourne un esprit pétri de Dieu en un matérialiste acharné. N'est-il pas singulier aussi que l'on prête souvent plus de foi à des personnages imaginaires qu'aux modèles qui les ont fait naître, fussent-ils en tout point, et donc égaux, leurs contraires ? Flaubert a cependant gardé pour son triste héros les souliers de castor et le bonnet grec de velours à gland d'or que porta notre concitoyen jusqu'au soir de sa vie et que l'on peut encore admirer dans l'une des vitrines de notre musée. »*

L'avenue est large, plantée de marronniers. Elle va du mail au palais de justice, assez longue pour deux arrêts des nouveaux autobus électriques. Les feux des passages cloutés ont été dotés d'avertisseurs sonores pour aider à la traversée des aveugles. Il y en a peu dans la ville, mais ce n'est pas une raison pour ne pas leur venir en aide. N'y aurait-il qu'un malheureux sur la terre que les milliards d'heureux, par conséquent, devraient tout faire pour lui. On frémit certes en son-

geant qu'il serait immédiatement étouffé par cette masse, mais remontons l'avenue qui est un porte-voix. Ici, dans les salons des notables naissent, se fortifient ou succombent les notoriétés. On y reçoit quelquefois des jeunes gens qui « pensent bien », qui promettent et dont on peut faire la réputation s'ils savent s'incliner et prendre le courant. À côté de la maison natale d'Alexandre Homais il est une baie qui ne se ferme jamais quand la nuit tombe, contrairement aux voisines que l'on double encore, une fois closes, d'épais rideaux. Ses propriétaires aiment être vus et que l'on admire leur mobilier qui a coûté beaucoup, en acajou rectangulaire. Au-dessus de ces masses se déploie miraculeusement une claire tapisserie qui semble se désintéresser des moulures et des bronzes. Il suffit qu'un homme d'une taille moyenne se mette sur la pointe des pieds pour la goûter toute jusqu'à la bordure du bas pleine d'amours et de singes qui farandolent dans les acanthes. Elle a cet enjouement un peu raide de l'École de Fontainebleau. Le premier homme assis sur un lion touche le sein de la première femme agenouillée devant lui, un bras levé dans le pommier fatal, et le serpent lové dans les branches a déjà cueilli pour elle le fruit de la connaissance. Nos premiers parents sourient sans inquiétude. Ils ne voient pas, au-delà des lynx, des cigognes, des biches, du dromadaire et des dindons qui peuplent le jardin, ces petits couples à leur image qui fuient à gauche, à droite, se déchirent et, dans le lointain, s'enterrent l'un l'autre avec une bêche bien ordinaire dans ce luxe de feuillage et de ciels. Comme est rêche et froid l'appui de fenêtre sur lequel pour garder l'équilibre notre main vient de se poser!

LA BELLE-FAMILLE

— Mais qu'as-tu ? s'écria le président Xavier Cardon. Voilà un an que je ne t'ai pas vue sourire ! Qu'est-ce que tu mijotes ?

— Voilà un an que tu te plais à me répéter cette question à laquelle je ne vois pas la nécessité de répondre, répondit Edmonde, sa femme, puisque je ne te ferai pas l'affront de croire que tu ne puisses pas la trouver toi-même.

— Ne revenons pas sur ces querelles de famille ! Et parle simplement, veux-tu ? Toi et ton frère, où avez-vous pêché toutes ces fioritures ?

— Nous avons toujours parlé ainsi chez nous !

— Chez vous ! Ton père ne pouvait pas dire un mot sans sacrer et ta mère sans faire rougir un corps de garde !

— C'est pourquoi ils nous ont fait élever hors de la maison, dès notre jeune âge. Excuse-moi, Xavier, j'ai des ordres à donner, nous approchons des fêtes. Mais je vois que tu ne m'écoutes pas !

Elle fit un bruit de harnais, cette sorte de frisson

qu'ont les juments avant même qu'elles s'ébranlent, et sortit avec hauteur. Le président Cardon regarda la statuette posée sur le coin de son bureau, un cadeau d'Edmonde, on peut même dire le seul cadeau d'Edmonde, il y a si longtemps déjà ! Porte-bonheur ? Parlons-en ! Ce bronze communique bizarrement sa patine vert-de-gris à la plupart des heures. Il la prit et la serra dans sa paume un instant. La petite déesse phénicienne de la Fécondité, sa beauté la sauva une fois encore. Étroite, étirée, se tenant les seins, elle planait dans l'infini.

— Entrez !

Da-Nang, le serviteur, était déjà au milieu de la pièce, courbé sur son plateau. Il apportait le courrier. Le président examina d'abord les timbres, la reine d'Angleterre, un bananier, le roi Pelé, une centrale atomique, un temple hindou. Il les découpa soigneusement pour son album et commença par lire la lettre la plus lointaine :

« Dernier jour d'octobre.

« Charmant ami, président et beau-frère,

« votre lettre du 4 septembre qui vient de me parvenir m'apporte la preuve bienfaisante qu'en dépit de votre déménagement au sein du luxe du 7e et de ma descente aux enfers pollués de Calcutta, notre amitié, puisqu'il vous plaît de l'appeler ainsi, résiste à ces changements croisés de destinée... Il n'empêche, je suis déconfit d'apprendre que votre passage en Inde est différé, et que notre rencontre est soumise au sort incertain de la Laiterie Française dont il me semble savoir, toutefois, que les fluctuations tendent à la reprise et, si j'en crois vos espoirs, à ce que nous pourrions appeler une nouvelle naissance. La Suisse va devoir de nouveau s'interroger et s'asseoir un moment sur ses stocks. Votre idée de boîtes de lait phosphorescentes est tout simplement lumineuse. Je les vois déjà cribler la nuit indienne de leurs vers luisants. Cette révolution dans notre implantation annonce-t-elle la bonne nouvelle de votre venue ? Edmonde sera-t-elle du voyage ? Chère Edmonde ! Ici les sollicitations fortes de Calcutta enfièvrent mes heures de liberté. L'affolement des sens que provoque en moi cette ville me laisse à peine le loisir d'attaquer le récit historico-fantasmatique que j'envisage d'écrire et dont je vous ai entretenu lors de votre visite à Bombay, cet été. Permettez-moi de vous dire "à bientôt" et de vous remercier une nouvelle fois pour ce poste d'avant-garde que vous m'avez confié. Certes, la publicité ressemble à la charité qui commence par soi-même. Je ne me déplace en toute occasion qu'avec un spécimen de nos chers produits, et l'impact de mon ouvre-boîtes est sensible à l'esprit le plus réticent lorsque paraît mon lait au milieu des whiskies et des eaux gazeuses dont s'inondent les réunions élégantes. Il n'est pas douteux que les commandes suivront l'étonnement des élites et l'intérêt que l'on porte à mes toasts.

« Oserai-je vous demander d'embrasser pour moi ma chère Edmonde avec l'attendrissement d'un frère, lointain par le corps mais si proche par la pensée, et de croire à mon fidèle témoignage d'amitié ?

« Votre parent,
« Édouard Dunain. »

Les yeux du président Cardon se levèrent difficilement de leurs poches et fixèrent au mur les immenses photographies des usines de la Société et les pâturages artistiques où des vaches émergent du brouillard. Il s'attarda sur sa préférée, où l'on voit un ruminant mordre une pomme à même la branche basse d'un pommier. Sa main laissa la lettre et serra de nouveau la déesse. Calcutta n'est pas encore le rêve, songeait-il. S'il avait pu expédier son beau-frère un peu plus loin, sur Mars, par exemple, vers Saturne...

— Entrez !

C'est vrai qu'Edmonde ressemble à son frère, longue figure, et marchant toujours sur des œufs. Le président, qui songeait à son beau-frère, crut le reconnaître dans son épouse.

— Excuse-moi de te déranger encore, Xavier, mais veux-tu lire cette lettre ? Elle est d'Édouard et me laisse sur une impression fâcheuse.

Pourquoi, se demanda le président pour la millième fois, pourquoi sont-ils si ampoulés ? On dirait que les mots sortent d'eux comme d'un alambic à l'air pincé, avec le même parfum fatigué. Il lut : « Ma chère Edmonde,... » et s'arrêta, dégoûté. Il voyait Édouard assis sur la pointe des fesses, la main en héron, la bouche en tiret.

— Est-ce bien nécessaire ? demanda le président. Résume-moi.

— C'est impossible, dit Edmonde. Il s'agit là d'une atmosphère.

Le président reprit la lettre en la tenant à bout de bras, bien qu'il eût chaussé des lunettes.

« Ma chère Edmonde,

« il serait au-dessus des forces d'un homme normal de tracer par le détail le tortueux dessin de mes journées dans cette ville qui joue de moi comme un dragon de ses victimes. La Société Laitière reste le phare dans cet orage, mais il me semble impossible que tu puisses imaginer ma faiblesse. Je ne suis plus qu'une coque de noix, ma pauvre Edmonde, sur l'océan de la désespérance. J'en arrive même à me demander si ton mari dont je reconnais les éclatants mérites ne perce pas certaines des questions qui me harcèlent et dont je me délivre dans cette lettre. Se demande-t-il s'il n'a pas sans le vouloir contribué à me bannir et me laisser dans une sorte d'exil ? Déjà je n'ai pu supporter l'Alsace et l'Aquitaine où il m'a dépêché autrefois, ni l'Auvergne ni la Belgique. Ces pensées que je rejette ne laissent de me noircir l'âme. Voudrais-tu ne rien distraire de ces confidences et lui taire mes doutes ou songes-tu que le contraire est préférable ? Sans doute faut-il que son destin et le mien soient éloignés, sinon contraires ! Depuis sa visite à Bombay, où tu n'étais pas, il me reste à la bouche une amertume. Ce cher Xavier sait pourtant que nous ne nous sommes jamais quittés, toi et moi. N'avons-nous pas été élevés ensemble, n'ai-je pas été témoin de votre mariage, n'avais-tu pas demandé que je loge sous votre toit, n'y a-t-il pas vingt ans que je te suis comme ton ombre, que je dors au-dessus de toi, pareils à nos poupées d'antan dans le rayon de l'armoire, te rappelles-tu ? N'était-ce pas ainsi que nous comptions passer les années à venir ? Oublie-t-il que lorsque nous avons mis dans ta corbeille les deux laiteries de nos parents je faisais pour ainsi dire partie des meubles ? Vois où m'entraîne, vers quels abîmes de pensées malsaines, cette expédition en Inde ? Faut-il t'avouer que j'ai ressenti, qui m'a frôlé, chez lui une sorte de jalousie ? Mon Dieu, que de questions et combien peuvent s'ajouter au chapelet que je retourne à longueur de journée, et qui s'allonge ! Je ne suis plus que l'ombre de moi-même, pareil à ces pauvres diables en squelette qui poussent ici dans toutes les rues et dont les doigts s'usent à caresser pour se désennuyer des graines passées sur un fil ! Le pire est que je ne trouve aucun moyen d'embellir le sort de la laiterie. C'est ton cher Xavier qui a les bonnes idées. Celle des boîtes à lait phosphorescentes m'a littéralement ébloui et laissé dans le noir. Ma bonne Edmonde, permets que je me laisse aller ! Je n'aspire qu'à trouver une mansarde dans votre nouvel hôtel. Le 7e ! Mon arrondissement préféré, mais dans quel état serai-je si mon éloignement doit durer ? Surtout, ne parle pas de mon désarroi si ton âme a changé et brûle cette lettre. Je craindrais par-dessus tout d'ajouter aux soucis de l'homme que tu as choisi et qui réunit pour moi les titres de patron, d'ami et de cher parent.

« Ton frère pour la vie,
« Édouard Dunain. »

— Eh bien ? dit le président. Ton frère a le mal du pays, ce qui prouve sa santé et son mépris. C'est un ingrat.

— Xavier !

— Un bon-à-rien.

— Xavier !

— Un fainéant de la pire espèce, celle qui se croit quelque chose ! Son roman tout craché ! Il l'a sur le chantier depuis que je le connais et ça ne verra jamais le jour !

— Qu'en sais-tu ?

— Un pervers ! Lis, mais lis donc ! Il écrit le contraire dans le même courrier !

Les deux lettres tremblaient dans la main du président qui croyait voir devant lui son beau-frère glissé dans la peau d'Edmonde. Jamais, en effet, ils ne s'étaient autant ressemblé avec leur air de cheval fourbu. Il avait envie de prendre un fouet.

— Je te laisse, dit Edmonde d'un ton désespéré.

— C'est trop facile ! s'écria le président qui tout à coup prit peur.

Cela lui arrivait fréquemment dès qu'il élevait la voix contre sa femme, et il ne savait démêler en lui la crainte et la pitié. Il se voyait faire sa valise, fuir au bout du monde et tout aussitôt revenir à ses aises. Il regarda la déesse phénicienne, aveugle aujourd'hui.

— À la mort de notre père, lorsque tu m'as connue..., commença Edmonde.

— Ne reviens pas là-dessus, dit le président, ne répète pas que je vous dois tout !

— Je ne t'ai jamais rien dit de semblable. Tu as repris les laiteries qui rouillaient, tu les as remises en état et j'ai toujours été heureuse de tes réussites, mais tu n'as jamais aimé ce que j'aime.

— Ne me lance pas une nouvelle fois ton frère à la figure !

— Au début le nom de notre père était ton meilleur atout. Dunain c'était tout l'Ouest dans ta main. Édouard n'a pas été un mauvais ambassadeur pour toi ! Sa présence rassurait. C'était un peu comme une médaille à ta poitrine.

— Une croix, oui !

L'orgueil des Dunain autant que leur inefficacité firent passer un frisson de haut en bas du président.

— Tu ne peux pas voir Édouard en peinture et je ne peux pas m'en passer, dit Edmonde d'une voix très douce.

— Tu l'as toujours traité comme un jouet ! ricana le président.

— Peut-être, dit Edmonde.

— Un jouet, depuis l'enfance ! Un jouet cassé. Un cheval de bois bancal !

— Ceux qu'on aime le plus, dit-elle d'une voix de convalescente.

Le président sentit qu'il se passait quelque chose qu'il n'avait pas encore prévu. C'était toujours comme ça avec le frère et la sœur, et il se demanda une fois encore si le vrai jouet depuis le début n'était pas lui entre leurs mains.

— Je te laisse, dit Edmonde. Je n'ai pas encore tous mes cadeaux pour Noël.

— Edmonde, dit le président repris par la tristesse et désemparé par la douceur fatale de sa femme, je n'ai pas encore pensé à ce que je vais mettre dans l'arbre pour toi.

— J'ai tout ce qu'il me faut, dit-elle en se dirigeant vers la porte.

Elle le laissait une fois de plus sans force et comme coupable. Il improvisa un mensonge.

— Si les nouvelles de ton frère m'étaient parvenues plus tôt, si j'avais su son désarroi, peut-être aurions-nous pu l'inviter à venir passer les fêtes.

— J'ai pensé que tu aurais cette idée, Xavier, tu ne cherches qu'à me faire plaisir.

Le président touché par cette fine lame vacillait. Il grogna :

— Mais pourquoi ne cesse-t-il de me dire merci s'il est si malheureux ? Voilà vingt ans que pour un oui ou pour un non il me dit merci !

— Ne recommence pas, Xavier, à monter sur tes grands chevaux !

— Vingt ans qu'il n'a pas été capable de me tutoyer !

— Toi non plus ! Tu n'y tiens pas ! Sois honnête !

— Rien que l'imaginer me rend malhonnête.

— Quand nous l'avons sous notre toit, reconnais qu'il ne vient pas tous les jours à table. Il est discret. Il rumine son œuvre.

— Mais il est là ! Au-dessus !

— Qui te l'a dit ? demanda Edmonde en ouvrant ses grands yeux, saisissant l'occasion d'avouer sa machination.

— Comment ?

Le président serrait la Fécondité dans son poing.

— Il est arrivé hier soir, pendant ta réunion, ton syndicat. Il est là-haut, assez fatigué. Je lui ai télégraphié, la semaine dernière. J'ai attendu pour te faire donner sa lettre.

Elle vit le président sortir le timbre au temple hindou de son bureau et l'enveloppe de la corbeille où il l'avait jetée. En effet, la lettre était arrivée depuis huit jours.

— Pendant ma réunion ? dit le président d'un air éteint.

Le visage de sa réunion cependant lui souriait, lourdes lèvres, large bassin, une Edmonde à l'envers.

— Laisse-le reposer jusqu'à demain, dit Edmonde. Je l'ai installé dans les deux chambres qui communiquent au fond du couloir, après le logement de la Portugaise.

— C'est vrai, dit le président avec amertume. Tu l'as toujours logé à côté des bonnes. La belle vie ! Il a toujours su s'arranger sous son air de ne pas y toucher. Si l'on avait eu pour moi le quart des attentions que tu lui portes ! Entrez !

L'ordre était à peine lancé que Da-Nang avait déjà remis à son maître une enveloppe sur le plateau de service. Il se pencha pour ramasser la déesse que le président venait de laisser tomber.

— Laissez ! dit Gardon en lisant le billet.

Da-Nang disparut avec un mouvement d'algue.

« Charmant ami, président et beau-frère,

« ma chère Edmonde a voulu répondre à vos désirs dont je soupçonne le parfum du fond de mon abîme. Il me semble que après une nuit de repos, trop longue au gré de vous porter ici le témoignage de ma reconnaissance, je n'ai plus que le désir de vous dire de vive voix mon sursaut d'amitié naturelle. Mon ardeur renouvelée voit déjà dans mon sabot de Noël la plume et le papier qu'attend la fresque qui me hante... »

— Veux-tu lui dire de descendre ? demanda le président.

— C'est la plus belle étoile que tu puisses accrocher à mon sapin, dit Edmonde. Sensible, timide, Édouard n'a jamais eu que moi, tu le sais. Tu passes ton temps à l'oublier. Ma mère pensait à en faire un prêtre. Nous n'aurons pas assez de toute la vie pour lui faire oublier ces années d'obscurantisme.

— Il n'était pas fait non plus pour la laiterie ! dit le président.

— C'est un artiste, dit Edmonde, et comme tous les artistes il est mangé par son œuvre. On frappe.

— Je n'ai pas entendu.

— Il est si discret, dit Edmonde. Entre, Édouard !

La longue tête apparut, qui hochait de contentement et paraissait se frotter au chambranle d'une écurie.

— Ma chère Edmonde, mon bon ami ! Ma joie dépasse mes espérances comme les fenêtres que vous m'avez offertes dominent les arbres du boulevard ! Je te demanderai seulement, ma chère Edmonde, de faire poser des doubles rideaux pour que je puisse mieux me concentrer dans les heures que je pressens chargées d'une singulière concentration poétique. Mais que vois-je dont la chute me navre et me rappelle en même temps des instants de résurrection ?

Édouard Dunain s'avança délicatement en haute demoiselle vers la statuette tombée sur le tapis et la saisit d'un bras que l'on n'aurait pas soupçonné si prompt, comme un ver une cigogne.

— Je l'ai déjà ramassée à mon retour d'Alsace et du Bordelais, vous en souvient-il ?

— Exact, dit le président. Elle m'a suivi dans les déménagements.

— C'est la Fécondité que vous offrit Edmonde, n'est-ce pas ?

— En effet. Ne la remettez pas sur le bureau, mon ami. Je vous l'offre. Vous êtes l'artiste de la famille.

— Ah ! s'écria Edmonde. Je savais que vous finiriez par vous entendre. Elle porte bonheur.

— Je la poserai sur ma rame de papier, au fronton de ma fresque, dit Édouard. Regarde, ma chère Edmonde, peut-on allier plus de réserve et d'indécence ? C'est ainsi que je vois mon œuvre, offerte et retenue, chaste et désirée d'un grand désir. Cher Xavier, président et ami, le regret que je sens déjà de ne plus avoir le plaisir de vous écrire va servir d'aiguillon aux personnages qui fourmillent dans mes pensées. Il me semble que leurs destinées sont en quelque sorte le fruit de votre bon plaisir. Ma chère Edmonde en est témoin. Mon livre vous sera dédié.

8, impasse des Sans-Culottes

Une plaque rappelle que la déesse Raison vécut dans cette maison ventrue que des tirants retiennent de crever. Elle s'appelait Olympe Millon et son portrait vaporeux éclaire l'escalier d'honneur du musée dont l'issue par le jardin donne dans l'impasse. La tradition veut que les Jacobins installèrent leur club chez Olympe et qu'au moment d'élire leur président ils n'arrivèrent à faire le choix qu'en prenant le plus petit d'entre eux, tant ils se trouvèrent égaux par le courage et la pensée. On voit encore sur une boiserie du premier étage, gravées au couteau, les marques de leurs tailles. Il est à remarquer qu'en deux siècles l'homme de cette région a pris en général une dizaine de centimètres, par amélioration du régime. L'herbe pousse entre les pavés de ce boyau peu emprunté, que le touriste ignore si, pressé par un besoin naturel, il ne cherche pas désespérément un coin tranquille où baisser culotte. L'indigène, lui, connaît l'accueillante impasse dont les murs sont hérissés de tessons de bouteilles d'un vieux verre où jouent des violines quand le soleil arrive à se faufiler dans le feuillage alterné qui les caresse, velouté des ormes et spirituel des acacias. La rumeur de la ville vient y mourir et c'est pour elle, dans l'humour de la balance des choses, que sonne avec régularité la cloche de l'hôpital dont on aperçoit l'un des pignons dentelés, en brique sombre, quand on visite la maison de la déesse. Des cordelettes joignent les bras des fauteuils pour que l'on ne puisse s'y asseoir. Des fauteuils simples dont le siège en paille est déchiqueté par des mains fanatiques et fétichistes. La chaise d'Olympe enfant, malgré l'attention des guides bénévoles, n'est plus qu'une carcasse dont les montants sont piqués. Sur le guéridon un disque de cellophane protège des initiales dans un cœur avec une date, « 1793 », et le premier vers d'une élégie de Tibulle gravé en forme de coupe :

Adde merum vinoque novos compesce dolores

que je me suis toujours plu à traduire :

Encore un verre et pur, éteins ma peine encore

Qu'ils aient deux mille ou deux cents ans, deux jours ou deux heures, les amants n'ont pas changé, pressés par la douleur délicieuse plus forte que tous les vins. Au propre comme au figuré ils viennent toujours dans l'impasse. Un lampadaire les protège, à la nuit, d'un fossé de lumière, là-bas, à l'entrée.

AU JOLI MOIS DE MAI

Les Compagnies de Sécurité occupaient le boulevard, en carrés du même ton que la nuit. Des lueurs de temps à autre ricochaient sur les visières en plexiglas relevées avant l'attaque. Une injure partait de la foule, immédiatement reprise, hurlée, puis allait s'éteignant, remontant le long des façades où les derniers volets se fermaient. Le service d'ordre des manifestants barrait les voies d'accès et le carrefour près du pont d'une double rangée de gaillards en tenue de motocyclistes, le casque de différentes couleurs, mais tous un brassard rouge. Ils parlaient par phrases courtes des blessés de la veille, du gouvernement qui vacillait, du dernier film qu'ils avaient vu. Lorteau, le journaliste, les interrogeait sur la façon dont ils voyaient la prochaine république et chacun lui répondait flou, mais avec le sourire. L'air était doux.

— Ce ne sera plus comme avant.

— Enfin, on respire.

Un autre lança :

— En tout cas, comme les ânes on respire toujours entre deux bâts.

Quelques regards de feu visèrent la mauvaise tête.

Le jeune fils de Lorteau sur les épaules de son père qui voulait lui faire des souvenirs regardait, comme les poètes de sept ans vivent les choses à deux heures du matin. La nuit montait, telle l'eau fraîchit lorsqu'on s'endort dans son bain. Un gars des commandos qui faisaient face aux troupes de l'autre côté du barrage reconnut le journaliste et le salua d'un cri fraternel.

— Révolution, Lorteau !

À quoi répondirent les hommes à brassard :

— Conduis-le au ciné, ton lardon, il verra tout la semaine prochaine, et mieux !

— Au lit, nounou !

Mais des mises en garde remplacèrent les quolibets, puis des gestes la menace. Deux casqués se défirent de la chaîne qu'ils formaient bras dessus, bras dessous avec leurs voisins et poussèrent Lorteau de côté. Le petit se mit à crier. Il dominait le carrefour vide où soudain une grenade explosa. Son père le mit à terre et l'entraîna sous un porche. Des jeunes gens armés de barres de fer déchaussaient les pavés de la rue tandis qu'un groupe enlevait les grilles au pied d'un arbre, sciait le tronc, en biais, à leur hauteur. Une charrette à bras tirée par des femmes montait dans l'ombre car on avait achevé à coups de pierres la plupart des lampadaires, et l'étrange convoi de caisses et de ferrailles d'où s'élevait un étroit lit de pensionnaire paraissait sortir d'une révolte de la nuit des temps. Déjà la barricade s'élevait d'un côté à l'autre de la rue. Des explosions plus lointaines trouaient l'air où dérivait l'odeur acide des gaz lacrymogènes. Lorteau sentit ses yeux soudain se cerner et comme sortir de lui. Il noua un mouchoir sur les yeux du gamin et l'entraîna dans la rue en pente, loin des cris qui soudainement s'élevaient sur le carrefour qu'il venait de quitter, auxquels répondit le roulement d'une charge des forces aux pieds cloutés, mais vers le bas un détachement casqué remontait au pas de charge derrière ses boucliers, et les cloches d'une église voisine se mirent à sonner dans la nuit défaite. Lorteau atteignit le théâtre au péristyle blanc couvert d'affiches fraîches et rouges d'une violence heureuse où les usines crachaient leur fumée en forme de poing. Gars et filles gravissaient en courant les marches, entraient par les portes défoncées. Lorteau les suivit et enleva le mouchoir tombé sur la bouche de son fils. La salle dorée était illuminée, le rideau de la scène relevé. Une foule pique-niquait sous les cintres tandis qu'un orateur avec un porte-voix s'adressait à la salle dont on voyait se remplir à vitesse miraculeuse la corbeille et les balcons. Du paradis tombait une pluie de tracts et le gamin s'élança pour en ramasser, saisi par la foule rieuse qui grossissait. Lorteau le perdit de vue.

— Nous sommes maîtres de l'Hôtel central de la Poste, de la Faculté, lançait l'orateur à qui un coursier remettait un papier, et voici que la gare de l'Ouest est fermée à son tour. La force ne peut rien contre notre volonté ! Demain, dans chaque quartier, nos tribunaux jugeront les mauvais bergers.

— L'amour libre ! lança une voix, et cent poitrines

reprirent en chœur : « Amour libre, travail libre, amour libre, travail libre ! »

— Henri ! gueulait Lorteau. Henri, où es-tu ?

Une femme avait pris par la main le gamin perdu et l'avait entraîné dans les coulisses où l'on avait dressé une cantine avec bière et sandwiches que des filles préparaient à la chaîne. Un couple allongé se dévorait d'un long baiser. Henri les regarda et se trouva tiré devant un verre de lait.

— Où est ta maison ? demanda la femme. Où est ta maman ?

— Je suis avec mon père, dit le gamin qui ne paraissait pas inquiet.

— Et où est-il ?

— Ici.

La femme le porta sur la scène et l'orateur annonça que le petit Henri à réclamer se trouvait à ses côtés. Lorteau le vit et se dirigea vers la rampe. Une farandole de marquises et d'arbalétriers débouchait sur la scène comme il y arrivait. On venait de piller le magasin des accessoires et des costumes. La révolte tournait au charivari. L'orateur pria le monde de se calmer et les soubrettes, les prélats, les éphèbes en chlamyde allèrent s'affaler au fond de la scène. On apporta une table, des chaises.

— Ne laissez plus entrer ! s'écria le porte-voix. Fermez les portes. Que le service d'ordre s'improvise et soit efficace ! Nous nous sommes donné la liberté, ne la gâchons pas !

— C'est la fête ? demanda le petit Henri. J'ai sommeil.

La jeune femme le tenait toujours par la main. C'était une brune aux traits forts, à l'œil gris, un pull blanc sur un pantalon de cuir noir, les cheveux en casque.

— Je vous remercie, dit Lorteau.

— Laissez-le dormir ici, dit-elle, le temps que ça se calme. Ça cogne ferme dehors. Regardez !

Par l'arrière du théâtre, l'entrée des artistes et le couloir du gardien, on déposait sur le côté de la scène deux blessés dont l'un se tenait une jambe et criait.

— Un médecin ! hurla l'orateur. Y a-t-il un médecin ? Je demande le silence.

Il n'y eut bientôt plus qu'une rumeur et des hommes vinrent s'asseoir sur les chaises de l'autre côté de la table, face à la salle. Lorteau eut l'image un instant d'un tribunal révolutionnaire surpris à siéger à la fin d'une longue session, chemise ouverte et barbe repoussée, l'œil restant un clou d'où tombent les fripes fatiguées. Le petit Henri dormait dans le creux d'une bâche roulée sous les passerelles qui se croisaient entre les cordages dans les hauteurs à la Piranèse.

— Vous habitez loin d'ici ? demanda la femme à Lorteau.

— À la périphérie, dit-il. J'ai laissé ma voiture au-delà du Pont-au-Change, près des Grands Magasins. Et vous ?

— En face, au-dessus de la librairie. Voulez-vous que nous allions y coucher l'enfant ? Voulez-vous téléphoner à votre femme ?

— Non, merci, dit Lorteau, je ne sais pas où elle est. Je vis chez ma mère.

— Votre femme vous a quitté ?

— Je la fatiguais, dit-il. Je la comprends. Disons qu'elle prend des vacances.

Un machiniste du théâtre, en bleu de travail, traversa la scène en tirant des fils électriques, puis quelques mesures de Beethoven étouffèrent les derniers bruits.

— Nous sommes cernés par les fourgons de police bien-aimés du commis de banque qui croit encore nous gouverner, lança l'orateur, mais patience ! Ce que nous avons pris d'assaut est à nous désormais, à nous tous, sans distinction. Nous sommes la relève, un visage jamais vu, le visage du premier venu qui est désormais le premier, partout ! Car on nous prenait tous pour une collection de lanternes rouges. Eh bien, vive le rouge !

Un hurrah formidable jaillit. Lorteau regarda le petit Henri que rien ne pouvait éveiller et la jeune femme lui sourit.

— C'est extraordinaire, dit-elle, on respire. C'est la première fois que je respire. On a envie d'embrasser tout le monde.

— Ne vous gênez pas, dit Lorteau.

Elle le prit par les mains et lui donna un baiser de cousin cousine.

— À quoi pensez-vous ? dit-elle. Il n'y a rien à penser. Il n'y a qu'à se laisser aller. Ça ne durera peut-être pas, mais comme c'est bon !

— Me laisser aller, je ne peux pas, dit Lorteau. Je revois ce que j'ai vu en descendant de voiture, avant la première échauffourée. Au milieu de la rue trois bonnes sœurs parlaient à un mécano barbu flanqué d'un colonel de beau quartier, de filles en si courtes jupes qu'on leur voyait tout, et d'un employé de la voirie avec son balai. Quelques mots me sautèrent à l'oreille : culture, avortement. Les religieuses approuvaient et l'une d'elles qui paraissait plus âgée parla d'imagination. J'avais Henri sur les épaules et la rumeur montait du côté des Écoles. Dans un café j'ai téléphoné à ma mère pour la rassurer. De notre balcon elle voyait une centaine de garçons casqués autour d'une voiture en feu et retournée.

— Vous ne vous sentez pas respirer ? dit-elle.

— Je crois simplement que j'ai matière à faire un bon papier. Je suis journaliste. Une rubrique élastique : choses vues. On ne me demande pas de commentaires, mais l'odeur et la couleur des faits, leur rythme...

— Je m'appelle Judith, dit-elle.

Derrière eux des couples grimpaient à l'une des échelles de fer qui se perdent dans les combles. Le président de la séance improvisée parlait assis, dans la fumée du tabac dont la nappe sur la salle était aspirée par la scène. Un micro prenait sa voix par à-coups, que l'on n'arrivait pas à régler.

— Assez de retiro, de fesses posées sur des coffres de banque, assez de pets, nous voulons de l'air pur ! Et nous n'avons pas besoin de fusils pour nous montrer le ciel ! En face, ils ne connaissent qu'un ordre, celui des chiffres sur des bordereaux, celui des listes de matricules ! Excusez ! Nos pieds ont plus d'imagination. Nos pieds sont sur les marches du pouvoir ! Un pouvoir où chacun va pouvoir s'épanouir, sans grillage, sans barreaux, sans grenades, sans uniformes et sans soutanes !

L'enthousiasme était à son comble et le *Ça ira* s'éleva en flamme, de l'orchestre à la poulaille.

— C'est à nous maintenant de leur donner la migraine ! s'écria un homme en lame de couteau. Le métal immonde qui leur donne la fièvre, nous allons en paver les rues et nous marcherons en bande sur un chemin de soleil ! Les tapis verts où bavaient les bouches repues, nous en faisons des confettis. Leurs négociations éternelles, les voilà transformées en fêtes, et qu'ils sachent de quel bois nous allons nous chauffer ! Du bois doré de leurs salons à caquetages. Faisons-les crever dans leurs salles de coffres blindés. À nous l'aménagement du ciel !

Le petit Henri dormait sans souci des vociférations.

— C'est une nuit merveilleuse, dit Judith. Vous arrivez encore à écrire ?

Elle avait mis la main sur la tête de Lorteau assis à la turque et qui notait sur un petit carnet les phrases qu'il saisissait difficilement dans le vacarme.

— J'aime mon travail, dit Lorteau en jetant sur le papier ce que lançait maintenant un homme d'un certain âge, fluet, cravaté et d'une pâleur extrême. (Un géant broussailleux lui tenait le micro sous le nez.)

— Nous voulons dévorer en paix les fruits de l'arbre du savoir !

Le géant lui coupa la parole.

— Merde aux casques matraqueurs !

— Venez, dit Judith, nous allons porter Henri chez moi et nous courrons partout, pour voir. Je ne peux plus rester enfermée, même ici. J'ai besoin de la rue. Tenez, j'ai trouvé ce tract dans ma boîte aux lettres, il nourrira votre article. Un tract en vers.

Lorteau s'en saisit et lut :

Tombe, ouragan, de ces mansardes amoureuses!
Fais rejaillir au sol les sommiers du désir!

— Oui, dit-il, allons voir les barricades, mais gardons Henri avec nous. Il faut qu'il se rappelle.

— On dirait que vous croyez que ça ne va pas durer? dit Judith.

— Mais si! dit Lorteau.

— Vous pensez que les forces de l'ordre vont tout écraser? Il est trop tard, je le sens! C'est extraordinaire, j'ai l'impression de naître. Venez! Vous vous appelez comment?

— Jean.

Elle se pencha sur le petit et le souleva. L'enfant n'eut pas un gémissement. Lorteau les regardait tous les deux, comme s'ils étaient ensemble depuis toujours. Ils enjambèrent des couples qui dormaient, d'autres qui s'enlaçaient, et près de la sortie, dans un raccourci prodigieux de l'amour, une fille couchée qui hurlait, sur qui se penchait un groupe de fumeurs. Elle était en train d'accoucher. Deux Noirs lui tenaient les genoux et un gaillard aux manches de chemise relevées réclamait de l'eau, des linges.

— Allez chez le concierge, nom de Dieu!

La tête du nouveau-né s'engageait. Lorteau prit Henri des bras de Judith pour la soulager. L'enfant se réveilla. Dehors, l'air filait des charpies acides sur la nuit blessée de lueurs et de crépitements. Judith ouvrit la petite porte au milieu du rideau de fer qui fermait sa librairie à l'enseigne du Phénix, un fier oiseau qui sort d'un livre ouvert dont les pages en éventail ressemblent à des flammes.

— C'est nous, dit Judith en levant la main vers l'oiseau de fer qui se balançait au bout de sa potence à la hauteur de l'étage, c'est nous tous. Nous sortons des cendres.

Lorteau mit Henri sur pied pour passer la porte étroite. Un escalier à vis tournait au fond de la boutique pleine d'une bonne odeur resserrée, semblable à celle des armoires où s'entassent les draps. Judith coucha Henri dans son lit.

— À col de cygne, dit Lorteau. Il est superbe.

— Mais étroit, son seul défaut, reprit-elle. Je l'ai trouvé aux Puces.

On entendait les explosions lointaines de grenades. Sans un mot ils se couchèrent au pied du lit, l'enfant rêvant au-dessus de leurs corps mêlés, puis ils sombrèrent après s'être dit merci avec un tel ensemble qu'ils avaient éclaté de rire. Lorteau se réveilla avec le grand jour dans la pièce, un monde nouveau avec une lanterne vénitienne orange tombant d'un plafond bleu laqué. Judith lui avait glissé un oreiller sous la tête et l'avait recouvert d'un dessus-de-lit où se détachaient sur le fond blanc de la cotonnade les Tables de la Loi. Henri jouait dans la baignoire, à côté, et ses rires se mêlaient à la sirène d'une voiture de police qui filait sous les fenêtres, aux trompes alternées d'une colonne de pompiers, à la radio qui diffusait par haut-parleur sous les arcades du théâtre voisin des chœurs révolutionnaires soutenus par des roulements de tambours. L'odeur de l'amour semblait venir de la plante verte dans un angle de la chambre. Elle en avait la lisse lourde inflexion, le poids qui file et se retient d'un miel liquide.

— Le café est prêt, dit Judith à Lorteau. Prends ta douche. La ville est à nous et nous attend.

— Ensuite, nous irons chez ma mère, dit Lorteau.

À la radio tombaient des flashes d'information. Les usines une à une fermaient leurs portes aux quatre coins du pays. Les villes lançaient leurs noms comme dans un concours et ils roulaient, groseille après groseille, dans le chaudron à confiture.

— Ça prend! dit Judith tandis qu'un hymne pour voix de femmes faisait place à un nouvel orateur.

— Ils parlent beaucoup, dit Lorteau.

— C'est la liberté, s'écria Judith. Désormais on pourra tout dire. La parole est la vraie monnaie. C'est notre or maintenant.

Elle avait passé autour de son cou une dizaine de colliers de toutes les longueurs et sa gorge portait l'arc-en-ciel. Lorteau entra dans ses yeux gris. Il n'aurait plus voulu bouger, mais Henri le tirait par la main.

Quand ils descendirent, Henri au milieu d'eux, une odeur de chlore et d'incendie les saisit. Le col des statues était noué d'un foulard rouge, leurs yeux agrandis de cils au charbon. Ils atteignirent la Seine et retrouvèrent la voiture, le mot « presse » au pochoir sur le pare-brise.

— Passe quand tu veux, dit Judith.

Elle lui serra la main et les regarda s'éloigner. Quand il rentra chez lui, sa mère bondit en entendant la clé dans la serrure.

— Je ne vivais plus. Où étiez-vous ? dit-elle en baisant Henri de tout son cœur. Mon Dieu, ne me faites plus de peurs pareilles ! Surtout qu'il y a une surprise pour toi, Jean ! Les révolutions ont du bon. Ça vous remet en place. Denise t'attend. Elle ne vivait plus. Mes enfants, mes enfants !

— Maman ! cria Henri en voyant apparaître sa mère au fond du couloir.

Denise s'agenouilla pour l'embrasser, tandis que Lorteau lui posait une main caressante sur l'épaule.

— Tu reviens, dit-il simplement.

— Si tu veux bien, dit-elle.

— Nous allons repartir du bon pied, affirma Lorteau. Tu rêvais d'un chambardement, tu l'as.

— Je voulais surtout que nous rêvions, Jean.

Il l'aida à se relever et la regarda un moment. Des yeux noirs incomparables.

— Et où avez-vous passé la nuit ? demanda la grand-mère.

— Au théâtre, répondit l'enfant.

7, quai des Frisons

Au pied du mur d'enceinte des entrepôts en voliges sang-de-bœuf, entre l'angle du couvent des Frères-de-la-Passion et l'aile du musée, une étendue de sable gagne le rebord en grès qui surplombe d'un mètre la rivière. Charles Ralin de Miray, en bronze sur un socle antique, tient d'une main son tricorne et de l'autre indique de sa canne tendue la plaine en aval, au-delà du gazomètre. C'est un négociant qui fit autrefois le renom de la cité. Il flotte ici l'odeur même de la légende, qui sent le chien et le goudron. Il ne subsiste de cette gloire que l'enseigne de l'« Hôtel de la Prospérité » au bout de l'esplanade. Un très beau « VII » en romaines rouges est gravé sur le linteau de l'entrée. Il faudrait redresser les volets, refaire le crépi, consolider la véranda que mange une fragile verdure jaunâtre, mais tout cela a de l'allure et tient du carrosse qui se souvient d'une fête lointaine et n'accueille plus qu'une famille de pigeons. Un jardin en surplomb nous laisse voir ses arceaux de rouille et de rosiers. Chaque soir, et parfois dans les petites heures du matin, les motards viennent ici faire carrousel. Filles et garçons vêtus de cuir, casqués et la bouche masquée de cotonnades vives, s'enivrent de vitesse et de bruit, tournent, dessinent un ressort qui se contracte puis se détend. Parfois l'un d'eux tombe à l'eau. Les pompiers voisins viennent retirer la machine avec une grue et l'on va boire ensemble une bière transparente. Il y a bien une plaque depuis une dizaine d'années : « L'esplanade est réservée aux piétons. » Personne n'y passe. Quelques vieux venaient encore s'asseoir sur les bancs, entre les bittes où s'enroulaient jadis les câbles des gabares, mais la peur les retient désormais. Leurs yeux, cependant, gardent l'immense ciel de l'autre côté de l'eau, le bandeau d'argent de l'horizon. Les crépuscules y lèvent des voilures d'apparat. Ô prince d'Orange, vaisseaux de Frise ! La nuit, c'est d'ici que l'on suit le mieux le vol des satellites. Un certain orgueil nous saisit devant cette étoile qui parmi tant d'autres est la seule qui montre qu'elle bouge.

LA MUSE

Édith Cabrin déclamait ses alexandrins à chaque cérémonie officielle, départ à la retraite ou dépôt de gerbe, et se vouait aussi à la peinture. Elle allait planter son chevalet au hasard des coups de foudre qui la saisissaient un peu partout, sur le rempart, le pont du chemin de fer, un quai du fleuve, une allée du jardin public, le dessous des halles ou quelque marche d'escalier, chez elle ou dans la ville, et elle paraissait elle-même sortie de ses œuvres traitées au couteau, de couleurs jaillies du tube et sans mélange. C'était un fauve sur toute la ligne et chacun la redoutait, mais elle n'avait ni plan d'attaque ni rancune si ses crocs déchiraient. C'était toujours sur un coup de sang et on ne lui refusait pas le pardon. Les artistes sont à part ! Ses toiles, toujours de petites dimensions, ornaient beaucoup d'intérieurs, et elle était la gloire de la ville. Fernand son mari vivait à son ombre. On le voyait déambuler comme une âme en peine quand il ne faisait pas le marché, le ménage et la cuisine, mais au théâtre lors des lectures poétiques, aux distributions de prix, aux bienvenues des vernissages d'Édith, dès qu'une strophe de l'épouse expirait devant le public, il donnait le coup d'envoi des applaudissements, de ses petites mains dont étonnait le fracas. Dans ces heures illustres Édith Cabrin ne le voyait même pas et parfois manquait l'écraser. Elle ne lui adressait la parole qu'après le retour à la maison, quand il avait verrouillé les portes de la rue et du jardin. Invariablement il commençait d'une voix d'herbe tendre et couchée sous le vent que déplaçait Édith en se débarrassant de ses capes, de ses volants, de ce chapeau toujours gigantesque qu'elle gardait jusqu'au moment de franchir le bord de la baignoire, par une dernière louange.

— C'est un triomphe, ils piaffaient !

— Verse un peu de parfum, veux-tu ?

— Oui, Édith, lequel ?

— « Double Extase », à gauche. Non, je dis à gauche, à côté de « Jouvence », tu deviens sourde ?

Fernand s'exécuta. Elle le mène à la baguette, disait-on en ville, c'est son souffre-douleur. Il faut bien qu'un grand corps comme le sien puisse passer ses humeurs sur un faible. On voit mal un homme de sa trempe partageant sa vie. Cela tournerait au pugilat, à l'éclatement. Si bien que les rumeurs n'étaient pas fausses qui les trouvaient finalement bien appariés. Dans un couple ce n'est pas la forme des vases qui compte, mais leur communication, l'équilibre de l'élixir d'amour, toujours en plus grand volume d'un côté que de l'autre. À chacun sa bouteille, forme et contenance. Le public préférait celle d'Édith, et l'on avait une fois pour toutes réglé le sort de Fernand en assurant qu'il devait accepter, sinon aimer, cette situation de souris dans la gueule du chat. Quelques-uns auraient pu en témoigner s'ils ne s'étaient contentés de surprendre des faits qui les laissaient froids, ou les touchaient à peine, tant ils en voyaient de toutes les couleurs une fois franchi le seuil des maisons. C'était le cas du releveur des compteurs d'eau, gaz, électricité, des livreurs de vin et de charbon, du facteur ou de quelque enfant chargé par ses parents de remettre une friandise à Mme Cabrin pour la remercier des vers qu'elle avait lancés lors d'un baptême, un mariage, des obsèques ou l'anniversaire d'une des batailles qui s'étaient livrées dans la ville sur cet éternel chemin des invasions depuis Jules César, mais personne n'avait encore dévoilé le secret des Cabrin. Il fallut la voix de Gabriel qui allait sur ses huit ans, arrière-petit-fils des Machicourt qui venaient de fêter leurs noces d'or, pour que l'on perçût dans son détail la domination de la muse.

— Voilà, j'arrive ! Toujours aux moments délicats !

Fernand Cabrin se demanda qui tirait la sonnette avec une telle insistance. Il remit une goutte d'huile sur le canard qu'il avait sorti et referma le four.

— Voilà ! Ah, c'est vous, Gabriel ! Je croyais que c'était Édith. Elle oublie si souvent ses clés ! Mais ne restez pas sur la porte. J'ai un canard dans le four.

Le gamin regarda la perruque blonde et bouclée, la robe imprimée de fleurs, les mules brodées de cygne et ne reconnut pas tout de suite Fernand Cabrin.

— C'est pour Mme Cabrin, dit l'enfant en offrant un carton à gâteaux.

— Elle est sortie, dit Fernand. Je l'attends, mais nous allons ouvrir cette belle boîte.

Gabriel le suivit au salon, les yeux de plus en plus étonnés. C'était bien M. Cabrin avec son long nez pâle que rendaient encore plus diaphane les lèvres soulignées de rouge gras. Gabriel ne pouvait détacher ses yeux des mains couvertes de bagues qui dénouaient difficilement le bolduc, soulevaient le couvercle et s'extasiaient, paumes en l'air, devant la charlotte nappée de sucre glacé où l'on pouvait lire en relief au chocolat : « Vive notre poète ! »

À ce moment la porte de la rue s'ouvrit.

— Notre poète va te dire son remerciement, mon cher Gabriel !

Édith fit irruption dans le salon et parut interdite.

— Les Machicourt nous font tenir cette gâterie, dit Fernand, mais Édith d'une main fit pivoter l'enfant vers elle.

— Voulez-vous nous laisser et aller à la cuisine ? dit-elle d'un ton sec à Fernand qui disparut.

L'enfant avait pâli.

— M. Cabrin répète une pièce de ma composition, dit-elle. Sa tenue a dû vous étonner.

— Oui, dit l'enfant.

— Il ne faut pas. Vous ne jouez jamais la comédie avec vos camarades ? Il faut aimer le théâtre, Gabriel. C'est là que nous donnons toute notre mesure. Eh bien, vous direz merci à vos chers parents.

Elle le poussa vers la porte et, dès qu'il fut sorti, regagna la cuisine. Fernand cisaillait de l'estragon dans un verre.

— Alors, je ne peux pas m'absenter sans que tu fasses des imprudences ? Voilà un gamin qui va claironner partout qu'il t'a pris pour une femme.

— Mais non, Édith ! J'ai entendu ton à-propos sur le théâtre. Tu as très bien expliqué.

— Les langues sont si mauvaises !

— Et après tout, dit Fernand, tu m'aimes comme ça, c'est ton droit.

— Dis que ça ne te plaît pas ! Dis que tu te forces !

— Non, Édith, je suis heureuse. Calme-toi. Tout va brûler. Mets-toi à table. Tu sais bien que je n'ouvre jamais quand on sonne. Tu as assez d'occasions de me faire des scènes sans profiter de l'arrivée inopinée de ce gamin !

— Tu aurais pu mettre un sautoir avec cette robe. Les perles ne vont qu'aux corsages stricts. Il y a des jours où tu es inconséquente sur toute la ligne. Je ne m'y ferai jamais.

Fernand sortit le canard qui était à point. Édith lui caressa l'épaule.

— Je ne t'en veux pas, dit-elle, tu es une bonne fille. As-tu remarqué que les Machicourt auraient pu nous offrir un gâteau qui ne vînt pas de chez eux ? Même le bolduc a déjà servi ! Les radins ! Quand on songe que le père de Gabriel est pilote de ligne, gagne des mille et des cents, travaille dix heures par semaine, fait le trafic des pierres semi-précieuses, regarde sa femme tenir une oisellerie qui rapporte et n'arrête pas de pleurer misère, de faire grève et d'emprunter la voiture des amis ! C'est une honte, pauvre pays !

— Les vieux Machicourt n'y sont pour rien, Édith ! C'est eux qui l'ont fait cuire ce gâteau !

— Sers ! dit-elle. Quand je mange, je ne pense à rien.

Cependant Gabriel regagnait la table familiale par le chemin des écoliers. Il rencontra le grand Riboux dont le père tient le café du Bois Sans Soif et qui distribuait dans les boîtes aux lettres le bulletin paroissial, accompagné de Diane Fessard qui poussait un nouveau vélo.

— Une perruque ! dit Riboux, mais pauvre mec, Cabrin a des cheveux !

— Et une robe à fleurs, si !

Riboux prit Diane à témoin qu'on ne pouvait le tenir sans risque pour un demeuré. Il envoya bouler Gabriel qui s'ouvrit un genou et restait en larmes dans le caniveau sous les yeux du potard de la pharmacie Beffroi qui fermait boutique, car le premier coup de midi sonnait.

— Viens voir ici, dit l'homme en blanc. Tu marches, ça n'est rien.

Il fit asseoir Gabriel qui hurla sous un tampon d'alcool.

— Les Machicourt sont solides, dit-il, c'était une belle fête, hier.

— Justement, je reviens de porter un gâteau à Mme Cabrin.

— C'est fermé ! lança l'homme en blanc à un client qui heurtait la porte. Revenez à deux heures ! Ayez donc un bon geste, il faut tout de suite qu'on en profite !

— M. Cabrin était habillé comme sa femme, dit Gabriel en reniflant.

— Comment ça?

— Tout parfumé avec des bagues. C'est pour ça que Riboux m'a envoyé un coup de poing.

Le potard lui appliqua un sparadrap.

— Avec des bas et des perles, reprit Gabriel, une perruque et une fleur. Il faisait cuire un canard.

De retour chez lui, Gabriel s'aperçut qu'on l'écoutait avec plus d'attention encore qu'à la pharmacie et son discours s'anima d'autant plus qu'il n'avait pas été grondé pour sa chute comme il s'y attendait.

— Gabriel, dit son père en riant, M. Cabrin n'a pas de poitrine.

— Il en avait.

— Il n'y a que ta maman qui en ait. Grand-mère en a eu. M. Cabrin est un homme, petit, voûté.

Gabriel regardait les mimiques qu'accompagnaient les dires de son père.

— Avec des lèvres rouges, avec un cœur en rouge comme Solange.

Il est vrai que Solange, la bonne, se peint les lèvres en forme de cœur. On a tout fait pour l'en dissuader, mais elle travaille comme quatre et il faut bien lui laisser quelques manies.

— Pourquoi inventes-tu des choses pareilles? demanda la mère qui n'en pensait pas un mot. Gabriel, en effet, s'était toujours montré réservé et même secret. Mme Cabrin n'était pas là?

— Elle est arrivée, dit Gabriel, et elle l'a chassé à la cuisine.

Les parents se regardèrent et l'on parla d'autre chose, mais le temps de passer à table, qui est une formule de police, la moitié de la ville subodora quelque drame chez les Cabrin plutôt qu'une comédie et beaucoup tinrent à se rendre compte par eux-mêmes de la véracité du conte de Gabriel, à commencer par son père. On se mit à guetter la muse aux longs pieds, à la suivre, à la voir dresser son chevalet. Une fois qu'elle s'était installée et commençait à jouer du couteau avec ses vermillons, ses chromes, ses verts d'acier devant des arbres d'une douceur triste, un escalier voluptueux et las, quelque ciel endormi contre le rempart, l'observateur filait chez elle et sonnait pour surprendre Fernand sous le premier prétexte venu : police d'assurances, visite au poète, courtoisie de voisinage. Avant de s'étonner, puis de s'inquiéter de ces soudaines attentions qui devaient finir par rester sans réponse, Fernand ne se méfia point et continua d'entrebâiller à qui sonnait. Il avait beau se tenir discrètement derrière la porte, ne passant que la tête dont il tenait la perruque à la main, Fernand Cabrin ne pouvait empêcher le curieux de forcer le passage et d'entrer par surprise. Il y eut bientôt dix témoins : Fernand vivait en tenue féminine. L'un des premiers visiteurs fut le père de Gabriel qui rêvait dans l'oisellerie de sa femme près du pont, une boutique où l'on trouvait aussi des chats. Une fin d'après-midi, la muse venait d'ouvrir son pliant sur la berge d'en face, Machicourt jugea l'instant favorable.

— J'y vais, dit-il à sa femme.

Il mit un passereau dans une cage et traversa la

ville. À peine Fernand lui avait-il ouvert qu'il se trouva dans le corridor. M. Cabrin était en robe noire à paillettes, dans des chaussures à talons aiguilles. Il tenait une perruque argentée à la main.

— Couvrez-vous, dit machinalement Machicourt. Je ne voudrais pas vous déranger. Madame Édith n'est pas là ? C'est pour une commande. Ma femme aimerait une enseigne et nous avons pensé que ce bengali serait le meilleur modèle. Il est bleu, mais Mme Cabrin pourrait nous le mettre en rouge.

C'est vrai que Fernand avait une fausse poitrine, une bouche en cœur et des bas de soie.

— Vous me voyez en pleine répétition, dit Fernand. Excusez ma tenue. Édith tient à ce que je lui donne la réplique dans un drame qu'elle vient d'écrire.

— Qui parle de quoi ? demanda Machicourt.

— Eh bien...

— Vous ne voulez rien dévoiler, monsieur Cabrin !

— C'est-à-dire que, vous savez, les drames sont monnaie courante, n'est-ce pas ? On connaît les poèmes de ma chère Édith, les vers de circonstance qui sont par nature exceptionnels et de festivité, son côté lyrique, n'est-ce pas ? Mais ce qui lui tient à cœur c'est la vie de tous les jours, la vie cachée, celle de nos pauvres couples qui rêvent comme ils peuvent.

— On la jouera quand, cette pièce ?

— Ce n'est pas tout à fait prêt. Édith est exigeante. Elle retouche tous les soirs. Ah ! monsieur Machicourt, je suis désolé de ne pas vous recevoir plus longtemps. La vie est difficile quand son partenaire est un génie !

Nous sommes obligés de nous plier à ses exigences ou de le fuir, mais quand on a le bonheur d'aimer!

La voix de Cabrin tremblait. Machicourt regardait la perruque aux reflets de platine que l'autre avait posée sur la console de l'entrée près de la cage où l'œil du bengali avait un éclat d'aiguille. Il sortit mal à l'aise et n'échangea que quelques mots avec sa femme, de retour à l'oisellerie.

Les Cabrin étaient devenus l'une des fables de la ville, mais de celles que l'on se raconte à voix basse, dont on ne sait si l'on se moque ou l'envie. De même qu'attirent les puits et les précipices, leur maison cachait un abîme et l'on en regardait les fenêtres d'un œil de côté. On trouvait même aux rideaux mangés de soleil une teinte de soufre.

— Encore, dit Édith qui commençait à comprendre. Dix visites en un mois? Et l'autre est revenu pour son enseigne?

— Oui, dit Fernand.

— Désormais, dit-elle, tu n'ouvriras plus. Tu es idiote si tu ne vois pas qu'ils cherchent à nous violer! Allons, reprends-toi! Donne-moi ta main. Donne-moi tes mains.

Édith regarda l'alliance, les anneaux d'or, la pierre de lune, l'améthyste, le cœur en rubis, la topaze sur les doigts noueux de Fernand. Elle les retourna et baisa chaque paume d'un long baiser. On ne vit plus M. Cabrin que sur le marché, à la poissonnerie. Il faisait rapidement ses emplettes. Avec son éternel costume à rayures il avait la silhouette d'un commis d'autrefois, dans les romans sages. Édith continuait à célébrer les temps forts de la cité, mais sa voix laissait une amertume, sans doute parce que l'on commençait à en avoir peur. On ne lui pardonnait plus qu'un pied fît boiter parfois l'un de ses alexandrins, dérive qui avait son charme avant ce que l'on appelait le mystère des muses. Et l'on s'en voulait aussi de ne pas l'avoir découvert plus tôt. La porte des Cabrin sur la rue resta fermée. Ils entraient et sortaient par-derrière.

Le collège

Le car de ramassage des petits s'arrête. Ceux du lycée restent à l'intérieur. D'autres descendent et passent en courant la grille de l'ancien petit séminaire où se déplaçaient avec un bruit d'ailes sous l'œil implacable du borgne de la porterie une quarantaine de prêtres. Aujourd'hui la gardienne est une jeune femme dont le mari travaille à l'usine de petits pois. Les crucifix ont disparu de toutes les salles, réfectoire, grande et petite étude, dortoirs et gymnase, de même que les banderoles rouges aux inscriptions maoïstes qui leur avaient succédé. On voit dans les salles de classe sans chaire et sans estrade des bulletins où les associations de parents d'élèves exposent leurs réclamations. Beaucoup de parents travaillent plus qu'au temps de leur école et s'y rendent régulièrement pour en discuter. La chapelle grouille d'officiants; les autels ont fait place à des billards électriques et à des boîtes à disques. L'odeur du réfectoire, elle, n'a pas changé, d'éponge un peu surie. Il reste aussi un abbé que distingue des autres professeurs une petite croix au revers de son veston. Son dada est le kiouisme, le civisme pour les générations qui l'ont précédé. Le potager s'est évanoui. C'est aujourd'hui une surface de bitume où quelques jeunes jouent à la balle au panier, les bas-côtés servent à garer les motocyclettes. La vierge en plâtre qui souriait autrefois sous un arceau de clématites et sur qui levaient un œil les prêtres qui lisaient leur bréviaire en tournant dans les massifs de fleurs est miraculeusement restée, mais seule et perdue dans un angle. Pourtant des mains s'occupent d'elle encore et lui mettent du rouge aux lèvres. L'ensemble des bâtiments a toujours cet air sévère et cambré des anciens de la cavalerie, mais le fumet du péché s'est évaporé, qui sentait si fort autrefois. On chercherait vainement un souffle de ce sens vénéneux. Devant le corps principal, sur les pelouses sinueuses et bombées où l'on n'avait pas le droit de marcher et qui prenaient pour cela les formes interdites de la femme, garçons et filles s'allongent apparemment sans problème mais rongés aussi de fidélité, de jalousie, et devisent dans le parfum léger du tabac blond, plus lourd de la marie-jeanne et presque chocolaté des joints d'herbe sérieuse. Ils sont graves et beaux, et cet autre là-bas qui leur ressemble, en pleine vacance aussi, dirait-on, et la coiffure en hérisson, lutte avec une racine grecque.

L'HÔTEL MARTELÉ

Malgré leur ton de se porter à merveille, certaines demeures couvent un mal invisible et incurable, ainsi l'hôtel Martelé. D'autres, plus simples, sont atteintes de même façon. Pensez à la meulière, aux balcons nouilles de la maison du pendu, à deux pas. Tout a sa marque, comme les rues en *do* majeur, en *la* et même, qui font un coude imprévu, en *sol* dièse mineur, mais revenons à l'hôtel Martelé, dans l'étroite chaussée des Bannières. Quentin de La Haye-Coq y vivait avec sa sœur Thérèse, sous les branches d'un arbre généalogique dont les plus hautes ramures, les leurs, caressaient la moulure du plafond dans la salle où ils aimaient se tenir, le soir venu, mais contrairement à ceux qui s'inventent des ancêtres à blason ils étaient d'une grande humilité. On les voyait à peine. Ils allaient dans le siècle avec la légèreté des ombres, mais leur éloignement indisposait et plus d'un se demandait comment faire payer une attitude qu'il prenait pour du mépris. Rien pourtant ne les poussait l'un et l'autre à la hauteur, à la condescendance. Ils avaient le physique de la plupart de leurs ancêtres qui rougeoyaient aux murs de toutes leurs pommettes, ronds et l'œil rond, le cheveu en vrac, sortis de la terre, pareils dans le sérieux et le simple aux moissonneurs et forgerons qui naviguaient en torchis dans le sillage de pierre du château. Les bustes dans les cadres dorés laissaient penser à des corps trapus sur des jambes torses, mais quelque chose dans leur œil laissait un soupçon d'amertume, sensible comme une fausse note, que l'on retrouvait dans le regard de leurs descendants. M. de La Haye-Coq avait joué un rôle dans la Carrière, préparé des traités et des voyages présidentiels, conseillé les ministres de la Guerre et de l'Économie, reçu médailles et cordons, vu son nom salué avec bonheur dans les gazettes, fait plusieurs fois le tour du monde en compagnie des Grands, des moins grands, d'un chien basset qui répondait à sa taille et qu'il remplaçait en moyenne tous les dix ans, quand il le voyait à bout de course, et de sa sœur. En réalité dès sa jeunesse il n'aspira qu'à la retraite, à parfaire sa collection d'art brut, bois, pierres, squelettes de feuilles, ferrailles qu'il allait même dénicher jusque dans les décharges publiques à l'abri des regards indiscrets, où il eut la surprise un soir de rencontrer son banquier qui fouillait aussi pour le plaisir et ramassait tout débris de plomb. Les deux hommes en gardèrent le secret. La façade de l'hôtel des La Haye-Coq dont le blason du portail avait été martelé à la Révolution, ce qui lui avait laissé ce nom, gardait ses volets clos et les araignées mouraient dans le matelas des toiles qu'elles avaient tissées entre le bois et les vitres. Thérèse trouvait que ces masses légères et de tous les gris dominaient en qualité, en complexité, par leur fragilité même, le reste de leurs collections. Mlle de La Haye-Coq était restée vieille fille, mais n'en avait aucune des qualités. On l'appelait ainsi en ville, malgré son allure de cuisinière à marmitons et bien qu'elle eût manipulé jusqu'à les user plus d'hommes que ses dix doigts. Ils n'avaient pas laissé plus de poussière ou de rouille que les robinets, les clés, les vieux clous évoquant des passions trouvés dans les démolitions. Miraut VI, artésien normand tricolore, dormait de toute sa longueur, la queue tirée, sur les fleurs du tapis de la Savonnerie qu'il préférait. Il rêvait, saisi de profonds soupirs. La lumière baissait dans le jardin. Thérèse savait que son frère était à six pas d'elle, mais elle ne voyait plus sa petite masse ronde marquée d'énormes sourcils blancs. Elle-même avait presque disparu aux yeux de Quentin dont elle était la réplique, aussi bedonnante sous des cheveux transparents qui laissaient voir le crâne d'un rose qui s'éteint. Le silence avait le poids d'un meuble dont les portes parfois s'ouvraient sur quelques mots serrés, pareils aux pots de confitures et de gelées qui se tiennent côte à côte sur les étagères du buffet, de la desserte, de l'armoire de coin, des deux bonnetières et du cabaret grillagé qui doublent les murs entre les tentures des passages.

Le frère et la sœur n'avaient jamais eu besoin de longs discours pour se comprendre. L'intonation suffisait, et des vocables qui n'étaient qu'à eux, depuis toujours, et l'on aurait pu comprendre si l'on avait eu la fortune d'être reçu chez eux qu'un geste par-ci par-là, un mouvement des paupières ou de l'épaule, n'était pas la fin mais le plus fin des échanges. Toutefois, le comte de La Haye-Coq, qui avait tiré un trait sur sa vie active le jour où il avait signé et fait paraître ses *Mémoires*, six cents pages de dates, de rencontres, de portraits insipides et de pensées excellentes pour la vie courante qu'il tenait surtout de sa sœur : « Mange une pomme chaque matin et le monde pour toi tournera rond », le comte réservait un soir de la semaine aux nouvelles du monde. Sa sœur les écoutait tomber en cadence de ses lèvres, avec la rigueur et l'harmonie des comptes rendus qui l'avaient rendu célèbre et précieux. Cela se passait en général le samedi. En fin d'après-midi, Quentin de La Haye-Coq, qui n'achetait plus les journaux et ne possédait ni poste de radio ni écran de télévision, se rendait avec Miraut à la station de taxis de la gare, à l'autre bout de la ville, d'une marche rêveuse, le pas étroit et l'œil vide. Il se faisait reconduire chez lui et demandait au chauffeur les nouvelles de la semaine. Camille Torcheux était son préféré, mais il arrivait que cette sorte de fonctionnaire fût en congé ou en long déplacement. Quentin se rabattait sur un autre, mais les nouvelles en étaient toujours assombries, incomplètes. Torcheux, lui, savait tout et connaissait son client. Il refusait les voyageurs à l'arrivée des trains et leur annonçait qu'il était retenu.

— Bonsoir, monsieur le Comte. Faisons-nous un crochet par le golf? Préférez-vous le cimetière du sud?

Cela signifiait que l'on ne pouvait rentrer au plus court, par abondance des matières.

— Prenons les remparts, dit M. de La Haye-Coq. Alors ?

— Toujours le Moyen-Orient, commença Torcheux, et cela ne m'étonne pas. Quand on m'a réquisitionné, à la dernière mobilisation, et jeté dans les tanks, comme les garçons de café, à cause de notre vue panoramique et de notre sens de la demande, j'ai connu un juif, bien brave quoique pessimiste, et qui n'arrêtait pas de me seriner que le monde finirait chez lui.

— Où ? Comment ça ?

— En Galilée, près du mont Thabor, il répétait. Le feu de la fin. C'est dans les Écritures.

— Et à part ça ? demanda le comte.

— La cour d'Angleterre fait encore parler d'elle, mais cela est très agréable. Comme un hochet pour enfants. Je ne vous blesse pas ?

— Nullement, dit M. de La Haye-Coq.

— Quand à l'Amérique, l'U.R.S.S., la Chine et l'Inde, rien à signaler cette semaine. Ils n'ont même pas lancé de fusées. En revanche, il paraît que Mgr Gressin est au plus mal.

— Notre pauvre évêque ! dit le comte.

— Oui, reprit Torcheux. Il est question qu'on lui coupe une jambe. Si j'avais quatre-vingts ans j'interdirais qu'on me touche. Je ne veux d'ailleurs pas qu'on me touche avant. À part ça, des vandales ont saccagé le portail de Saint-Georges et tiré les statues colonnes avec des câbles. Moïse et Jérémie sont en sept morceaux. Je te pendrais ce joli monde! Avec leur câble! Parce que enfin, monsieur le Comte, l'âge donne seul le prix! Il a fallu huit cents ans pour faire de pareils saints, et voulez-vous me dire aujourd'hui si quelqu'un est capable d'en faire un qui va durer? Je vois l'avenir assez sombre. Comment va mademoiselle votre sœur?

— Bien, dit Quentin.

— Là aussi, vous comprenez, il a fallu, si vous me le permettez, près d'un siècle pour la faire. Je ne parle pas d'elle toute seule. Mais où est la vénération de nos jours? Ils n'ont de respect que pour l'enfant! Transports d'enfants, je vous jure! Des choses qui ne sont même pas faites, qui ne se feront peut-être jamais! Je vais vous dire : quand j'en vois monter à mon bord, j'ai toujours le réflexe de les refuser. Comment voulez-vous qu'ils se tiennent, puisqu'ils ne savent pas! Et l'on voudrait me mettre au rancart, moi qui commence à entrevoir ce qu'est la vie! Je suis libre, monsieur le Comte. Je m'éloigne de plus en plus de ce monde prétentieux et assisté, qui ne s'intéresse à rien, sauf à se plaindre et à moucharder le voisin. Savez-vous que, pour un oui ou pour un non, et surtout parce qu'ils s'ennuient, je traîne la plupart de mes clients chez les médecins? Et gare à ceux qui ne leur délivrent pas des ordonnances de repos! D'où chacun se retrouve encore plus creux et perdu qu'avant! Où allons-nous!

— Chez moi, dit le comte.

— Je sais. Je veux dire : où va le monde? Misère! C'est comme ce pauvre Jules! Qui peut dire?

Le taxi roulait à la bourgeoise sous les ormes du

cours Jules-Taupin dont la statue en bronze avait été enlevée et fondue par les Allemands. Depuis un quart de siècle le socle en restait nu et l'on pouvait se faire l'idée que l'on voulait de ce Jules Taupin si bien servi par le vide.

— J'oublie, dit Torcheux, que l'on a célébré deux mariages d'aveugles, mardi, à Saint-Georges. En frac et en blanc, ils sont partis tous les quatre bras dessus bras dessous. Si je vous disais que je les envie ? On se trompe de partenaire sans le faire exprès et...

— L'odeur, mon ami ! dit le comte. Nous avons chacun une odeur particulière qui nous signale !

— C'est exact, dit Torcheux subitement attristé. Vous voilà rendu. Comment faites-vous pour avoir un chien aussi sage ?

— Il m'imite, dit modestement M. de La Haye-Coq en payant sa course.

Il trouva sa sœur au jardin, sous un parasol, qui triait des lentilles. Elle en avait trouvé deux qui ressemblaient à des diamants taillés à l'ancienne et éteints. Elle les lui montra sans un mot.

— Il ne s'est rien passé, dit M. de La Haye-Coq.

Sa sœur soupira d'aise.

— Des merveilles ! dit-elle.

Elle laissa les graines parfaites sur la table et alla ranger les deux mortes dans l'un des tiroirs du médaillier qui ne contenait plus depuis la Belle Époque que de minuscules spécimens d'art brut, becs d'oiseaux devenus mitres, cœurs de boutons en nacre qui rivalisaient avec des cristaux de neige, noyaux brisés de la forme divine des barques.

— Triste ? dit-elle.

Il répondit par un haussement de sourcils.

— À la bonne heure. Nous allons finir le pâté de lièvre. Le crépuscule s'annonce lyrique.

Dès qu'ils avaient soupé, selon leur terme, et que les citoyens avaient quitté les rues pour se mettre à table, au brouhaha de leur télévision, les Haye-Coq faisaient le grand tour de la ville, par hygiène et plaisir, dans une solitude que n'agrémentaient que des chats errants, un amoureux sans le moral, une promeneuse de chiens qui gardait ses bêtes de se laisser flairer par Miraut, une bande de recrues en civil qui regagnaient braillards et éméchés la caserne installée dans un ancien couvent de cordeliers, jaune, rectangulaire et triste au milieu d'un gravier rougeâtre avec pour tout arbre les bois perdus, peints en blanc, d'un jeu de balle.

— Et voilà ! dit Thérèse triomphante.

— Certes ! répondit le comte.

Au bout de la route qui tourne vers les lotissements de la sortie du sud, le soleil couché dorait le haut d'une muraille de nuages où des gris et des bleus creusaient de hautes vallées sur un soubassement de bitume. Le frère et la sœur se dirigèrent vers cette chaîne fabuleuse, plus haute que l'Himalaya, avec ses pics, ses crevasses, un reste de sanguine sur une crête et de longues avalanches suspendues d'une lumière laiteuse. Ils étaient par l'enchantement naturel de leur âme de l'autre côté du monde, non pas à la chute mais à la naissance des choses. Il leur arriva une fois encore de croire qu'ils étaient près d'atteindre le pied de cet ensemble formidable et ils doublèrent la cadence de leurs petits pas jusqu'à la nuit qui efface cette sorte de songes pour en apporter d'autres. Ils avaient franchi plusieurs fois la rivière qui tourne sur elle-même et se trouvaient en pleine campagne, si loin de chez eux qu'il leur prenait souvent envie, par les beaux jours, de dormir là, un moment, sur un talus, mais l'hiver qui a de pareils enchantements et propose souvent à la place des monts ses étendues marines ou des steppes que traversent toutes les charges de cavalerie de l'histoire, selon le gel ou la lune, les surprenait du même désir de rester là dans ce charivari de silence et d'images qui les comblait. C'était surtout pour Miraut qu'ils allaient rentrer. Ils en étaient là, dans le noir qui leur posait une taie d'argent sur les yeux, quand ils entendirent le vrombissement d'une voiture qui vint avec la rapidité de la foudre, les frôla et disparut.

« Des fous », pensa Thérèse qui n'arriva pas à le dire, mais M. de La Haye-Coq le comprit.

— Oui, dit-il. As-tu vu ?

Ils firent demi-tour et, comme il levait l'avant-bras sans un mot :

— Je peux, dit-elle.

Au premier tournant ils aperçurent les faisceaux de lampes électriques et s'avancèrent vers une estafette arrêtée dont le gyroscope bleu tournait sur le toit. Les gendarmes braquèrent leur lumière sur eux. Miraut donna de sa voix grave.

— Monsieur le Comte, dit le brigadier. Les avez-vous vus filer ?

— Une voiture, dit-il.

— Les salauds ! On les tenait ! Et on tombe en panne sèche. J'en connais un qui va en entendre ! Il faudrait tout vérifier soi-même !

— Ils ont failli nous écraser, dit Mlle de La Haye-Coq.

— Vous ne seriez pas la seule. Ils ont commencé un rodéo en ville, défoncé dix voitures en stationnement.

— La ville n'est plus qu'un garage, dit durement le comte.

— Avez-vous reconnu quelqu'un ? Ils étaient combien à votre avis ?

Le frère et la sœur ne répondirent pas et se regardèrent. En effet, ils n'avaient rien vu, mais les gendarmes crurent qu'ils ne voulaient pas les aider. Cet échange muet, entre eux, et cet air ironique ! et ce basset qui aboyait d'un air las et suffisant !

— Vous n'avez rien vu, évidemment ! Vous trouvez que la ville est un garage, dit le brigadier. Autant foutre toute cette tôle en l'air ! On est d'accord, on ferme les yeux. Merci ! Merci à vous !

— De rien, dit innocemment M. de La Haye-Coq en prenant sa sœur par la main.

Les gendarmes les regardèrent s'éloigner tous les trois, les éclairèrent plusieurs fois avec leurs torches. Thérèse et Quentin mirent une grande heure pour rejoindre leur maison. L'épisode des voyous et de la maréchaussée n'avait en rien entamé le trésor du crépuscule. Miraut avait déjà gagné son panier. Ils s'embrassèrent au seuil de leur chambre, un bonsoir sur les joues que Thérèse complétait toujours par un baiser sur la main de son frère, et ils allèrent retrouver l'odeur de leurs coins respectifs qui était en plus dense celle de l'escalier, qui tient de la tapisserie de laine et de la compote de rhubarbe un peu surie.

Le lendemain matin, les Haye-Coq prenaient leur lait à la chicorée quand la sonnette retentit en même temps que Miraut qu'ils trouvèrent dressé, en déséquilibre, à gratter la tenture de la porte d'entrée, babines retroussées. L'œil sur le chien qui reculait, un gendarme salua militairement M. le comte et le pria de passer dès que possible à la gendarmerie. Quentin de La Haye-Coq mit son nœud papillon des grands jours, rose à pois blancs, qui s'harmonisait à son poil et à sa peau. Thérèse l'accompagna jusqu'au seuil et le salua comme s'il ne devait jamais revenir. Elle retourna aux *Mémoires* du Duc d'Aumale qui faisaient pour l'instant ses délices et reprit avec un plaisir malin ce qu'écrivait le 29 septembre 1839 ce très lointain cousin par mésalliance, comme elle l'appelait : « ... quand, confondu dans les rangs, j'entends sonner le canon, quand mes naseaux s'ouvrent à l'odeur de la poudre... » Elle s'en voulut de ne pas partager cette chevalerie avec son frère à qui le matin elle faisait lecture à voix haute, et sa pensée le chercha dans le bureau du commandant, sans bien imaginer ce lieu sobre et gris où l'almanach des pompiers accroche une tache rouge.

— Monsieur le Comte, dit le commandant, le brigadier Ducourget ici présent n'a que vous comme témoin, et mademoiselle votre sœur que je convoquerai plus tard. D'après vos déclarations, les vandales ont failli vous renverser.

— C'est exact [prononcé : *exa*], dit M. de La Haye-Coq.

— Vous les avez donc vus. Vous pourriez les reconnaître. Donnez-nous leur signalement.

Il était ravi de cuisiner l'ancien diplomate qu'il jugeait méprisant comme le tenaient avec la même rigueur et la même injustice l'ensemble des concitoyens. M. de La Haye-Coq se retrouva sur-le-champ avec ses qualités d'autrefois, sang-froid, retenue, mensonge qui sent la vérité, serein détachement. Impartial et de bonne volonté, mais encoconné, il donnait l'image malgré sa taille d'une épée dressée dans un fouillis de viornes. L'idée qu'il pût tromper ce début de justice ne l'effleura qu'à peine, pressentant que le rôle qu'on voulait lui faire jouer pouvait en faire passer le temps avec agrément et lui redonner un peu de cette gloire dont le goût ne nous quitte jamais lorsqu'une fois on l'a connue. Puisqu'on le cherchait on le trouverait. Il entra dans sa réponse avec un aplomb qui surgit et impressionna le commandant, mêlant certitude et flou comme le tourbillon du feu qui prend.

— La voiture de vos poursuivis roulait phares éteints. C'est au son que nous en eûmes d'abord connaissance, ma sœur et moi. Distraits d'un spectacle prodigieux que la nuit venait de nous offrir, nous en restions quand même sous le charme et notre attention était en éveil. Nous ne nous trompions donc guère sur une suite possible, mais différente, du merveilleux qui nous baignait. Nous vîmes trois hommes à bord. Ils passèrent comme un éclair et si près de nous qu'ils ne pouvaient qu'impressionner nos rétines, eussions-nous voulu par peur ou mépris fermer les yeux.

— Vous dites qu'ils étaient trois ?

— D'une quarantaine d'années. Massifs, l'œil clair, le cheveu court.

M. de La Haye-Coq les découvrait en en parlant.

— Mes hommes, au début de leur chasse, sont pourtant formels. Ils ont vu deux silhouettes maigres à cheveux longs, l'œil sombre, dans les vingt ans, de ces jeunes qui ne savent que faire, ajouta le commandant.

Mais M. de La Haye-Coq reprit le fil de son roman sans souci de l'interruption, se contentant de redresser et de respirer fortement d'un coup sec comme s'il prenait une prise de tabac, à la manière d'un Talleyrand qui laisse passer les inutilités, par politesse.

— Certes, me direz-vous, le monde a toujours connu de ces forces de la nature inemployées faute d'occasion et donc égarées, prêtes à tout méfait pour dépenser leur trop-plein ! J'entendais dernièrement la voix du peuple, celle d'un chauffeur de taxi dont j'emploie régulièrement les compétences : « Une bonne guerre calmerait tout. Il y a trop longtemps que nous n'en avons pas eu. Aussi les fiers-à-bras se multiplient. On ne peut pas créer à tout bout de champ des polices parallèles pour les employer ! Triste exemple pour nos jeunes. Je suis pacifiste, voyez-vous, et je n'ai pas voulu faire d'enfants. »

— Vos relations m'étonnent, monsieur de La Haye-Coq, dit le commandant qui s'agitait. Je vous demande simplement de ne pas quitter notre sujet.

Vous êtes le témoin qui peut nous remettre en piste. Du moins, mes hommes l'affirment.

— Je soupçonnais, dit M. de La Haye-Coq, que vous aviez des doutes à leur égard et que vous m'avez convoqué à votre corps défendant pour ne pas leur déplaire. Les troupes nous poussent parfois à des gestes que nous regrettons, mais ne croyez pas que je veuille ne pas voir les casseurs sous les verrous. J'ai toujours servi l'ordre et je ne pense pas qu'il ait plusieurs niveaux. Peut-on dire dans une échelle qu'un barreau ne vaut pas l'autre ? Cette affaire m'importe autant qu'à vous et je tiens à l'éclaircir comme si le sort du monde en dépendait, car il en dépend. N'a-t-on pas dit avec raison qu'une piqûre d'épingle est une porte pour la mort ?

— Permettez-moi de faire entrer le brigadier Ducourget, dit le commandant.

— Avec plaisir, dit le comte.

Ducourget se tint debout, les talons joints.

— M. de La Haye-Coq affirme qu'ils étaient trois. Âgés de quarante ans.

— C'est impossible, dit le brigadier sans regarder le comte dont la vue lui était insoutenable depuis toujours et à chaque ronde dans la ville, à cause de la façade toujours fermée de son hôtel, de son chien qui l'avait plusieurs fois menacé, de son air de ne pas vous voir et de cette vie étrange qu'il mène avec sa sœur, une femme qu'il a vue se moucher sur le trottoir, devant lui, se pressant une narine avec un doigt et soufflant un jet dru dans le ruisseau ; il avait enfin l'occasion de les passer au gril.

— Je pense qu'il serait bon de faire venir ma sœur, dit M. de La Haye-Coq. Commandant, pourriez-vous demander au brigadier d'aller la prier de le suivre jusqu'ici ? J'ai autant de confiance en elle qu'en moi, et la vérité, si elle ne fait jamais qu'un, n'en paraît que plus forte éclairée par divers faisceaux. Me permettrai-je d'ajouter que pour une fois que la cité fait appel à mes services je veux tous les lui rendre. Nous n'avons guère l'occasion...

— Allez, Ducourget ! coupa le commandant, mais M. de La Haye-Coq enchaînait :

— ... l'occasion, voilà toute la question dans la vie ! Nous tenons un fil qui se déroule sans qu'on le sente, mais le voici qui saute dans notre main à chaque grain de l'occasion et nous nous sentons remarqué, donc utile.

Le commandant commençait à trouver que sa faiblesse envers Ducourget l'avait entraîné dans des effets sans commune mesure avec l'affaire des tamponneurs de voitures. Il se demandait si le comte de La Haye-Coq se payait sa tête, jouait, comme il le déclarait, et jouissait d'une occasion de se distraire en présentant les signes d'une sénilité dont il ignorait ce visage doctoral. Le nœud papillon lui faisait l'effet d'un insecte inconnu et dangereux, mais il fallait n'en rien montrer et accepter la partie jusqu'au bout, puisque lui-même avait lancé les cartes. Comment, oui, comment, avait-il pu croire Ducourget qui l'assurait que le comte avait tout vu, la nuit dernière ?

— En attendant mademoiselle votre sœur, dit-il, je vous laisse un instant.

Il descendit dans la cour où des gardes, torses nus et bottés, lavaient les voitures de police. Le tout, pensait-il, est de ne pas paraître idiot, mais s'il disait vrai ?

Le comte s'était assoupi sur la chaise inconfortable après avoir regardé les murs nus, un classeur tragique et fermé, le calendrier rouge des pompiers où près d'une autopompe une belle fille nue tendait une pancarte : « Juin. » Il allait faire chaud, aujourd'hui. On le sentait dans cette pièce récemment balayée dont un peu de poussière restait en suspens, avec un fond d'odeur de savon de Marseille. Le commandant devait se savonner ainsi. Toute l'armée, d'ailleurs, et c'était assez rassurant pour s'endormir avec une idée de victoire.

— Mon ami ! s'écria Thérèse.

Elle acheva de l'éveiller en lui baisant la main.

— Mademoiselle, dit le commandant, je suis désolé de vous déranger, mais M. le comte l'a désiré.

— J'ai demandé à votre brigadier de quoi il s'agissait, mais il ne m'a rien dit. Est-ce grave ?

— Thérèse, dit le comte, vous rappelez-vous notre promenade de la nuit passée ?

— L'Himalaya, dit-elle.

Le commandant et le brigadier échangèrent un regard inquiet.

— Revoyez-vous ces chauffards ? M. le commandant aimerait que vous les lui décriviez. Combien étaient-ils ? Leur âge ? Sauriez-vous les reconnaître ?

— On les a arrêtés ? dit-elle.

— Non, dit M. de La Haye-Coq qui rendait service au commandant et se substituait naturellement à lui. (Il n'y avait plus comme toujours que sa sœur et lui au monde. Les autres faisaient tapisserie, aussi plats et figés que les personnages qui peuplent les murs de leur maison, dans les feuillages et les mille fleurs.) Non, mais vous nous rendriez service en les décrivant.

Le commandant s'attendait qu'elle répétât ce qu'allait lui suggérer son frère, mais le comte s'était levé pour faire asseoir sa sœur et la regardait avec un œil de commissaire, les mains dans le dos de sa ronde petite personne, important et l'œil plissé. Ducourget, pâle, ne voyait qu'une campagnarde qui se mouche dans ses doigts, et ça vous a des trésors derrière les volets clos !

— Nous faisons chaque soir un tour de ville, mon frère et moi. C'est une habitude que nous avions déjà dans les postes que M. de La Haye-Coq occupa dans ses temps officiels. J'ai le souvenir de crépuscules de toutes les couleurs. Chaque ville en a son éventail et jamais le même. Il y en a qui ressemblent à des queues de paons déployées, d'autres sont en corne ajourée, d'autres en soie, en grossier patchwork, en pétales, en éclats de terre cuite. Prague a le cœur noir, Venise l'intestin d'une opale. Je pourrais toutes vous les citer. Vous rappelez-vous, Quentin, ce troupeau de moutons un soir sur Aberdeen ? Ici, où nous avons nos attaches, la ville est un coffret bien simple comme en ont toutes les familles, avec des choses qui n'ont pas de prix et qui sont sans prix. On n'y fait même plus attention. On en tire les ciels qu'on veut, usés comme nos foulards, et toujours simples. Avec... avec tout à coup un oublié, un inédit ! Et vous voyez subitement les choses d'une façon extraordinaire. Le mur de votre caserne vaut tout à coup celui du théâtre d'Orange. Pouvait-on le croire ? La moindre chose que nous négligeons s'inscrit dans la mémoire et l'illumine. Ainsi nous allions hier vers l'Himalaya, plus beau que le vrai que nous avons connu mon frère et moi dans un Népal rouge et vide ajouré comme un meuble breton, et la nuit l'emporta, une haute table couverte d'une nappe à plis. Et tout à coup ce moteur fou, cette voiture ! Il y avait trois hommes dedans. Je les ai vus comme je vous vois, aussi près. D'une quarantaine d'années. Massifs, l'œil clair, le cheveu court.

Mlle de La Haye-Coq les découvrait aussi en en parlant et son frère les reconnaissait. Il lui prit les mains et la fit se lever. C'était bien la seule femme qui voyait toujours ce qu'il avait vu et qui rêvait ses rêves. Il ne pouvait redresser plus sa petite taille, la fierté l'arrondissait encore.

— Les voyez-vous aussi, mon commandant ? dit-il. J'espère que le brigadier mettra la main dessus au plus vite !

L'adjoint du brigadier était entré pour prendre une photographie impromptu de La Haye-Coq, discret et vite ressorti.

— Ducourget, dit le commissaire soucieux d'une contenance (mais laquelle ?), nous avons un signalement précis. Je vous souhaite d'avoir la main heureuse. Quant à vous, monsieur de La Haye-Coq, nous vous remercions de votre collaboration. Je ne dresse pas de procès-verbal. J'espère qu'incessamment les journaux vous tiendront au courant.

— Mon frère ne lit pas la presse, dit Mlle de La Haye-Coq, mais ayez la bonté en temps venu de nous faire part de votre prise. Il ne me déplairait pas de tirer la langue à ces malotrus.

La Haye-Coq et sa sœur rentrèrent par le centre-ville à une heure qui ne leur était pas familière. Le matin de marché battait son plein et la foule leur parut odieuse, d'une insistance de mouches sur les étals, mais l'occasion n'était pas à refuser d'en prendre une nouvelle fois le dégoût. Avant de rentrer Thérèse fit ses emplettes chez l'épicier-crémier le plus proche de chez elle, qui connaissait ses désirs, se fournissait lui-même chez les détaillants du marché et la servait sans qu'elle eût à commander. Les Haye-Coq se retrouvèrent sous l'arbre du grand salon, fatigués de ce monde invivable, aussi étonnés du commandant qui les avait convoqués que celui-ci de leur couple.

— La prochaine fois, Ducourget, dit le commandant, ne me faites pas régler vos comptes de jalousie. Vous vouliez les moucher, je le comprends, mais lâchez-moi la main.

— Ils ne sont pas aussi fous qu'ils en ont l'air, reprit le brigadier. Ils se moquent de vous.

— Qui sait ? dit le commandant. Ce sont des gens à part.

— Justement, reprit le brigadier, ça empêche les autres de vivre. C'est à fourrer finalement dans le même sac que les malandrins que je finirai bien par coincer. Ils auraient pu les aider à fuir qu'ils n'auraient pas répondu autrement !

Le commandant désirait rompre tout entretien avec

Ducourget qui toujours le recherchait, mais il craignait le brigadier dont le bruit courait qu'il avait des sympathies communistes et qui semblait l'épier. Toujours est-il, et le hasard aidant, que l'on mit la main au collet de trois gaillards, d'une quarantaine d'années, à l'œil clair et au cheveu ras, au cours d'une rixe dans un bal de la semaine qui suivit. C'étaient trois videurs en attente de travail. On les chargea de tous les méfaits des derniers temps, mais ils ne reconnurent que quelques soûleries et saccages de désœuvrement. Une vague inattendue de sévérité leur donna six mois de prison ferme. Ils les purgèrent dans des bâtiments neufs équipés de piscine, salle de cinéma, télévision, terrain de sports, bibliothèque et air conditionné, commodités dont ils n'avaient jamais joui, rassemblées. Lorsqu'ils tombèrent sur l'un des journaux qui relataient leur procès, le récit de leurs méfaits leur apporta un plaisir moins intense que le ressentiment qui leur naquit soudain, à la vue des photographies de M. de La Haye-Coq et de sa sœur, « grâce à qui nous avons pu arrêter les malfaiteurs. Nous tenons à les remercier de leur concours. Que leur sens critique reste un modèle pour tous ! ».

Mlle de La Haye-Coq et son frère avaient oublié sur-le-champ cet entracte incongru. Ils allaient chaque soir vers des ciels toujours heureux, trouvaient pour leurs collections un caillou, une racine travaillée par le temps, soupaient aux chandelles face à face avant de denses courts sommeils où les points de suspension étaient pour lui des lampées de fleur d'oranger et pour elle un doigt de ratafia, framboise ou cerise de sa fabrication.

— Vous me demandez quelles nouvelles ? Ce serait plutôt à moi de le faire ! dit au comte Camille Torcheux dans son taxi de fin de semaine. Je dis simplement bravo, monsieur le Comte. Si l'on n'y prend garde, les propres-à-rien vont nous étouffer. C'est du chiendent, cette race-là ! À part ça, on se bat toujours un peu partout, mais loin d'ici, c'est l'important. On a déclaré le bordelais sinistré pour inondations. Et le boulonnais, pour sécheresse. Tout se déglingue. Ça continue. Ça empire. Où allons-nous ?

— Vous me demandez toujours cela ! dit M. de La Haye-Coq.

— C'est vrai qu'on est bien ici, dit Torcheux. On ne connaît pas son bonheur. Vous me faites bien de le rappeler. Il me faudrait seulement dix clients comme vous.

Hélas, un samedi soir, comme il l'attendait, l'homme des nouvelles de M. de La Haye-Coq apprit que le comte et sa sœur venaient d'être trouvés dans leur hôtel, côte à côte, proprement égorgés par des spécialistes qui n'avaient rien emporté. L'intérieur était intact. Les voisins avaient été alertés par vingt-quatre heures d'aboiement de Miraut qui tournait en rond dans le jardin. La police avait retrouvé les titres dans un secrétaire, des pièces d'or, des billets. Les tableaux étaient tous aux murs, les tapisseries, les vieux miroirs. Deux tasses en Delft contenaient encore du thé. Le beurre avait seulement fondu sur de larges tartines à peine entamées ; ce qui mit entre dix-sept heures et dix-sept heures quinze l'instant fatal. C'était sans doute la plus grave nouvelle, celle qu'il aurait voulu donner à son fidèle client, mais le destin s'amuse à vous couper l'herbe sous le pied. Tout cela, Camille Torcheux l'apprenait du brigadier Ducourget et de son collègue de ronde qui dressaient contravention à des voitures sans disque de stationnement.

— Ça devait arriver, dit le brigadier. L'important, c'est qu'il n'y a qu'eux. Pas de famille. Une fin de race.

Café de la Paix des Dames

Sa terrasse envahit la rue piétonne qu'agrémentent des fusains en pots, repaire et bonheur des chiens. Les volutes viennent des lampadaires d'un goût rétro, de la machine à disques qui libère ses trombones. Habituellement la foule a des tourbillons d'aquarium. Ceux qui ne bougent pas, assis devant un verre vide ou adossés, en face, à la banque de verre et d'acier, ce sont les chômeurs. Ils n'ont même plus la force de parler entre eux. Les autres vont et viennent plutôt qu'ils ne musent. Il ne faudrait pas trop nous pousser pour dire que ça manque de voitures. Autrefois, avant que les maisons soient reconstruites — elles ont le froid des ressuscités —, c'était un boyau mal famé où les hommes allaient passer leurs nerfs. Des gravures anciennes la montrent déjà vide, mais on en sent les chambres pleines. Cette rue n'est vraiment elle-même que dans les après-midi de dimanche ou de fête, quand les cafetiers et les consommateurs sont partis à la campagne. C'est vide, un décor d'opérette qui ne fait plus recette. Le vent y fait pivoter ses planches, ses portants de poussière. La géométrie des toits lui répond, sur une entrée de la lumière, ardoise ou tuile, comme s'ils longeaient et présentaient tout à coup leur envers. Il y a tout de même encore un chien qui passe, d'une tristesse de concierge de musée. Il ne pisse que trois gouttes et ne les renifle même pas. Demain, ça sentira de nouveau la bière et le tabac. La vie, quoi.

LE CAFÉ DES CHASSEURS

Montfavert avait transformé sa cuisine en atelier de menuiserie et vivait dans son tricycle d'infirme de guerre. Il ne se déplaçait plus qu'au rez-de-chaussée de sa maison qui donnait sur le cours Jules-Taupin. L'étage et le grenier lui servaient de paradis. Il y pensait toujours et ne pouvait pas s'y rendre. Quand il avait tourné les bois d'un mobilier de poupée dont la vente relayait l'argent de sa pension d'invalidité et qu'il avait donné à manger aux araignées qu'il élevait dans un buffet à portes de verre, dont il éclairait l'intérieur avec une rampe de néon, il changeait de siège et partait faire son tour de ville dans un fauteuil à moteur. On l'entendait à toutes les cornes de la rose des vents et l'on était heureux qu'il ne circulât jamais la nuit; il aurait réveillé jusqu'aux pierres. Ce bruit quasi journalier ne le faisait guère aimer, bien que sa conversation fût des plus enrichissantes. Il connaissait tous les conflits de l'histoire, et il suffisait de le héler pour qu'il arrêtât le vacarme de son engin et vous donnât la date d'une contre-offensive dans le Jutland ou la

Cyrénaïque, effectifs et noms des chefs. On le voyait vivre le fait d'armes jusqu'à changer de couleur, et il arrivait que l'on apprît la cause réelle de cette douleur qu'on le suppliait de nous pardonner d'avoir fait naître.

— Pas du tout, répondait-il. C'est au contraire un plaisir. Vous me voyez branlant à cause d'Angèle. Elle est morte la nuit dernière.

— Désolé.

— Elle allait avoir deux ans. Une araignée qui répondait à tous mes appels, qui accourait à mon approche, qui dansait, monsieur ! Bien ferme et souple sur ses pattes en étoile, elle se laissait rebondir comme une balle.

— Vous en avez d'autres ! disait-on pour le consoler.

— Quel être en remplace un autre ? Enfin !

On le laissait remettre les gaz et rouler vers le Café des Chasseurs où il avait ses quartiers de délassement. Là, sans quitter ses roues, il s'installait à la table des amis pour des jeux de hasard qui faisaient place à des conversations sur l'armée, ses souvenirs, ses transformations, son avenir, à des lectures de bulletins d'anciens combattants ou de revues de polémologues. Montfavert était abonné à diverses publications, sans compter brochures et encyclopédies dont le spécimen lui était arrivé avec une lettre de souscription. Il ne se passait d'ailleurs pas de semaine qu'il ne cédât à la vente par correspondance, et sa mémoire était confortée par ces rangées d'histoires de tout genre qui mettaient ses finances à sec. Un jour, il arriva aux Chasseurs dans un grand désarroi.

— Montfavert ! Tu en fais une tête !

— Je suis jaloux, dit-il simplement et vexé. Je vous ai souvent parlé d'un vieux camarade : Agricole Palaneuve ! Nous avons fait les mêmes hôpitaux ! Mais c'est bien un Parisien ! Il n'y en a que pour Paris ! Paris, toujours ! Ange ne m'a même pas fait signe ! Comme si j'étais enterré dans ce trou !

— De quoi s'agit-il ?

— D'un haut fait !

— Alors, de quoi te plains-tu ?

Montfavert sortit un fascicule d'une des sacoches du tricycle.

— Une nouvelle publication. Le premier numéro. Très cher, trop cher ! Enfin, le papier est glacé. Et au beau milieu je tombe sur Palaneuve ! Suis-je toujours son ami ? Je vous fais juge.

— On t'écoute.

— Ça s'intitule : « L'outrage ».

Le cabaretier apportait du vin blanc.

— Un alsace de derrière les fagots, dit-il joyeusement. Une nouvelle source. Vous n'allez plus la quitter !

— Non, coupa Montfavert en repoussant la bouteille, pas aujourd'hui. Du rouge, s'il te plaît.

La tablée s'étonna, mais la main du paralytique restait impérieuse. Le rouge arriva et il commença :

L'outrage

Quand il lut qu'un Scandinave s'était fait cuire un œuf sur la flamme du Soldat Inconnu, Agricole Palaneuve laissa glisser le journal, ferma les yeux dans sa chaise roulante, et ses mains blanchirent de douleur à tant serrer les accoudoirs. Il y avait belle lurette qu'il avait versé sa dernière larme, là-bas, au fond de sa guerre, et si d'autres malheurs avaient fondu depuis sur le pays, aucun acte n'approchait en vilenie du sacrilège que l'on venait de relater, en pleine paix, à la veille de défiler pour la commémoration de l'Armistice. Il décrocha son appareil téléphonique pour appeler le Ministre qui le pensionnait. Des préposés se le passèrent de bureau en bureau, mais il ne put obtenir le secrétaire général qu'il connaissait suffisamment pour lui dire son indignation au nom de tous ceux qui n'avaient osé l'appeler, mais les employés qui étaient tous au courant, passant leur matinée à lire la presse, ne paraissaient guère s'émouvoir. Agricole avait même cru percevoir dans l'écouteur quelques ricanements. « Il n'y a plus rien de bon à attendre, gémit-il, plus rien ni de loin ni de près. » Il se trouvait sous le jet d'une Providence qui se soulage et il se rappela les fourmis qu'il aimait arroser au hasard des promenades et des besoins, autrefois. « Tout se tient », songeait-il et il ajouta : « Puisqu'ils ne veulent pas m'entendre, ils vont me voir ! »

La concierge de son immeuble vint le sortir de son cinquième étage et le poussa dans l'ascenseur. Agricole Palaneuve se retrouva dans la rue et fit démarrer le petit moteur de son fauteuil. Les rues les plus passantes, les carrefours ne l'effrayaient pas, conscient du danger qu'il faisait naître chez les automobilistes et malgré sa désespérance comptant toujours qu'il inspirait de la pitié et donc des attentions. Les quolibets, les injures ne manquaient cependant pas de pleuvoir sur lui et les conseils du genre : « Reste avec ta nounou ! », « Plante-toi au soleil, ça repoussera ! ». Ah, certes, il pouvait parler de la méchanceté, de la goujaterie humaines ! Il retenait certaines malveillances, les duretés les mieux venues pour les rapporter aux amis qui se trouvent dans le même état que lui et il les comparait à celles qu'eux-mêmes avaient entendues. Il leur arrivait d'en prendre des fous rires. Leurs réunions se passaient toujours au Champ-de-Mars et par temps de pluie dans l'un des cafés proches de l'École Militaire. On les poussait au-delà de l'arrière-salle des billards dans une sorte de pergola aux murs aveugles où le public n'allait guère et d'où ils pouvaient suivre les poules que les joueurs disputaient ou les programmes de la télévision sur l'écran réservé au personnel. Les serveurs prenaient là leurs repas aux heures creuses du matin et de l'après-midi. Il s'y retrouvait parfois quatre ou cinq petites voitures, mais Agricole Palaneuve pouvait toujours compter sur celle de Jacques Mouchelin qui ne quittait guère l'endroit, habitait le quartier, n'activait ses roues qu'avec les mains et que les amis surnommaient le Casanier. Agricole, ce jour-là, avait décidé de leur soumettre le problème, d'envisager une riposte au geste blasphématoire du Scandinave et de commencer par signer ensemble une lettre au Ministre pour lui montrer qu'ils n'entendaient pas que l'outrage restât impuni. La vue d'un match de tennis joué par des handicapés en petite voiture les conforta. Cela se passait en Amérique et le vainqueur du tournoi à la fin du reportage parut leur lancer sa raquette, éclatant de joie à l'image des joueurs qui courent sur leurs deux jambes. Un souffle de liberté passa sous la pergola et le haut mur aveugle qui la fermait renvoya leurs bravos.

Agricole posta la lettre. Les jours passaient sans réponse quand elle arriva, deux semaines après. À la pergola les amis écoutèrent Palaneuve qui la lut de sa belle voix. Le Ministre laissait percer son émotion, sa compréhension, mais faisait entendre que le mieux était d'oublier une insanité. On avait souvenir, ajoutait-il, de gestes plus ignobles en cet endroit sacré, ce qui n'était pas une raison, certes, de prendre la Flamme pour un réchaud de cuisine. Le Scandinave était un Danois. Après une forte amende, il avait été rejeté au-delà de la frontière. La lettre se terminait par une exhortation à la vigilance, « bien qu'en ce domaine comme dans les autres nul être et nul temple ne puissent être à l'abri d'une souillure. Le malade mental est à tous les coins de rue ».

— Il ne s'agit pas d'une rue, dit Casanier, mais de la plus belle avenue du monde.

— Certes ! dirent les autres.

— Qu'ils doublent le nombre des gardiens ! lança Agricole. Ce n'est jamais de l'argent perdu quand il s'agit d'honneur.

On entendait le heurt voisin des boules de billard, la rumeur assourdie des salles, si semblable au vacarme des poulaillers.

— J'ai une idée, dit Agricole que les autres regardaient depuis un moment. Nous allons t'offrir un moteur et tu mettras ta part, Casanier.

— Je n'en ai pas besoin ! s'écria le manuel.

— C'est indispensable, dit Palaneuve, tu regretterais de ne pas en avoir et donc de ne pas en être ! Bien que tu sois le seul à faire bande à part, en un sens.

— Je suis ici, s'écria Casanier, bien plus souvent que vous ! C'est toujours moi qui vous attends !

— Cette fois nous serons à l'heure, tous les six, et ensemble, et sur le même rang et d'autres encore ! J'ajoute que nous aurons tous un moteur, pour avant et pour après.

— Avant, après quoi ? demandaient les autres.

— Mes amis...

Et il leur exposa le projet qui devait faire réfléchir le cuisinier de l'Inconnu et ranimer l'affaire que tous étouffaient, du Ministre au dernier passant. Sous la pergola courait en liseron sur toutes choses et sur les six infirmes le silence particulier des comploteurs fleuri du pavillon pâle et multiple des questions que l'on n'ose poser et qui attendent pour tomber le souffle du plus courageux. Le Casanier se lança :

— Nous ne sommes pas en nombre suffisant ?

— Nous allons battre le ban et l'arrière-ban des nôtres, dit Agricole, convoquer sans explication pour affaire importante les concernant. C'est moi qui leur parlerai. Nous sommes lundi. Je veux tous nous voir dans deux jours et nous arrêterons la manœuvre.

Bien qu'il n'eût jamais dépassé le grade de sergent, Agricole Palaneuve parlait sans réplique, en généralissime, et les autres le reconnaissaient comme le plus décidé et le plus adroit d'entre eux. Agricole ressentait tout cela et de ce fait sentait la victoire au bout de ses ordres. Il rentra chez lui et le Casanier, exceptionnellement, lui fit un bout de route, suppléant au moteur qui lui manquait encore et dont il sentait maintenant la nécessité par une poigne d'acier. Tenant d'une main son guidon, il avait saisi de l'autre l'accoudoir d'Agricole et se laissa remorquer sur la longueur de l'arrondissement. Il lâcha Palaneuve à regret et le regarda s'éloigner, qui reprenait sa grande vitesse et doublait les plus rapides des piétons.

Si l'on demandait à nos semblables ce qu'ils aimeraient sauver d'un désastre absolu, ce serait pour la plupart une image ou une lettre, la photographie de ce qui leur est le plus cher ou la déclaration que leur a faite leur plus haut amour. La signature peut varier à l'infini, d'un enfant à une mère, d'une épouse à un chef. Agricole ne prenait ses décisions et ses songes qu'en face d'un mot signé par le général de Gaulle. Il l'avait mis sous verre, encadré d'une baguette en peau de cheval et suspendu au-dessus de sa table de nuit.

Il regarda la signature prestigieuse et sourit : le Général serait d'accord avec l'événement dont Agricole l'entretenait en remuant les lèvres, laissant échapper un mot, ici et là, comme pour s'excuser du côté farceur que d'aucuns pourraient y voir, mais il redevint grave et eut une nuit d'un sommeil profond, comme il n'en avait connu autrefois qu'à la veille des attaques, faisant pour ainsi dire le vide de lui-même et l'apprêt d'un homme neuf et disponible.

Ce fut un vendredi qu'Agricole et les siens rappelèrent l'attention du monde sur le dévouement de ceux qui sont morts pour que les autres vivent. Il ne songeait pas que laver la tache d'un affront c'est encore le rappeler et que vouer Un Tel aux gémonies c'est le remettre au premier rang. Le Scandinave allait connaître une nouvelle flambée, si l'on peut se permettre cette image. L'oubli si préférable n'est pas difficile, il est impossible.

Les Anciens d'un régiment s'étaient groupés ce jour-là, selon l'habitude de cette quotidienne cérémonie, vers le haut des Champs-Élysées, occupant le trottoir avant de défiler sur la chaussée, drapeaux en tête, vers l'Étoile et l'Inconnu qu'ils allaient fleurir. C'était toujours un difficile problème, une aggravation de la circulation toujours dense à cette heure et en ce lieu, malgré le nombre accru des gardiens de la paix, souples et efficaces, dans le carrousel des voitures. Les hommes décorés, coiffés de bérets et de calots, tapaient la semelle et se donnaient des nouvelles, venues de tous les coins de France. Malgré le froid, les traces de neige, le givre sur les arbres nus, une bonne humeur régnait, car l'on parlait de la vie, des naissances et des agrandissements, des fredaines de ceux qui les avaient quittés depuis la dernière ranimation de la Flamme et du plaisir simple, fondamental, d'être ensemble, toujours fidèles au poste. La cérémonie en devenait secondaire et l'on songeait par petits groupes au repas de souvenirs arrosé qui suivrait avant de regagner chacun son coin. Tout à coup on entendit une rumeur qui venait du rond-point, dans le bas, un concert de klaxons qui gagnait l'avenue et couvrait tout Paris d'un pelage de loup dans le soir qui tombait.

Agricole Palaneuve et la vingtaine d'infirmes qu'il avait réunis venaient de quitter le bas-côté de l'avenue qu'ils avaient gagnée avec leurs moteurs de tous les coins de la capitale et, les gaz coupés, poussant à la main leur roue, avançant à deux bras l'un de l'autre sur une seule file horizontale, ils bouchaient la moitié montante des Champs-Élysées. Devant eux le flot compact des voitures s'éloignait tandis que derrière, dans l'impossibilité de doubler les paralytiques, les véhicules commençaient à s'agglutiner, à caler, à reprendre difficilement à deux kilomètres-heure, à mugir, à donner de l'avertisseur sur tous les tons, rythmes et rages. Le vacarme prenait la densité, la force de la mer en furie et, comme la mer, le bruit avait des retombées subites, des reprises, un nouvel élan formidable et perdu. Maintenant, devant la ligne des fauteuils roulants, l'avenue était presque dégagée. Les lampadaires s'allumaient. Les Anciens, là-haut, s'aventuraient sur la chaussée pour regarder la manifestation, et des promeneurs commençaient à descendre vers Palaneuve, surpris de marcher en sens inverse sur la voie libre, sans le moindre sifflet d'un sergent de ville, sans rappel à l'ordre. Le bas de l'avenue était noir de carrosseries à touche-touche et l'on devinait que la masse augmentait. Des voitures de police arrivèrent des rues adjacentes et de la partie descendante où les véhicules n'obéissaient plus aux feux de circulation, la curiosité des conducteurs l'emportant sur leur presse habituelle. Agricole, le

Casanier, les autres peinaient avec délices, le visage pâle jusqu'à l'os. Certains se demandaient s'ils tiendraient le coup jusqu'à la Flamme, mais ils roulaient, le poitrail couvert de décorations, le calot en éperon. Ils arrivaient au milieu de leur peine, à mi-chemin du triomphe, leur souffle les enveloppant de buée, lorsque Agricole Palaneuve, sentant faiblir les muscles de sa troupe et non point sa ferveur, s'avisant aussi que les piétons allaient par bonhomie, amusement, gentillesse ou farce leur barrer la route et l'élan, lança l'ordre que ses compagnons attendaient.

— Moteur !

Ils remirent les gaz. Le concert des klaxons un instant surpris reprit de plus belle et les suivit tel que jamais Agricole ne l'eût espéré. Ce n'était plus des quolibets, du moins le pensait-il, mais une aide. Qu'importe le motif ! Tous ces gueulards étaient les décorateurs du théâtre qu'il régissait. Ils ajoutaient maintenant les lanternes et les phares. À la hauteur des Anciens, les porte-drapeaux se faufilèrent entre eux et les voitures. Agricole demanda aux siens de ralentir. Le service d'ordre sur la place de l'Étoile les attendait. Les seules voitures qui roulaient se faufilaient à la périphérie. Les responsables des gardiens et des Anciens prenaient cette manifestation imprévue pour organisée sans qu'ils en aient eu vent et donnaient aux fauteuils roulants l'aisance qu'il leur fallait. Au beau milieu de la place, à cent pas de l'Inconnu, Agricole arrêta sa machine et sa troupe fit cercle autour de lui. Un banc de Japonais, des reporters amateurs photographiaient à tout clac, couraient entre les étendards. Les klaxons devenaient hystériques. La ville hurlait.

— Et alors ? cria un brigadier.

— Avancez ! lança un autre.

Les agents de la circulation entouraient maintenant les infirmes, mais Agricole Palaneuve ne bronchait pas. Il tira solennellement d'une sacoche de sa machine un œuf et le laissa tomber sur le pavé.

Le responsable des Anciens s'approcha de Casanier :

— Qu'est-ce que c'est ? demanda-t-il. De quel régiment êtes-vous ?

— Allez devant, dit Agricole, maintenant on vous suit.

La musique militaire massée sous l'Arc attaquait *Le Chant du départ*. On les attendait tous. Les avertisseurs s'éteignirent. Dans le grondement de la circulation reprise un clairon lança un cri d'une tristesse infinie comme venu d'un autre temps. Le Casanier penché vers Palaneuve lui pressa la main.

— Nous lirons tout cela demain dans le journal, dit Agricole, et tant pis pour ceux qui ne croient à rien !

De leurs petites voitures ils regardaient la flamme vouée au bleu que la nuit cuivrait. Pour Agricole la porte du Ciel devait être ainsi, en forme de lance et transparente. Il serra les accoudoirs de son fauteuil car il sentait monter des larmes.

— Casanier, dit-il comme le clairon s'évanouissait, dispersion ! Chacun sa route comme prévu et tous à la pergola ! Vos lampes en brassard ! J'ai fait mettre au frais du vin d'Alsace.

Le Café des Chasseurs était devenu silencieux. Les consommateurs qui s'étaient groupés regagnèrent leurs tables en rapportant leurs chaises.

— Alors, dit Montfavert d'une voix tragique, Palaneuve n'aurait pas pu me faire signe ?

— Certes ! dit une voix faible. Un ami est d'abord un homme qui pense à vous, mais peut-être a-t-il voulu t'épargner le déplacement ?

Montfavert tapa sur les accoudoirs de sa machine.

— Je peux traverser la France avec ça !

— Oui, c'est un coup rude ! L'outrage est aussi pour toi. Évidemment, tu laisses tomber cette publication ?

— J'ai envoyé mon chèque de souscription ce matin, répliqua Montfavert, dès l'ouverture de la poste. Pour moi l'amitié, c'est aussi d'oublier tout un côté de l'ami.

Le jardin public

Il couvre deux hectares, mais il est si bien et baroquement dessiné que l'on n'en voit pas les limites à quelque endroit qu'on l'aborde. Tous les âges y trouvent leur pâture. La plupart des citoyens ont découvert au jeu de ses lacets la vie, amour et repos. Les enfants y trouvent du sable, les vieillards un résumé de leurs jours. Jeux d'ombre et de soleil, silhouettes de ce qu'ils furent à toutes les tailles. Il est bordé au sud par des maisons patriciennes dont les fenêtres ont une certaine morgue, mais ce n'est que façade. On y surprend ici et là, sous les rideaux discrètement relevés, des individus immobiles que l'on sent en retrait, parfois assis toujours patients, armés de jumelles et guettant un spectacle extraordinaire qui ne vient pas ou leur échappe au sein des bosquets dans les heures où s'en va la lumière. Ils peuvent simplement mettre un nom parfois sur un visage et leurs pensées s'aiguillent sur un étonnement sans fin, d'une monotonie de rails. En permanence un employé à casquette passe et repasse, pique à la canne ferrée les papiers qui traînent. C'est lui qui tôt le matin emplit de gravier les boîtes fixées au tronc des plus gros arbres. Les colombes et plus loin sansonnets et piafs le suivent, mais une fois par an, quand on juge en haut lieu que les pigeons se sont par trop multipliés, c'est aussi lui qui distribue le blé empoisonné, d'un violet d'évêque. Les petits oiseaux n'ont pas l'air d'en souffrir et leur nombre paraît toujours égal. À la grille principale la marchande de journaux ne quitte jamais son pliant, sa planche, ses deux tréteaux et la voiture d'enfant qui sert à les transporter. On l'appelle l'Impératrice. Elle ne sait pas lire, sans besoin et toujours au-dessus des événements. Quel âge lui donner et par quel mimétisme la trouve-t-on à l'entrée du jardin, égale à elle-même, depuis quatre générations? De son vrai nom Valentine Fopet, elle a succédé à Lucie Fopet sa mère, fille d'Eugénie qui remplaça Julia. On ne connaît pas les hommes de la maison Fopet qui règne depuis la nuit des temps et venge la loi salique. Il n'est pas moins étrange qu'elles se transmettent leur pouvoir à un âge avancé où leurs apparences se confondent, la nouvelle n'étant pourtant qu'à mi-chemin de celle qui abdique. Elles démontrent à la population que l'on peut très bien n'utiliser l'homme que pour perpétuer les femmes. Elles ont la discrétion dans la peau, en plus d'être probes et courtoises. L'Impératrice a toujours dans sa voiture des rouleaux à la réglisse pour les enfants et des cigarettes pour les messieurs. C'est la seule qui sous ces latitudes les vende à la pièce. Cela lui rappelle le temps de guerre où le tabac n'était souvent que le souvenir d'une fumée. Au premier jour de l'an, l'Impératrice va déposer une rose de Noël au pied du cèdre qui surplombe le temple de l'amour. La tradition veut qu'un de leurs premiers parents s'y soit pendu un soir de réveillon non de chagrin, mais par un pari d'ivrogne. Le jardin n'en a gardé aucune tristesse. Les oiseaux tombent dans sa corolle avec une gourmandise d'abeilles et nous enseignent que la liberté dont ils sont l'image n'est qu'un incessant va-et-vient tout poisseux de miel, la galante aventure autour d'une fleur, d'un seul lieu, d'une pensée trouvée un beau jour et qui nous sert de boussole, d'un être unique que le hasard nous a choisi.

UN DÉNOUEMENT

Les dentiers pendent le long du mur à des ficelles. La boutique aux lourdes dalles disjointes sent le géranium, derrière son rideau en bambou relevé dans la porte ouverte. Il est midi. Les oliviers tournent en cendre. Les rues de la cité tordent leurs sarments. Les volutes de fer du campanile s'élèvent, noires sur paille, des maisons chauffées à blanc. Assis en tailleur sur le sol pour trouver un peu de fraîcheur, Modeste Manille achève au pinceau la calligraphie dont il va orner l'exposition des dentiers : « En état de fonctionnement. On peut essayer ou faire échange. » Oui, le commerce bat de l'aile et l'on ne peut pas toujours avoir du génie, Modeste se rappelle l'affaire des modèles d'une fabrique de chaussures, dans la Drôme, à la fin de la guerre. Il avait racheté le lot impressionnant de ces bottines pour un seul pied, puis il avait passé un entrefilet publicitaire pendant des semaines et attiré tous les unijambistes de France et de Navarre. Il avait pu vivre là-dessus quatre ans sans souci et s'offrir un hectare de vigne placée en coopérative.

Sans femme, sans enfant, Modeste est à l'abri du besoin, avec une idée de temps à autre, mais il faut la trouver. Il vient de reprendre le stock de dentiers de M. Mauprat, un homme qui est allé fabriquer des prothèses au Liban et qui vient de faire retraite au pays.

Oh, certes, Modeste ne se fait aucune illusion. À supposer que toutes les mâchoires de la région se dégarnissent — pensons à une maladie de l'eau —, peut-être qu'une demi-douzaine d'âmes sur trois cents feux prendront le chemin de sa nouvelle enseigne, une tête en tôle peinte qui rit de toutes ses dents. Si le succès ne vient pas, qu'importe ! La nécessité ne mord pas Modeste. Il soupire d'aise en regardant les ceps et il va se tirer un verre d'eau, pour mieux goûter dans un instant son vin qui a de l'amour. Que de fredaines avec ce haut verre à pied qui ne le quitte pas ! Mais dites-moi, quelle différence entre les dents en porcelaine et celles en os ? Aucune. Modeste admire ces merveilles. Le mois dernier, dès l'ouverture du marché, l'épicier Tarasquin, près de la fontaine, est venu en essayer. Il les a portées une semaine à l'essai et il est revenu ravi, avec un sac de dix kilos de riz et un tonnelet d'olives. De quoi tenir un bon moment. À Victoire Bédouin, la tricoteuse, une veuve forte et belle de la cinquantaine, il a fait aussi un prix d'ami. Il s'est contenté d'une écharpe pour les jours d'hiver, quand le vent fait son bruit de tringles. Pour le cordonnier Coquemard qui lui a cherché noise à l'époque des unijambistes, Modeste a longuement hésité à lui faire le prix fort, en belle monnaie. Il regrette même que le temps n'ait pas effacé sa colère. La vie pourrait être agréable si les humeurs ne venaient attaquer de leur acide l'honnête raison ! En tout cas, Coquemard se répand partout en claironnant qu'il a une fortune dans la bouche mais qu'il ne peut hélas compter dessus. Dans un grand rire il le prouve en la perdant de temps à autre au café, sur la table où l'on bat les cartes. Modeste se demande à quoi il veut en venir avec de telles moqueries. À couler son commerce ? Un soir, sous le gros platane de la place, Modeste se rebiffe.

— Coquemard, lui dit-il en public, remercie-moi, tu es plus beau avec mes dents !

Quand on a les rieurs de son côté la vie devient plus facile, mais les rieurs cherchent à rire. Leur rire est donc une girouette. Ils passent dès l'autre réplique du côté de Coquemard.

— Manille, dit le cordonnier, tu ne peux que gagner, tu mises sur le malheur ! Il y aura toujours des boiteux, des édentés ! Quand tu auras casé tes dentiers, qu'est-ce que tu vas trouver ? Les nez de cuir ? L'œil de verre ? La poudre de perlimpinpin ?

— Donne-moi ta main, dit Modeste.

Coquemard la lui tendit. Le crépuscule agrafé de cigales avait une légèreté de soie. La plupart des hommes du village étaient là, et M. Mauprat que l'on considère comme un sage étant donné l'importance de sa maison. Assis en rond, ils regardaient Modeste scruter la paume du cordonnier sans dire un mot, la refermant, la rouvrant, retenant son souffle.

— Eh bien ?

Modeste ne disait rien, mais son visage d'un joyeux naturel devenait grave et même inquiet.

— Qu'est-ce qu'il y a ? dit Coquemard.

Modeste se contenta de lui retenir la main avec plus de force. Victoire montait vers eux la rue, en tricotant. On entendait les gamins rouler le tambour dans la salle de la mairie où la fanfare organise ses répétitions. Modeste regarda de côté un instant et les hommes intrigués suivirent son œil. La tricoteuse arrivait. On savait bien qu'entre elle et le cordonnier passait le courant.

— Tu vois son avenir ? demanda-t-elle.

— Hélas ! dit Modeste.

— Vas-tu dire, s'écria Coquemard, ou fais-tu l'intéressant ?

L'épicier Tarasquin qui ne vivait qu'avec les plateaux de sa balance et dont les yeux allaient sans cesse d'un côté l'autre paraissait perdu devant cette marchandise sans poids.

— Je n'ai jamais travaillé que pour le bonheur de tous, dit Modeste d'un air florentin. Je ne vais pas commencer à distribuer le noir.

— Tu en as trop dit ! s'écria Victoire.

— Il invente ! reprit Coquemard qui voulait se rassurer.

— Le bonheur, fit remarquer Lambelli qui tenait la pompe à essence et le garage, c'est peut-être bien de savoir, simplement, que ça soit triste ou gai ! Tu ferais une bonne action, Modeste, en nous disant le malheur que tu vois. On pourrait s'en protéger, le voir venir.

— Je vous assure, dit Modeste qui sentait le vent tourner, que je ne vois rien, et c'est ce qui m'inquiète. Sa main est bouchée. D'habitude, je vois, vous le savez bien, vous venez tous me la faire lire et je dis ce qui est.

Il éleva la voix et demanda si quelqu'un pouvait dire le contraire.

— Ça ne tient pas plus que tes dents ! dit le cordonnier en poussant son dentier sur le gravillon de la place. Je te le laisse, Manille. Ou plutôt...

Il écrasa les dents sous sa semelle, de tout son poids. L'air devenait irrespirable.

— Je vais me coucher, dit Tarasquin.

— Vous êtes pires que des enfants, dit Victoire. Toi aussi, Coquemard. Si tu donnes ta main à Modeste, c'est que tu vois l'avenir comme une bêtise ! Tu n'y crois pas !

— Si, dit-il, j'y crois.

La tricoteuse ramassa les dents expulsées de leur monture, les mit dans sa poche de tablier, longue pièce de béatrice noire constellée de minuscules fleurs qui paraissait être un morceau du ciel nocturne, le ciel qui s'était tendu et sentait maintenant la fraîche cotonnade au-dessus d'eux.

— Et je vais vous dire une bonne chose, reprit la vieille. Chez moi quand j'étais enfant, à une journée de voiture d'ici, il est arrivé en plein jour de marché une romanichelle qui s'est installée près de la fontaine. Personne ne lui donnait sa main à lire, c'était comme un serment spontané qui venait de courir en secret des uns aux autres, quand tout à coup, je la revois, un cousin à nous lui a tendu sa paume. La diablesse l'a prise et a dit comme toi, Modeste, qu'elle ne pouvait pas dire ce qu'elle voyait. Il y eut un silence chez tous, on n'entendait plus que la volaille dans les paniers et le tourniquet du vendeur de chances. Le cousin la menaça si elle ne lui disait rien, mais elle tint bon, plia bagage et repartit sur la route, mais elle n'atteignit jamais le pays voisin où l'attendaient les siens dans une roulotte jaune et vert qui sillonna le pays pendant des semaines. C'est un an après que l'on retrouva la voyante au fond d'un puits qui ne servait plus, qui n'avait plus de vérité, un puits devant lequel tout le monde passait, à un bond de chat de la route de Méranne.

— Alors je vais te dire ce que je vois, dit Modeste au cordonnier qu'il voyait réfléchir bizarrement. J'ai vu qu'au-dessus de l'étagère où tu ranges nos chaussures à réparer le mur est plein de dentiers et que chez moi je n'en ai plus.

— Tu te figures que je vais te les voler ? demanda Coquemard.

— Plutôt que tu vas les acheter, dit Modeste. Et puisque le destin nous force la main à tous les deux, je dis devant tous ici que je vais te faire un prix.

— Tu mens, Manille !

— Par Dieu, non !

— Tu n'as pas vu ça, Manille ! À quoi me serviraient tes dentiers ?

— À ce que je ne les aie plus et que tu m'obliges à trouver une autre marchandise, parce que tu cherches à me couper la route, toujours ! Voilà ce que j'ai vu ! Et je ne voulais pas encadrer ce tableau que chacun sait roulé au fond de toi ! Tu as encore gagné, Coquemard !

Tarasquin se demandait comme les autres quelle

comédie jouait Modeste, mais trouvaille ou pas, l'explication plaisait.

— Si tu avais l'idée de lui enlever ses dentiers, Coquemard, va jusqu'au bout. Nous sommes témoins, dit Tarasquin. Concluons le marché, mais toi, Modeste, fais un effort. Combien demandes-tu du lot ?

On attendit un moment. Le vent frais se levait.

— C'est bien de régler tranquillement les comptes, dit Victoire Bédouin, et je crois ce que tu as vu, Modeste. Tu l'as bien cherché, Coquemard, avec tes jalousies. Ne réplique pas ! Modeste t'empêche de dormir depuis toujours, depuis les unijambistes. Tu lui en veux d'avoir plus d'idées que toi.

Le cordonnier regardait sa bonne amie en hochant la tête. Elle poursuivit :

— Donne-lui ton idée, Modeste, puisqu'il la veut. Il se débrouillera avec.

À la surprise générale, Modeste se leva.

— Venez tous ! dit-il, et il les entraîna chez lui.

Chacun sentait qu'une affaire comme celle-ci ne se produirait pas tous les jours.

À peine allumée, la lampe qui tombait au milieu de la boutique fut entourée d'une gangue d'insectes. Les dentiers souriaient au bout de leurs ficelles. Oui, le mur n'était qu'une collection de sourires, et chacun sentit que l'affaire tournait bien.

— Prends-les si tu veux, dit Modeste.

Coquemard hésitait mais, poussé par cette sorte d'orgueil que connaissent les joueurs, il sentit qu'il allait perdre en beauté, il ne savait quoi, sous l'apparence d'un triomphateur. L'assistance joue le plus grand rôle en ces sortes d'affaires, et Tarasquin dépendit le premier dentier. Les amis en firent autant. La mère Bédouin étonna l'assemblée en posant son tricot sur la table et, défaisant son vaste tablier, elle en enveloppa le tas de dents.

— Voilà, dit Modeste, voilà l'avenir que je voyais.

Le cordonnier prit le paquet et, comme il allait sortir, se demandant si c'était du lard ou du cochon, Modeste invita la société à trinquer. On se passa les verres qui n'étaient pas en assez grand nombre. On les remplit coup sur coup et chacun leva le coude avant de se séparer. La fanfare dans le lointain achevait son dernier morceau.

En se retournant vers Victoire, comme il était déjà au milieu de la rue, suivi de la troupe :

— Tu viens ? demanda Coquemard.

— Je t'ai rendu mon tablier, dit-elle. Je reste avec Modeste. Tout le monde en est témoin. Je voulais que les choses soient bien claires, pour tous. Tu n'aurais pas dû insister pour savoir ce que Modeste avait vu dans ta main.

Tarasquin prit le bras de Coquemard et saisit le paquet de dents que l'autre allait laisser tomber.

— Sois courageux, dit-il. On se doutait tous que Victoire et toi ce n'était plus la crème et le lait.

— Mais elle a été honnête, ajouta le garagiste. Modeste aussi. On commençait seulement à parler de leur penchant. Tu n'es pas un homme trompé, et c'est l'important. Vous ne dites rien, monsieur Mauprat ?

— Je ne pense pas moins, dit le sage.

— D'ailleurs, lança Victoire, avec Modeste on se mariera. Ce sera plus noble.

— Oui, dit Tarasquin en entraînant le cordonnier, j'aimerais un avenir aussi net s'il m'arrive quelque chose, mais que veux-tu ? Et puis, Victoire c'est aussi la mère Bédouin. Elle n'est plus de première jeunesse !

Les gamins remontaient et s'égayaient avec leurs clairons, leurs clarinettes, leurs grandes casquettes, et le vent se levait de plus belle. Modeste et Victoire, nouant leurs bras l'un à l'autre, vidèrent encore un verre, d'un seul trait. Sous la table les aiguilles se croisaient aussi, dans le tricot qui attendait.

La ruelle Casse-Cou

Pentue, serrée, avec sa boucle de vingt marches, c'est un paraphe au bas de la belle page de l'esplanade, au ras du mur de soutien tout coulant de lézards. Je devrais dire c'était, puisqu'elle n'est plus que dans ma mémoire, sous ce tas de chiffons en béton qui est le nouveau marché, déballage de l'après-guerre. Faites attention à ces gens sur qui vous tombez là, les jours de presse, quand vous allez d'urgence à la pharmacie, à la gare et qui sont immobiles, les genoux serrés, les yeux en étincelles sur les pierres. Un ciel cubique à l'épaule, ceints de l'orage à griffes, ce sont les malades du souvenir. Voyageurs d'un des innombrables trains de la folie, leur vitesse est telle que vous ne les voyez pas s'enfuir et qu'ils reviennent au même instant sous votre regard. Au vrai, ce ne sont que des formes vides, des guérites abandonnées par leurs sentinelles. Ils sont à jouer aux billes dans la ruelle Casse-Cou avec leurs petits camarades du début du monde une partie qui ne finira jamais, à reprendre de leurs jeunes mains graves leurs pre-

mières amours. Les doigts glissent sur la rampe de fer dans la courbe des marches, pleins et déliés, se rapprochent, se touchent, se serrent, promettent sans s'exalter et sans mentir — la preuve ! — l'étroite inattaquable fidélité.

POTERNE DES TREMBLES

J'aimais aller dîner dans la maison du rempart où le docteur Boucheron avait ses habitudes et trouvait le délassement. Son amie la Patronne lui donnait l'occasion de briller, et son sac à histoires était sans fond. Par la baie de la salle à manger on voyait le chemin pavé sortir de la poterne et s'élargir en éventail au bord du ru qui joue à la couleuvre dans les jardins potagers. Je m'arrangeais pour avoir toujours ce paysage sous les yeux quand le temps permettait que l'on ouvrît le vitrail mauve où parmi les scabieuses les arums levaient en couronne leurs cornets blancs, à l'image des convives leurs coupes.

— Détrompez-vous, dit le docteur Boucheron. Des faits d'une rare cruauté laissent quelquefois peu de souvenirs et ne brisent pas le ressort d'une vie. Regardez les mutilés ! J'en connais dont la vaillance est une grande leçon ! Quant à perdre la chair de sa chair et qu'il n'y paraisse pas, je vais vous raconter une aventure qui m'est arrivée avant que je vienne m'installer ici. J'avais une malade que j'appellerai Bébé Godon.

— C'est triste, j'espère ? dit la maîtresse de maison. Vous n'arrêtez pas de nous faire rire et personne ne goûte ma farce, à moi !

— Excellents ! Merveilleux choux ! lancèrent les convives.

— Merci, dit la Patronne.

— Mon histoire n'est pas triste, reprit le docteur Boucheron, elle est épouvantable.

— Bravo. Je repasse le plat. On vous en garde au chaud.

— Non, non, dit le docteur, si vous me permettez de parler la bouche pleine, ça donne de la vie. Bébé Godon passait donc des heures au téléphone. Pour un oui, pour un non, c'était toujours très long. Je venais de l'accoucher de son second enfant au début de l'année, Ulysse, un beau garçon. Elle avait une belle maison confortable, et son mari eût pu rendre heureuse une âme moins charitable. Bébé Godon cherchait toujours quel service rendre, et Dieu sait s'il y en a ! Quand elle ne gardait pas les enfants d'une amie qui voulait se rendre libre pour passer un après-midi de goguette avec son amant, elle recevait une âme en peine, et Dieu sait s'il y en a ! Une voisine qui pleurait l'écrasement de son chien, une autre la fugue de son mari, celle-ci un rendez-vous manqué. Le sexe est la grande affaire de ces dames, mais qui peut le leur reprocher ? Le monde ne persévère que par là !

— Pas de digression, lança la maîtresse de maison. Des faits !

— Bébé Godon prêtait donc la main à ces affaires et ressemblait au vétérinaire qui aide les grands mammifères maladroits à se joindre. Sentinelle, chaperon, conseillère, elle ne dédaignait pas de jouer aussi les remplaçantes, de provoquer des parties au pied levé, d'aller même jusqu'à paraître gourde et frigide pour mieux faire ressortir aux yeux d'un homme qui s'en lassait, et la sauver, la compagne qu'il était sur le point d'abandonner, mais par-dessus tout elle préférait le téléphone, en usait jusqu'au frisson quand ce n'était pas pour vous assommer d'un cours de morale. Ça commençait le matin pour ne finir qu'à la nuit et, lorsque l'on demandait au mari où était Bébé, où se cachait-elle ? où prenait-elle des vacances ? il répondait : au téléphone. Elle en oubliait tout. Ce matin-là elle avait mis Ulysse dans la baignoire et commencé à tourner le mélangeur d'eaux quand elle entendit la sonnerie et courut à l'autre bout de la maison décrocher le combiné. « Bébé ? C'est moi, Nini. » Nini Loiseleur était une de mes pratiques, toujours patraque et près de s'éteindre, de ces vies en oblique qui ressemblent à une flamme de bougie dans un courant d'air. « Bébé, si tu savais ce qu'il m'arrive ! — Tu es enceinte ? — Mais non, Jean et moi nous prenons tous les deux la pilule ! Tu te rappelles Maguy ? Maguy d'Arras ? Elle est venue passer deux jours ici avec son nouvel ami le mois dernier. Et nous sommes allées faire le marché elle et moi en fin de matinée, le samedi. On passe devant le tabac, j'ai une idée. On joue au loto. Un billet pour nous deux. On a payé moitié, moitié. Elle l'a mis à son nom. Je lui ai dit : "Je prends le numéro, mais tu le gardes." Eh bien, on a gagné ! Et rien à faire pour qu'elle partage. Elle me dit que je n'ai pas voulu jouer, que je n'y crois pas. Bébé, tu m'écoutes ? Qu'est-ce que tu ferais ? — Vous avez gagné combien ? — Plus de deux millions de centimes, mais c'est surtout le principe. Enfin, tu connais Maguy ! Pouvais-tu imaginer ? Je ne sais pas ce que je lui ferai, mais je trouverai. Elle ne l'emportera pas au paradis. Tu n'es pas révoltée ? » C'est de Nini Loiseleur que je tins dans les jours qui suivirent la réponse de Bébé Godon, qui commença l'un de ses prêches dont elle était friande, assurant Nini que le mieux était sans doute de faire celle qui n'était pas atteinte et de profiter de Maguy par la suite jusqu'à concurrence d'un million de centimes. Nini Loiseleur m'assura que Bébé Godon parla même de moi, leur médecin, comme de quelqu'un du meilleur conseil. Ne leur avais-je pas dit à plusieurs reprises que la plus sûre composante de la conduite à tenir devant la maladie était le mépris ? Et la voilà lancée, paraît-il, à m'imiter ! « Sais-tu ce que Boucheron m'a dit un jour ? Le secret de la réussite et assurément de la sagesse devant un adversaire quel qu'il soit, où qu'il soit, est de le regarder avec tranquillité, de voir en lui qui vous fait face le mort qu'il nourrit, qu'il est déjà ! Essayez cela. Vous verrez comme votre cœur s'apaise et fait pencher en votre faveur le plateau de la balance ! Le plus redoutable ennemi n'est plus qu'une baudruche ! »

— Oui, mais enfin, Boucheron, dit la patronne, ça va durer combien de temps votre téléphone ? Vous oubliez le mélangeur et l'enfant dans la baignoire.

— Ce n'est pas moi, c'est Bébé Godon, hélas ! Elle retrouva le petit Ulysse ébouillanté.

Les bouches et les couverts restèrent un instant sans bruit.

— Mais, reprit le docteur, rassurez-vous, la nature est la plus forte. Bébé Godon resta pendue au téléphone.

— Trop, c'est trop, Boucheron ! s'écria la Patronne. Votre pendue nous coupe l'appétit.

— Je me suis mal exprimé, dit-il. Bébé Godon continua de téléphoner. Elle raconta son drame immédiatement à tous et à toutes ! Elle téléphone. C'est son mal inguérissable.

Les convives applaudirent et l'un d'eux proposa de lever son verre au souvenir d'Ulysse. Le docteur se pencha vers moi.

— Vous êtes rêveur, voulez-vous téléphoner à Bébé Godon ? Je parie dix contre un que sa ligne est occupée. Patronne, ma divine, voulez-vous me donner l'annuaire ? Cela va me rajeunir.

49, rue du Chevalier d'Aiguisy

Elle va des halles au chemin de ronde des remparts où solitaires et sages ont commerce avec les arbres. Elle tresse les senteurs avec une telle force que même la nuit, quand ses boutiques sont fermées, on dirait qu'il reste en désordre tout de son long, invisible mais aussi tendre que des vanneries, tout un mobilier d'odeurs. La poissonnerie rivalise de joyaux avec l'étal du fleuriste, la boucherie joue son drame ordonné et laisse rêveuse la fromagerie qui a l'air d'avoir sur cette sœur sanglante un droit d'aînesse, une sagesse de meilleur aloi et pour tout dire à côté de cette paiënnerie un ton janséniste. Pauvres frères inférieurs, ce n'est pas fini ! Sur le trottoir opposé la maroquinerie sous son air pincé a quelque chose d'indécent, comme l'argent que ses cuirs attendent de receler. Est-ce bien honnête aussi aux débits de viande d'avoir pour emblème une tête de vache rieuse ou de cheval dorée à longs cils ? Cependant près des nouveaux droguistes qui se font face et ressemblent aux nouveaux philosophes harponnant le passant sur le trottoir à coups de tracts, le monde grouille, réclame les meilleurs morceaux, se plaint d'avoir été mal servi, pas plus tard qu'hier. C'est vraiment la rue de la fine bouche. « Ne me glissez plus un rossignol ! » Voilà ce que l'on entend, pauvres oiseaux, chez les commerçants qui doivent se débarrasser des bas morceaux. « Vos bas morceaux, boucher, atteignent les hauts prix ! — C'est qu'il n'y a plus de bas morceaux ! rétorque le pansu violacé. Et cessez de vous plaindre, quand un homme sur trois crève de faim ! Vous ne regardez pas la télévision ? » Aucune diplomatie dans cette rue, mais une forêt d'étiquettes. Ça pèse tant, ça coûte tant, ce n'est pas moi qui fais les cours ! Pour trouver un certain détachement, comme il est bizarre de le trouver en cage ! au 49, à l'oisellerie.

CHAPELLE DU SAINT-ESPRIT

Saint Georges n'existe plus, soit ! mais le dragon ? Je me trouvais dans l'église Saint-Georges par une fin d'après-midi tropicale, venu chercher la paix sous ses voûtes désertées. Les alignements de chaises qui fuient dans l'ombre me délivrent de mes semblables. Ils ne sont plus que cela, un abstrait troupeau soumis et fatigué, en rang pour l'oubli. Merveille de me sentir seul témoin devant l'Invisible ! Mais quoi ? Une silhouette pénètre, là-bas, dans la chapelle du Saint-Esprit et ravit mon royaume.

C'est M. Urbain qui vient ici comme d'autres aux bains-douches et en sort requinqué. Sa femme m'a salué si délicieusement l'autre jour. Cher Saint-Georges ! L'ensemble est gothique, avec des oratoires Renaissance. L'élan et la boucle s'y mêlent sans se gêner. Jacques Urbain y va puiser des motifs pour ornementer les cheminées qu'il dessine. Les cheminées Urbain ont une célébrité qui a dépassé la région. Il aurait pu agrandir son entreprise, mais il tient à garder ce côté artisanal, deux compagnons, qui lui a réussi et satisfait à ses besoins. Il s'est marié à Nadine Espingol ici même. Il a fait baptiser son fils Éloi sur les fonts qui sont à main droite en entrant par le grand portail. Cela s'est toujours fait dans la famille, mais comme d'autres luttent toute leur vie pour se convaincre que Dieu n'existe pas, Jacques Urbain passe son temps à souhaiter qu'il soit. Cependant rien ne le lui rend sensible, bien qu'il ait des dons d'artiste et que la nature souvent le console par ses étrangetés. Il accompagne son épouse à la messe du dimanche qui est maintenant un samedi soir. Il lui est même arrivé d'écouter le carême, certaine année. Le dernier a été prêché par le nouveau vicaire, Apostolo Farinelli, qui a gardé l'accent et des tournures de l'Italie méridionale, mais enfin, malgré les fraîches haltes à Saint-Georges dans les étés brûlants et les passages auprès des buissons de cierges dans les soirs d'hiver où l'ombre sous les voûtes a quelque chose d'apprivoisé et repose de l'énorme nuit glaciale où la ville n'est plus qu'une pierre au fond d'un puits, Jacques Urbain n'a pas rencontré Dieu comme il le voudrait, n'a reçu aucun signe. Ce sont ses ancêtres, des tailleurs de pierre qu'il voit à l'œuvre sous les voûtes, qui lui parlent. Parfois il se dit qu'il est dans la force de l'âge, tout occupé de lui-même, et que ce n'est qu'en vieillissant peut-être que sa main lasse sera prise un beau soir par l'Éternel. Il ne voit rien d'autre. Il regagne sa maison, le petit entrepôt de pierres, l'atelier où l'on sculpte et assemble, le jardin qui les sépare. La vie continue, mais peut-elle encore lui jouer longtemps la comédie qu'il endure ? Il a beau être de bonne composition, il y a des limites, car enfin, quoi, tout de même, comment Nadine peut-elle supporter qu'un prêtre lui souffle dans l'oreille, la baise au creux de la nuque, lui ôte le peigne qui retient sa chevelure, arrive chez elle avec des cadeaux, truffes, stylo, roses, monographie de l'Auvergne où il a entouré au crayon rouge les meilleures auberges et souligné d'un trait à peine visible les églises romanes, oui, comment peut-elle? Apostolo Farinelli n'est pourtant pas le père du gamin qu'il fait sauter sur ses genoux en lui chantant des sérénades italiennes! Être napolitain ne justifie pas tout. La preuve est qu'elle a eu pour précédent amant un industriel en articles de bureau qui l'éblouissait par son air britannique et gardait jusqu'au plus profond du déduit une sorte d'absence lointaine. Elle l'appelait l'Autrichien à cause de ses costumes vert épinard. Les deux hommes sans le savoir s'étaient employés en même temps à distraire Mme Urbain qui faisait coulisser ses amants et passait de l'un à l'autre insensiblement, rejetant avec douceur l'ancien pendant qu'elle s'ajustait au nouveau. Jacques Urbain une fois encore se pose les questions qui taraudent un mari, mais c'est au-delà de la curiosité et même de l'inquiétude puisque rien d'essentiel ne lui a échappé, sa femme s'arrangeant, par commodité, par une sorte de gigantesque contre-feu, pour éteindre les flammes d'une jalousie possible en se laissant surprendre en adultère au moment qu'elle a choisi et qui est toujours au second versant de sa passion, lorsqu'elle commence à être lasse du précédent élu.

Jacques Urbain reconnaît le charme du colosse

Apostolo qui vient du charbon des yeux. Cela l'empêche quelquefois de dormir. Quand il a tiré la porte du garage le mois dernier, vu la croix d'argent au veston posé sur le capot de la voiture et le couple surpris se redresser dans l'ombre en faisant gémir la banquette arrière, il a vite repoussé le battant, traversé la cour et gagné le cabinet de toilette de l'entrée destiné aux visiteurs. Après avoir bu un verre d'eau, il se regarda dans le miroir qui d'habitude lui redonne la sérénité, et c'est ce qui arriva. Il se sourit de son sourire inimitable qui sort d'un autre que lui-même, caché au fond de lui, et qui laisse à son apparence le masque d'une certaine gravité que ses concitoyens d'ailleurs prennent pour de l'imbécillité. Au vrai Jacques Urbain en voyant son reflet éprouvait ce qu'un savant ressentirait à l'instant où il résoudrait la quadrature du cercle, une sorte de sensation mélangée à parts égales de surprise et de satisfaction. Les lunettes rondes et bombées qu'il porte en qualité de myope et sa barbe à la Henri IV sont indissociables et ne mettent pas le cercle en haut, le carré en bas, mais forment un tout. On ne voit pas le rond avant le carré, ni l'inverse, ni le carré sans le rond. Les deux sont offerts ensemble et l'un dans l'autre, sous un chapeau plat.

« Après tout, se dit-il parce qu'il pense sincèrement aimer sa femme, l'important reste qu'elle soit heureuse. Il est dommage qu'elle ait un goût déplorable. »

C'était exact, mais il oubliait que Nadine l'avait en premier choisi. Jacques Urbain restait d'ailleurs son mari et l'eût-on écorchée vive qu'elle aurait encore proclamé le plus sincèrement qu'elle lui était fidèle.

Elle ne pouvait s'en passer, en effet, comme certains d'un paillasson devant leur porte, et il est bien vrai que l'on use du paillasson à tout passage, fortement, avec une sorte d'intérêt et de remerciement, tandis que l'on ne fait plus attention à ses pieds, à sa marche, une fois le seuil passé, d'entrée ou de sortie.

Il y avait donc plus de trois mois que Farinelli prenait la plupart de ses repas à leur table quand Jacques Urbain se demanda si le fait que l'abbé les sanctifiât par un bénédicité dont lui-même n'avait jamais usé avec Nadine était suffisant pour tolérer sa présence. Le révérend allait certes commencer à inculquer les rudiments du latin au petit Éloi, de sa voix éclatante qui donne à ses citations de Virgile une coloration militaire. Il aime en effet fleurir la conversation d'immortelles cueillies chez les vieux auteurs, florilège de tout potache classique que Jacques Urbain tout à coup redécouvre et se prend à regretter de n'avoir pas mieux entretenu. Ces moments-là le rapprochaient de l'abbé Farinelli et tous deux pour un instant s'éloignaient de Nadine qui n'avait jamais pratiqué les langues mortes et sentait son infériorité. L'abbé cependant n'avait pas bougé le pied qu'il appuyait sur la chaussure de sa maîtresse, et Nadine lui savait gré de ne pas la quitter toute, de lui faire savoir qu'elle était toujours là, à son service, bien que muette. Le petit Éloi avait creusé un cratère dans son assiette de purée, contre les défenses réitérées de sa mère, quand Jacques Urbain vit l'abbé Farinelli ouvrir la poivrière, en prendre quelques grains et les disposer autour du volcan d'Éloi. Nadine éclata de rire à ce jeu de grand enfant, oubliant elle-même les usages. Ce n'était rien en soi qu'une courte folie passagère, mais Jacques Urbain la ressentit comme une moquerie à son endroit et ne put en tolérer davantage. Il avait tout accepté, croyait-on. La ville se l'imaginait, qui ne s'était guère privée de colporter d'abord son aveuglement, puis sa complaisance. Les grains de poivre le brûlaient comme une lave. Il se leva.

— Finissez tranquillement, dit-il, je n'ai plus faim, je dois partir, on m'attend, je suis en retard.

— Quelle mouche te pique ? demanda Nadine.

— Notre ami est lui-même une abeille, plaisanta l'abbé qui ne saisissait pas l'importance de la scène. Il a toujours été pour moi l'homme qui n'arrête jamais, toujours sur le qui-vive ! Vous allez vous user, mon cher Urbain ! À moins que vous ne pensiez fuir ainsi le temps qui nous dévore ! Mais qu'allez-vous y gagner ? Je ne vous rappellerai pas les lis des champs qui n'ont que le souci d'être eux-mêmes.

Jacques Urbain attendait devant la porte que le sermon fût fini. L'abbé se tourna vers l'enfant.

— Mange, mon petit Éloi. Doucement, ne te bourre pas.

Urbain se retrouva dans la rue sans trop savoir quelle direction prendre. À cette heure de repas la ville est à peu près déserte. Il se dirigea vers le centre avec l'idée de prendre un café qui ferait passer la bouchée qui lui restait dans la gorge, troublé par cette colère qui l'avait saisi et l'étonnait. C'était nouveau, en effet. Il voyait clairement pour la première fois combien la religion sait s'y prendre pour envoûter la jeunesse !

Dorénavant, il ne laisserait plus personne s'occuper du petit ! S'il y avait un château à bâtir avec la purée il le lui dresserait lui-même, dans sa propre assiette, et il le ceinturerait d'une douve de sauce. Les grains de poivre disposés par le vicaire étaient transformés en autant de boulets tirés dans la muraille claire de l'enfant. Urbain s'arrêta, le souffle coupé. L'Italien, noir, colossal et bouclé, atteint d'un infime strabisme qui n'était pas sans charme et lui donnait une fausseté de moine mendiant du temps jadis, devenait une bête d'Apocalypse. Sa voix sinueuse sentait le suint. Urbain fit un pas de côté avant de reprendre sa marche, comme s'il venait d'éviter un serpent. Il poussa la porte de la Brasserie Suisse, l'âme assourdie. Ses sentiments, ses gestes étaient sous le signe de la lettre S.

— Qu'est-ce que je vous sers ?

Seul le sifflement du percolateur fit s'arrêter cette espèce de séisme. Ainsi, souvent un son vous soumet et vous soûle. Le silence s'établit soudain dans son âme. Une odeur de choucroute flottait à mi-hauteur du restaurant, aussi visible qu'une nappe de brume, et la bière tenace y gonflait ses lourdes voiles.

« Pourquoi moi ? se demandait M. Urbain comme s'il découvrait qu'il était trompé par sa femme depuis la surprise du garage. Pourquoi ont-ils laissé la porte ouverte ? »

L'abbé n'était pourtant que le cinquième amant de son épouse. Les autres aventures s'étaient passées sans qu'il en souffrît, toujours heureux que Nadine eût le plus profond plaisir à rester auprès de lui, à de nouveau s'intéresser à la maison, même avant la naissance d'Éloi. Dans les entractes qu'elle s'accordait on aurait pu garder le *statu quo*, choisir pour elle, accepter pour lui, du tout-venant : confiseur, architecte, médecin, garagiste, et même ce narquois entrepreneur de travaux publics, mais Apostolo Farinelli, un homme qui montait en chaire, que tout le monde écoute en silence et qui entend les confessions du premier venu ! Jacques Urbain pour la première fois ressentait la jalousie. Il avait en face de lui un tricheur, un type au courant de tous les dessous et qui en profitait. Comment lui montrer qu'il n'avait jamais été dupe et qu'il le manœuvrait, l'infâme, au contraire ? Il avait beau se dire que Nadine s'était laissé découvrir dans cette position de chienne parce qu'elle était arrivée au moment de se dégoûter de sa nouvelle liaison et qu'il n'y avait plus qu'à attendre quelques semaines pour qu'elle condamne sa porte à cette brute suave, Urbain serrait les dents et fermait les yeux. Le monde allait son train autour de lui, avec son bruit de fourchettes, de verres, de paroles indistinctes et de rires, de heurts d'assiettes sur fond tiède de musique en conserve, une pâtée qui entrait partout, dans toutes les fentes, oreilles, passe-plats, trappe de cave, bac à plantes vertes, entre-seins des serveuses. Il aurait souhaité... Il allait se dissoudre et il s'accrochait des deux mains au bar de zinc, mais une voix venue d'une table derrière lui le rassembla.

— Monsieur Urbain ?

Il se retourna et vit la belle Pierrette Giguerre, la fleuriste de la place De-Gaulle.

— On ne vous voit jamais ici ! J'en suis au dessert, venez en prendre un avec moi ! dit-elle en tapotant la banquette.

M. Urbain ressentit ces petits coups de paume comme si la belle les lui avait donnés sur le dos.

— C'est très aimable, dit-il en la rejoignant.

— Vous êtes par ricochet mon client, monsieur Urbain ! Mme Urbain est-elle contente de ses dernières roses ? Allons, allons, je ne dévoile rien, nous savons tous ! Je suis flattée, les hommes viennent chez moi parce que mes fleurs sont toujours les plus fraîches. Je n'ai pas de vrais concurrents et il n'y a qu'un secret : je me lève tôt, je suis aux Halles à quatre heures du matin. Personne ne peut nous entendre avec ce bruit et je n'attendais que l'occasion de vous parler à cœur ouvert.

M. Urbain regarda la bouteille de vin qu'achevait de vider la fleuriste.

— J'en commande une autre, dit-elle, vous allez trinquer avec moi. Une demie ? Si vous voulez ! Serveuse ! La même, en demi. Je sais que vous n'êtes pas heureux. Un homme comme vous, distingué, qui ne ferait pas de mal à une mouche, artiste, ne dites pas le contraire, vos cheminées d'art on en trouve dans toute la ville et la campagne environnante !

— J'en ai même installé à Paris, dit Jacques Urbain.

— Vous voyez bien ! Avoir tout pour être heureux et ne pas l'être ! Il n'y a que les malfaisants qui sont à l'aise dans ce bas monde ! Voilà bien le fait ! Je ne mets pas les pieds à l'église qui est pourtant ma meilleure cliente, ma plus fidèle en tout cas par la force des choses, gerbes et couronnes, et j'apprends ce que vous savez !

Elle posa la main sur celle de M. Urbain et de l'autre versa le vin dans les verres.

— Ce vicaire est un dragueur. Il le porte sur le visage. Et avec quel argent paie-t-il mes roses ? Les deniers du culte ! Un gaillard comme lui devrait faire le maçon en Italie, mais ils ne savent fabriquer que des curés là-bas, et les exporter un peu partout. Mademoiselle, l'addition ! Je file. J'ai deux couronnes à lier pour cette pauvre Mme Acheuil, demain matin. Elle est partie comme un courant d'air. Il en restait si peu. Quand je la voyais passer devant mon étalage on aurait dit une buée. Vous ne m'en voulez pas ?

— Non, dit M. Urbain.

— Mes clientes bien-pensantes songent à écrire à l'évêque pour demander le limogeage du bel Apostolo. Mais ne laissez pas tout faire aux autres ! Qu'avez-vous ?

M. Urbain grimaçait à l'idée qui venait de le traverser et qu'il essayait de chasser : prendre des instantanés du vicaire et de l'épouse pour étoffer la lettre à l'évêque. L'image était si forte qu'il serra les poings.

— J'ai honte, dit-il.

— La honte n'est pas que son nez coule, dit la fleuriste, c'est de ne pas le moucher ! Je vous laisse. Finissez tranquillement la bouteille.

Elle avait baissé la voix comme pour un conseil canaille et elle ajouta dans un murmure :

— Ça m'a fait du bien de vous parler.

M. Urbain qui n'en avait pas l'habitude eut l'impression qu'il avait toujours été dans cette brasserie, en habitué de son gai tumulte et de ses odeurs fortes. Il leva machinalement la tête sur la pendule à poids au-dessus des billards de l'arrière-salle, mais l'heure lui était devenue indifférente et il se mit à crayonner sur la nappe de papier. Sa main le distrayait de son cœur. Elle dessina un losange qui ne devint pas, comme parfois, le motif d'un tablier de cheminée, mais un autre losange suivit le premier et d'autres s'enchaînèrent pour former une sorte de grille qui n'avait aucun sens particulier. La pensée de M. Urbain ressemblait à cela, à cet ensemble qui pouvait grandir jusqu'à la taille de la nappe ou s'arrêter. Comme la surface disponible allait être couverte, la main la limita sur les quatre côtés par un trait qui ferma la distraction. M. Urbain reprit dans son cœur les dires de la fleuriste et s'étonna avec bonheur qu'il n'était pas isolé, qu'il hantait la conscience des autres, qu'il jouait sur d'autres scènes que la sienne et tenait un rôle qui les intéressait, les émouvait jusqu'à les sortir d'eux-mêmes. Il pensa aux artistes que l'on veut toucher, dont on déchire le vêtement pour en rapporter une relique. Farinelli en était cause, voilà le plus surprenant, et M. Urbain le regardait tout à coup avec moins de hargne. Par le soin de l'Italien le petit Éloi apprenait les langues, faisait de bonnes et longues études, gardait le souvenir d'un bon maître. Éloi déjà vieux, au cours d'une conférence, disait qu'il avait connu le latin grâce à un prêtre à qui son père l'avait confié, et l'assistance était émue comme on l'est toujours au rappel d'une enfance heureuse. Cet homme célèbre associait dans un souvenir vibrant son père Jacques Urbain et l'abbé.

M. Urbain laissa son crayon caresser la grille dessinée sur la nappe. Le trait rêveur fit paraître l'ovale d'une tête. Apostolo derrière la grille du confessionnal, plongeant dans tous les intérieurs de la ville, en saisissant toutes les clés ! Pour quel usage ? M. Urbain déchira la nappe et quitta la Brasserie Suisse. Il se sentit fort tout à coup dans l'air de la rue, et nouveau. Il n'a jamais trompé l'un de ses semblables, jamais levé la voix contre parents, maîtres, camarades de caserne ou clients, si longs pourtant à payer ce qu'ils doivent ! Il comprend tous ces soupirants autour de Nadine pour la simple raison qu'ils lui ressemblent, mais il s'aperçoit tout à coup que Farinelli, bien qu'il ne porte plus de soutane, n'est pas un homme comme les autres. On le lui a appris depuis qu'il est haut comme ça ! Jacques Urbain marchait au milieu de la rue quand il imagina le drame : un prêtre voué au célibat dont la ville écoute les sermons jette le froc aux orties, s'enfuit avec Nadine et le laisse seul comme un coupable. On le montre du doigt, on rit, on ne rit plus, on le blâme ! Une voiture klaxonne et démolit son cauchemar. Sa faiblesse le reprit et il s'en voulut de ses mauvaises pensées. N'était-il pas ridicule et vieux jeu ? Il se sentit hors du siècle, poussiéreux et seul dans son genre. Chaque soir, ceux qu'il croise en ce moment regardent des films impies qui passent sur leur œil sans les vitrioler, tellement l'habitude est prise de ne plus s'étonner de rien, du haut en bas de l'échelle où toute licence est naturelle. Qu'a-t-il à se voûter, à ralentir le pas, à ressembler à une caricature de son père, à se dire qu'après tout pourquoi ne pas laisser les choses aller, qui vous emporteront de toute façon ? Il serait sage au contraire d'en profiter. D'ailleurs, la fleuriste a bien tort de s'inquiéter. Elle ne sait pas comme lui que le chapitre Apostolo Farinelli est terminé ! Nadine le lui a fait voir, chère Nadine ! Elle a plus gros yeux que gros ventre. Elle voudrait dévorer le monde quand on ne peut que le grappiller !

M. Urbain longea l'église Saint-Georges et rentra chez lui. Éloi jouait dans le jardinet. Farinelli regardait une carte des routes de France et fumait sa pipe à deux pas de Nadine qui faisait une réussite.

— Où étais-tu passé ? demanda-t-elle. Le révérend t'attendait pour partir. Nous étions inquiets.

— Oui, dit Farinelli en se levant, je vous ai vu brouillé, vous toujours clair ! Ce rendez-vous s'est bien passé ? Rien de grave ? Puis-je vous aider ?

— Non, dit Urbain, ça va.

Mais il pensait : « Le vicaire est vraiment grand, ses yeux brûlent, vraiment il fait peur. »

— Ne vous donnez pas la peine de me reconduire, lui dit l'abbé, je connais le chemin. C'est une chance que vous soyez rentré pour me rappeler au devoir. Je n'ai pas vu les heures passer et j'ai à préparer mon homélie, le concert de dimanche. Ces dames catéchistes, la veillée des archers, sans compter quelques confessions possibles, il faut que je sois partout ! Heureusement que nous avons quelques havres comme cette maison pour nous requiller ! Mais, chère Nadine, ne me faites pas dire que je suis ici en cale sèche ! Votre bordeaux est toujours superbe.

Il s'inclina en joignant les mains en même temps qu'il pivotait pour sortir. M. Urbain enviait son aisance. Il le regarda par la fenêtre qui s'arrêtait dans le petit jardin pour faire sauter Éloi comme une poupée dans ses bras. Le rire de l'enfant lançait autant de glaives au cœur de M. Urbain que ceux qui étaient fichés dans celui du Seigneur au fond de la chapelle des Pénitents.

— Nadine, dit-il, la ville jase.

— Tu ne peux pas l'empêcher ! dit-elle. Ils ont besoin de scandale, et j'ai habitude d'en porter ma part. L'important, c'est toi. Je ne t'ai jamais rien caché. Tu sais bien ce que j'étais quand tu m'as rencontrée. Tu m'as prise avec mes quatre vérités et je continue à être sans ombre pour toi. Farinelli m'ennuie depuis un bon moment. Quand tu es parti tout à l'heure comme un pet sur une toile cirée, je lui ai dit de ne plus remettre les pieds ici. Tu n'imagines pas la scène qu'il m'a faite ! J'ai dû mettre Éloi au jardin et lui promettre un nouveau jeu de quilles. L'abbé s'est roulé par terre, tapé le front sur le tapis. Je lui ai dit de cesser cette comédie. Alors, il a remis son disque sur le mariage des prêtres et la surdité du Vatican. Il faut que je t'avoue, Jacques : c'est par pitié que je lui ai cédé. Il me l'a bien fait payer. Il ne m'a jamais donné que le gras du jambon !

Jacques Urbain ne voulait pas en entendre davantage, mais Nadine était lancée dans une confession totale, un nettoyage de tous les coins. Les gestes, les mots secrets de Farinelli le déchiraient, mais lui faisaient aussi plaisir. Devant Urbain qui présidait la course, Nadine toréait le vicaire, le mettait à mort et en offrait la queue et les oreilles. L'horreur et la jubilation cessèrent. Il n'y avait plus que le rond de sable du silence, le cadavre de la bête, une loque emportée par les mules de l'enfer. M. Urbain releva la tête. Nadine était debout derrière lui et le ceinturait de ses bras. Une bouffée de tendresse embua les yeux de l'époux. La peine venait de cette fatalité qui pèse sur sa femme, mais le dernier combat restait le plus rude. Pour l'Autrichien chassé par Apostolo ç'avait été plus simple parce que Nadine s'était lassée de ses grands airs. Pour l'expert-comptable que l'Autrichien avait remplacé le coulissement s'était avéré plus facile encore. Celui-là qui mangeait si mal chez lui, avec sa femme à jambes de héron, exigeait de Nadine qu'elle ouvrît leurs séances par des en-cas qu'il engloutissait en la négligeant. Avant ces numéros-là, le pharmacien de la place Verte, le sous-directeur des haras, le marchand de musique à l'enseigne de « La Flûte à Bec », le photographe près du pont, avaient été mis en déroute à tour de rôle sur une superbe véronique de l'épouse, et tous avaient un point commun auquel échappait Farinelli et qui lui donnait sa supériorité et sa résistance, tous étaient des maris. Farinelli sur ces pigeons déployait ses ailes d'aigle.

— Heureusement que je t'ai, murmura Nadine. Avec toi, je n'ai pas peur.

On entendait par la fenêtre ouverte les compagnons travailler la pierre à coups de ciseau.

— Éloi, lança Nadine en lâchant son mari, tu peux rentrer, mon chéri. Viens goûter.

— Il faut que je te parle, dit Jacques Urbain.

— Je sais tout ce que tu vas me dire, enchaîna Nadine, et je ne te réponds qu'une chose : tu trompes, tu es cent fois au-dessus de ce Napolitain ! Ne me répète pas les histoires d'homme de Dieu, il n'y a pas d'hommes de Dieu particuliers, vous l'êtes tous. Quelle idée j'ai eue d'aller me confesser, ce soir-là ? Quel démon m'a prise ? C'était ce grand lavage annuel d'avant Pâques, mais je ne le ferai plus. Et qui je trouve dans le confessionnal, derrière la grille ? Le diable ! Apostolo Farinelli ! Il venait d'être nommé ici. Tu vois comme c'est simple ! Au moment de lui avouer mes fautes, il a vu que j'hésitais. « Finalement, dis-je, je ne crois pas que ce soient des fautes. Je ne le fais pas exprès et ça ne fait que du bien à tout le monde, puisque je ne promets et n'exige rien. — Vous avez raison », modula-t-il de sa voix chantante — tu sais combien elle est prenante, avec un côté fille ! — « que fait votre mari ? — Il dessine et sculpte des cheminées, c'est un artiste. — Il ne faut jamais laisser passer la beauté qui est le premier signe du divin. Montrez-moi tout cela. Je vois dans vos yeux le repentir. Séchez vos larmes et allez en paix. »

Jacques Urbain regardait par la fenêtre le petit vélo offert à Éloi par le révérend. L'engin couché sur la pelouse, une roue levée, évoquait un supplice.

— Tu ne m'écoutes pas, dit Nadine, tu n'écoutes jamais. Je vais te dire pourquoi toutes ces choses arrivent. Tu es toujours à rêver, à te laisser aller, à t'abandonner, à regarder à l'arrière. Moi, je vois ce qui est, je le veux, j'attaque et je saisis. C'est moi l'homme de la famille ! Ne te plains pas !

— Je ne me plains pas, dit Urbain, mais je ne vois pas que tu puisses mettre au-dessus des autres, comme tu le claironnes, l'homme que tu viens de dépeindre et que tu dis que je suis.

— Parce que j'espère toujours que tu vas changer, dit-elle, mais avec tes discours le temps file, c'est ce que tu cherches, je n'ai encore rien fait dans la maison et je dois passer chez la couturière. Ma robe noire est à reprendre, pour demain, pour enterrer Mme Acheuil ! Il faut bien que je te représente, même si elle n'a pas de famille. Tout le monde sait qu'elle t'a commandé une cheminée et qu'elle en était fière.

— Je sais, dit M. Urbain, je lui ai dessiné des cannelures en forme de lances sur les montants. En souvenir de son mari le colonel. C'est Farinelli qui officie ?

— Non, dit Nadine, ne cherche pas midi à quatorze heures ! J'oublie de te dire le principal : l'abbé s'en va. Qu'il ne s'imagine pas qu'il me laisse déconfite ! J'ai préféré prendre les devants. On a expédié de méchantes lettres contre lui et l'évêque a décidé de le changer de poste.

— Des lettres ? dit M. Urbain qui regrettait subitement de ne les avoir pas écrites. J'espère qu'on n'y parle pas de toi ?

— Ne me mets pas au défi de ne pas plaire au haut clergé ! lança-t-elle en lui envoyant une bourrade.

— Je vois, dit-il gravement.

— Tu vois quoi ?

— L'essentiel ! dit-il. Je m'occupe des cheminées. D'autres font le feu dedans, et c'est le feu qui importe. Mille cheminées, mais un seul feu !

Il allait continuer, mais Nadine lui ferma les lèvres par un baiser.

Je rouvris les yeux, l'âme pleine de battements d'ailes. L'ombre avait le mouvement de la mer, et la nef de Saint-Georges tanguait. Dans la chapelle du Saint-Esprit où s'enfonce dans la mer le tableau de la Pentecôte encrassé par les siècles, les langues de feu restaient en suspens. M. Urbain vint s'y agenouiller. Il ne m'avait pas vu qui l'observais, près du pilier de sainte Agathe. Il se retourna plusieurs fois, s'assura qu'il était seul et brusquement mit son chapeau plat, l'enfonça violemment jusqu'aux oreilles. Il dressa ses index, s'en fit des cornes et les dirigea vers la colombe qui ouvre ses ailes dans les nuages de la toile. Il resta ainsi quelque temps. Je sentais mon cœur battre comme si c'était le sien. Il se rajusta soudain et sortit calmement, satisfait et détendu, happant dans ses hublots l'unique rayon de soleil sur la nef obscure, redressant d'un revers de main sa barbe noire. Oui, j'avais l'impression qu'il venait de résoudre une fois encore la quadrature du cercle.

22, rue du Hennin

Derrière la porte ronde, fermée dans l'étroite rue fermée, avril s'en va fil à fil et les merles d'un noir neuf sautent dans la neige qui tombe du cerisier. L'écrivain regarde son jardin clos, le gazon tondu au plus ras, le prunus en fleur de la couleur des bas de torero, ce rose retourné, le seul qu'il supporte. Le roulement des camions sur le boulevard de ceinture serre la panse d'un ciel pâle. Un chat que l'on ne voyait pas à l'affût sur le haut du mur, de la couleur de la pierre et tassé, bondit sur une merlette qui lui échappe d'un saut de côté, laissant aux griffes une plume qui se détend, dérisoire et transparente. La trace même de la vie.

— Alors, l'écrivain?

Le visiteur l'appelle ainsi, gentiment, avec un petit sourire, comme l'on demande de ses nouvelles à un malade. Aucune moquerie par conséquent. L'écrivain aurait tort d'en soupçonner. Ce serait plutôt une pointe d'envie, mais il n'y a pas de quoi, il pourrait rassurer l'étranger, lui dire qu'il est seulement abandonné temporairement.

— Tu es seul ?

— Oui.

Il ment parce qu'il est bien élevé, plutôt gentil. En réalité il n'est pas seul. Depuis le coup de sonnette du visiteur, ses personnages sont en récréation dans le jardin.

— Qu'est-ce que tu regardes ?

— Rien.

Rien, ça va plus vite. Il ne peut pas expliquer qu'Alexandrine Saint-Hilaire vient de tromper son mari parce qu'il fait trop de politique et qu'il la délaisse. L'époux devrait se féliciter de ce détournement qui est le moindre pis-aller puisqu'elle a encore pensé, ce matin, à l'abattre d'un coup de pistolet selon un plan qui ferait croire à un règlement de comptes entre partis opposés. Il ne peut pas expliquer toutes les hésitations, virevoltes et manipulations de ses personnages avant la fin de son histoire. Certes, il sait où il va, mais quel est le meilleur chemin pour aller au but ? C'est à ce carrefour qu'il en est. Alexandrine est bien belle dans sa fureur. Elle marche entre les oiseaux qui sont revenus parce que le chat est parti.

— Tu ne m'écoutes pas ! lui fait-on remarquer.

— Mais si.

— Tu n'écoutes que toi !

— Après !

— Après quoi ?

— Après tout.

C'est après les avoir écoutés, tous, en effet, que son

imagination qui n'est qu'une secrétaire à colle et ciseaux commence à se régaler. Elle ne l'emporte pas comme on pourrait croire! Au contraire, c'est lui qui la surveille. Il lit par-dessus son épaule, il arrête sa main. D'ailleurs quand il lui a pris fantaisie de la négliger il a écrit des histoires à la venvole qui se sont retrouvées dans les faits divers des journaux, parfois longtemps après, en chair et en os, si l'on peut dire. Le visiteur s'en va. L'écrivain reste à la fenêtre qui est son parc, sa chambre, le lieu des féeries et des perditions, le paradis. Alexandrine cueille une primevère qu'elle ira tout à l'heure glisser dans le tas de feuilles posées sur le bureau. À moins que ce ne soit celle que l'on appelle la Madone et qui surgit sans qu'on la demande au pied du perron. Elle a l'air si malheureux que l'écrivain lui fait signe. Veut-elle se confesser? Il sait bien pourtant que de tous ses amants elle préfère le vicaire qui partage ce qu'elle prend toujours pour un péché et qui est le seul à lui donner, leurs bêtes faites, l'absolution. Mais voici que l'on frappe de nouveau à la porte. L'écrivain a la faiblesse d'ouvrir encore. C'est encore le visiteur, taquin.

— Égoïste!

— Sûrement, dit l'écrivain. À preuve, je te fourre aussi dans mon sac! Excuse-moi. Alexandrine m'attend.

Le visiteur s'éloigne. Dans un rai de soleil le silence ronronne.

LE CRÉATEUR D'AMBIANCE

Il se faisait tard et le tour de la conversation se voilait. Grenadet vida un dernier verre et tendit la main à son compagnon.

— Il faut rentrer, Broquin.

— Et dormir, peut-être ? grogna l'autre.

— Mais oui, tu finiras bien par trouver le sommeil !

— Dis-moi comment !

Broquin haussa les épaules et s'affala un peu plus sur la banquette du café. Grenadet traversa la place et se dirigea vers son lointain quartier, pensant avec pitié à l'ami qui ne pouvait jamais regagner son lit et ne dormait plus depuis qu'un voyou lui avait logé une balle dans la tête. Après la trépanation, Broquin aimait à dire qu'il avait des trous dans la mémoire, mais son ironie luttait chaque jour plus difficilement contre la mélancolie et l'absence du sommeil. Était-ce juste d'avoir évité les bombes et les shrapnels de la guerre pour recevoir la visite d'un blouson noir au fond de son épicerie ? Le bandit l'avait menacé d'un coup de revolver s'il ne lui ouvrait pas le tiroir-caisse. Au

« non » calme de Broquin l'arme répliqua d'un coup nerveux. L'épicier vit au plafond une étoile de verre brisé par où soufflait un grand vent. La gardienne de ce pâté d'immeubles datant des Régions libérées n'aimait pas se lever matin et sortait les poubelles au milieu de la nuit. Elle perçut de la lumière dans la boutique et voulut y pénétrer. L'entrée de la rue fermée, elle passa par la cour où tout était ouvert, les trois portes, jusqu'au magasin, et faillit s'évanouir en voyant allongé son meilleur locataire, le plus causant. Il respirait encore. Les cris de la femme réveillèrent l'immeuble, et tout le quartier était aux fenêtres quand arriva le car de police-secours. Comme il était de forte constitution et bien assuré, Broquin eut le moral, vit le repos sur terre et non dessous, s'en tira et revendit son fonds de commerce. Il avait de quoi vivre le temps qu'il plairait à sa tête, et s'il quitta l'appartement qui allait avec le magasin, au premier étage, il s'offrit un deux-pièces au quatrième du même immeuble, avec un balcon d'où il pouvait voir entrer et sortir la clientèle de son successeur, la sienne ! Il avait seulement demandé qu'on laissât son nom, et l'on pouvait lire en petit : « Maison Broquin, fondée en 1923 », et en gros : « Paillon successeur ».

— Monsieur Broquin, dit le serveur, on ferme. Il va falloir penser à partir.

Broquin se retrouva sur le trottoir, et le fracas du rideau de fer fut tel que les lumières de la place se voilèrent. Des voitures roulaient à grande vitesse, profitant de la nuit. Grenadet, de l'autre côté, attendait pour traverser.

— Tu n'es pas parti ? demanda Broquin.

— Pour te retrouver au matin, planté là ! Allez, je te reconduis. Désormais tu sortiras en même temps que moi. Sans quoi tu finiras par glisser de la banquette sous la table, ils ne te verront plus et tu resteras enfermé.

— Avec des bouteilles, dit Broquin, ce n'est pas le pire.

Son ami le prit par le bras et ils longèrent la rue de plaisir qui garde le parfum de vanille des gaufres de plein vent.

— Je ne veux plus rentrer, dit Broquin en s'asseyant sur un banc. Tu ne peux pas comprendre. Je suis trop !

— Tu te répètes, mais je comprends !

— Rien ! s'écria l'ancien épicier en se dégageant. Il y a trop de monde en moi, tous ceux que j'ai servis, toutes mes clientes, toutes ! Et ce blouson noir qui mène la danse.

Broquin s'était pris la tête à deux mains. Une voiture de police roulait au pas le long du trottoir. Les gardes observèrent le couple de vieux amis. Rien à craindre de ces débris, telle était leur opinion. Ils disparurent au coin de la boîte de nuit dont la façade peinte clignotait, ses reflets assourdis par ce qui restait de neige.

— Tu ne profites pas de ta retraite ! dit Grenadet. Tu devrais prendre le train, descendre dans le Midi et tu remonterais ici au printemps.

— Je ne peux pas, dit Broquin. Le matin, quand je regarde à mon balcon les clients entrer et sortir de la boutique, je me sens mieux. C'est autant que j'ai de moins dans la tête. J'ai demandé à Paillon de tenir sa caisse, même sans être payé. Il n'a pas voulu.

— Sa femme rend la monnaie ! Il faut comprendre les gens. Et l'on aurait dit qu'il te faisait travailler au noir.

— J'aime tellement voir les gens passer la porte de la boutique ! Dès qu'ils entrent ce sont des amis, je leur parle, je les écoute, je ne jette pas le beurre sur la balance pour lire le poids avant que l'aiguille soit arrêtée. Je ne les ai jamais trompés.

— Tu parles comme si tu les servais toujours ! dit Grenadet.

— Toujours ! Il y a des nouveaux arrivés chez Paillon, mais le gros de la clientèle n'a pas bougé. Quand je leur lance depuis mon balcon des « hello ? » ils lèvent la tête et répondent à mes signes. J'ai toujours envie de descendre, mais Paillon se fâchait, alors je ne descends plus.

Broquin tendit ses mains vers son ami. Elles tremblaient à bout de bras.

— Elles s'ennuient, dit l'épicier. Elles n'ont plus de chaleur.

— Mais je suis là, dit Grenadet en les serrant. Nous allons rentrer maintenant.

De l'autre côté de la chaussée, près du sex-shop d'un jaune d'urine, une enseigne clignotait sur une vitrine de divans aux toiles imprimées de lunes et de minarets : « Mario, créateur d'ambiance ».

— Tu ne veux pas voyager, dit Grenadet qui voulait distraire son ami, mais regarde ce mobilier. Tu aurais seulement un intérieur lumineux avec des dromadaires et des palmiers au lieu de ton fauteuil noir et fatigué ! Je vais changer ton décor et tu te sentiras mieux.

— Ça doit coûter une fortune, dit Broquin, et c'est pour la jeunesse.

— On ira voir Mario, dit Grenadet. Il reprendra ton ensemble en palissandre qui n'a plus de couleur.

— Je ne pourrai jamais m'en séparer, dit Broquin. C'est toute ma vie.

— Ta vie ! Avec cette balle dans la tête, elle a changé.

Broquin baissa le front comme ceux qui sentent les larmes venir, mais il ne pouvait plus pleurer et Grenadet eut du remords de lui avoir rappelé cette attaque dont il ne parlait jamais, bien que l'image du tueur se mît toujours au-dessus du paquet de cartes que tous deux battaient et coupaient au fil des jours. Le tueur passait avant les rois et les reines, c'était toujours l'atout maître.

La voiture de police glissait de nouveau. Le phare gyroscopique avec ses éclats bleus fit rêver Grenadet.

— On devrait aller voir la mer, Broquin. Si Mario vend un canapé avec la mer imprimée, un beau navire à voiles, je le choisirai. Prends un peu de vacances, nom d'un chien !

Il caressa l'épaule de son ami qui restait la tête dans les mains. Ils n'avaient pas entendu venir les gardiens de la paix.

— Un malaise ? On peut faire quelque chose ?

— Merci, dit Grenadet.

— Vous avez été attaqués ?

— Pas aujourd'hui, dit Grenadet.

— Vous devriez être au lit, à votre âge, et par ce froid !

Broquin releva la tête.

— Au lit, savez-vous ce que c'est que mon lit ? Ce que j'y trouve ? Ma boutique, l'hôpital et mon tueur !

— Allons, dit le brigadier, l'important est que vous retrouviez votre trou de serrure. Vous, ajouta-t-il en montrant du doigt Grenadet, qui paraissez avoir moins bu, reconduisez tranquillement votre ami.

— Tu vois, dit Grenadet, tout le monde est d'accord pour que tu rentres. Viens ! Merci, messieurs !

Les agents remontèrent en voiture. Derrière le canapé aux minarets, il y en avait un autre, avec des montagnes neigeuses sur son dossier, et des vaches dans la prairie pentue du premier plan.

— Les vaches aussi c'est reposant, dit Grenadet.

— Oui, dit Broquin, sans elles je n'aurais vendu ni lait ni beurre, mais je n'aime pas la montagne. Je ne peux pas vivre avec un horizon bouché. Et grimper à mon âge ! Non, il me faut du plat, et à perte de vue.

— Là-bas, dit Grenadet, je vois des vaches, des pommiers, une ferme en Normandie. Préfères-tu ? Nous allons réfléchir. On n'improvise pas un départ, sans quoi c'est une fuite !

Ils reprirent leur marche vers le domicile de Broquin, glissant de temps à autre sur des plaques de neige glacée.

— Tout de même, dit Grenadet, ai-je une tête

d'ivrogne ? Ils nous prennent pour des soiffards. D'ici qu'un soir ils nous ramassent pour nous fourrer au bloc ! Nous qu'ils connaissent !

— On boit ce qu'on a toujours bu, dit Broquin, juste ce qu'il faut.

Grenadet se contenta de hausser les épaules, de hâter le pas.

— Tu m'as encore fait passer une nuit blanche, dit-il. Sois raisonnable. Je n'ai pas ta constitution, moi. On m'aurait tiré une balle dans la tête que je ne serais plus de ce monde. Il faut que tu penses aux autres !

Grenadet attendit que Broquin fût rentré au-dessus de l'épicerie et qu'il eût donné un tour de clé à sa porte pour regagner son lit. De sa fenêtre il dominait la ville. Le jour se levait avec difficulté dans un brouillard de la teinte des poissons, avec ici et là, dans l'odeur fade, quelques écailles vives.

Il avait enlevé ses chaussures trempées, mais il s'allongea sur la courtepointe sans avoir le courage de se déshabiller. Au-dessus du lit une photographie de régiment avait jauni et lui-même dans le groupe était à peine reconnaissable. Broquin, lui, au deuxième rang, n'avait pas changé, avec son sourire commercial. Il devait fatalement réussir dans la vie. Même la mort l'avait traversé sans lui donner son sourire, à elle.

— Un chameau, le croissant de lune, les pyramides, murmura-t-il et il s'endormit.

Le lendemain, chez le créateur d'ambiance, Grenadet dénicha le bon canapé. Ni vaches, ni chameaux, mais le ventre de la mer éclairé par le projecteur d'un bathyscaphe. Un mérou gris, des poissons d'or peuplent les profondeurs de la percale bleue. Mario livra le canapé un samedi matin, jour de grand commerce. Paillon et les clients virent deux hommes descendre la merveille d'une camionnette et chacun se demandait à qui elle était destinée. Malgré le froid vif, Broquin suivait l'opération depuis son balcon, avec Grenadet qui tenait un verre de vin à la main et paraissait boire en l'honneur du siège qui sous son emballage de cellophane enfermait les richesses de la mer. Pour lui faire la place qu'il méritait face au balcon, Mario reprit pour une bouchée de pain quatre chaises et deux fauteuils 1920 qui revenaient à la mode.

— Vous allez être heureux, dit Mario en enlevant la protection du canapé et en s'y laissant tomber. Je ne vous aurais pas conseillé mes paysages normands ou savoyards, ni même la salle du casino, les lustres bas sur le tapis vert. L'heure est aux planètes et aux grandes profondeurs. Je suis heureux que vous appréciiez.

Broquin eut tout à coup une illumination.

— Si je m'assois dedans, dit-il, je ne le verrai plus !

— Je pose aussi des miroirs, dit le créateur d'ambiance. Rien de mieux pour doubler la superficie d'un salon et sa lumière.

Broquin regarda Grenadet qui opina du bonnet.

— Je vais faire un effort, dit Mario, et vous poser ça dans la journée. Il n'y a pas de semaine anglaise pour la création !

Broquin lui proposa de boire un verre avec eux.

— À la gloire du canapé ! dit Mario.

L'aide qui remontait pour descendre le dernier fauteuil trinqua avec eux. Le soir, Grenadet et Broquin n'éprouvèrent pas le besoin de sortir. La pièce paraissait nouvelle et la neige qui tourbillonnait à la fenêtre ajoutait au charme, en disparaissant au ras du plancher comme les flocons à la surface de la mer.

Assis sur les deux chaises dépareillées qui restaient, les deux amis contemplaient le canapé, se retournaient vers le miroir qui renvoyait la même image, certes, mais resserrée, veloutée. Grenadet s'en alla vers les dix heures, comme Broquin venait de s'assoupir. « Nous sommes passés six cents fois devant la boutique de Mario sans nous arrêter ! Et la solution était là, qui nous crevait les yeux ! La vie, quelle devinette ! » Grenadet avançait dans la neige, comme le mérou dans l'avalanche des poissons d'or. « Évidemment le canapé est une grosse dépense, mais un voyage aussi, et qu'aurais-je fait en son absence ? Nous avons passé tous les dimanches ensemble, et le soir, après ma cordonnerie, après tous ces ressemelages — il faut voir comme les gens marchent ! N'importe comment ! Ça traîne, ça tourne, ça vrille ! Je quitte mes savates, j'enfile des souliers qui ont vingt-cinq ans et qui paraissent toujours neufs ! Cordonnier mal chaussé ! Je vous en prie ! »

Grenadet s'arrêta et regarda ses chaussures, un cuir comme on n'en fait plus. « Le seul reproche que je peux faire à Broquin c'est de ne pas prendre son temps, qui est le père de la durée, à coup sûr ! Du matin au soir courir du rayon à la balance, du cageot au tiroir-caisse, de l'escabeau à la trappe ! Résultat, un beau soir un inconnu vous met du plomb dans la tête, mais il est bien tard ! et sans famille il n'aurait eu que moi pour le deuil ! »

L'idée que Broquin pût mourir avant lui ne s'était jamais présentée avant ce que tous deux appelaient le meurtre, maintenant c'était une autre vie. Ils n'allaient plus dans cette maison pâle comme la craie dans l'impasse de l'Éternité où les dames les recevaient succulentes et silencieuses. Grenadet retrouva son échoppe, toqua machinalement les volets de fermeture, dormit d'une traite et s'éveilla pour abattre sept ressemelages, huit talons, trois rapiéçages d'empeignes, du travail qui vous mène en aveugle jusqu'au soir. L'ombre était tombée, légèrement troussée par la neige. Dans l'assiette de son repas de midi, près du pied en fonte, restaient une pomme et une tartine au saindoux. Il les croqua et passa son manteau. Les poissons de Broquin le croisaient déjà par longs bancs silencieux pleins d'éclairs. La mer épaisse prenait les charmes de la nuit. Pour retarder le plaisir de retrouver son ami il fit un détour malgré les coulées fangeuses des trottoirs, les plaques de verglas, les jets de boue des voitures. Les petites rues dans un halo rosé gardaient leurs cotillons de neige, galons du rebord des fenêtres, qui devenaient sur le magasin de Mario des brandebourgs lumineux, des aiguillettes éclatantes. Une lumière syncopée tombait sur les canapés. N'aurait-on pas dû choisir la pose en Égypte plutôt que la halte sous-marine ? ou le paysage du cinquième canapé à gauche, au fond, une jonque dans la baie d'Along ? Non, cette brume mandarine et poisseuse vous tombe dessus. Rien ne vaut le bleu et l'or de la mer. Divers poissons traversèrent sa mémoire. Le plus beau reste celui qu'ils ont gagné ensemble à la foire, il y a si longtemps ! Le poisson rouge rapporté dans le petit bocal de loterie et qui respirait, on aurait dit un ressort de montre, en tournant sur place, a vécu près de sept ans dans la boutique, aujourd'hui Paillon successeur, alimentation générale ! Grenadet vit la fenêtre éclairée au quatrième et regarda la devanture. À l'intérieur une petite boîte d'où part un fil électrique est vraiment le signe des temps ! Paillon n'a plus à poser les volets de fermeture comme le faisait Broquin. Si l'on fracture la vitre, une sirène appelle au secours. Il y a là, songe Grenadet, quelque chose d'assez orgueilleux, mais enfin on fait mine d'acheter un paquet de nouilles, on passe à la caisse, on loge une balle dans la tête de l'épicier. Et le bizarre c'est qu'on l'empêche de dormir à jamais. Mais je suis là.

— Je suis là ! s'écria Grenadet en arrivant chez son ami.

Il souriait au nouveau décor de Broquin, à cette nouvelle vie dont il était cause. Le voilà qui dort, enfin !

— C'est moi ! reprit-il en frappant.

Le paillasson ne cachait pas le rai de lumière sous la porte. Quelques bruits légers coururent dans les appartements voisins, mais personne ne parut. Il défonça la porte d'un coup d'épaule. Le grand miroir allongé ne réfléchissait que le mur criblé de grains par la lumière de la lampe posée à terre. Grenadet contourna le canapé. Sous la constellation des poissons d'or Broquin reposait immobile et sans souffle, d'un gris d'épave dans le faisceau du bathyscaphe. Il le secoua. Un cyprin à voile passa sous le bras du mort et le canapé eut le gémissement d'une vague qui se reprend. Grenadet d'un coup de reins remonta à l'air libre. Dans le miroir arrivaient les locataires. Il entendit :

— Tiens, c'est changé chez lui.

Des mains s'avancèrent et le saisirent alors qu'il retombait.

La Fontaine française

D'un chant frais et moiré son eau légère éclaire les fausses fenêtres d'une place étroite. Il n'y a d'autres fleurs que les éclats du ciel qui se baigne dans le quadrille des pavés. À vingt lieues à la ronde rien n'égale cette élégance. Il suffit de passer là pour que par enchantement l'on respire mieux et que le doute se calme. Les balustres au carré qui masquent les toits sont l'unique fantaisie. Ils retiennent les nuages, de leurs peignes d'un ton de corne quelquefois transparente. Les pigeons s'y posent avec retenue, se reprennent et tombent jusqu'à l'eau à la vitesse du Saint-Esprit.

On s'assied sur l'une des bornes reliées par les alexandrins d'une chaîne qui est là pour nous montrer qu'on peut la franchir, elle et toutes les barrières. C'est un coin de morale où notre désordre intérieur se dissipe. Ce que l'on doit faire est tout à coup devant nos yeux, noir sur blanc, et l'on ne s'étonne pas de voir tant de maximes gravées sur les murets du miroir d'eau répondre à nos propres décisions. On n'a jamais lu de graffiti de haine en cet endroit, mais ceux, mâles et femelles, de la grâce, de la tolérance, de l'espoir et de la certitude : « Charles aime Valentine », « Merci, Édouard », « Je veux tout », « À mes chéris », et la fontaine brode à l'infini son drap de jouvence, sans moins se renouveler que l'amour.

L'HORLOGE EN FLEURS

Just Becquoy lança son bras gauche et amena son poignet à hauteur des yeux, oubliant qu'il avait donné sa montre-bracelet à réparer. De l'étage où le syndicat tenait ses assises il apercevait entre deux pruniers l'horloge en fleurs, énorme, dans le jardin de Sylvain Lesage.

— Ce sera réglé cette semaine, lança Just. C'est promis !

— On pourrait y mettre le feu, dit une voix dans le fond de la salle, ça les ferait réfléchir.

— Camarades, reprit Just Becquoy responsable de la réunion, je suis plutôt pour les noyer. Je veux dire manière douce. Je mets aux voix la reprise ou non du travail. Contre ?

Trois mains sur quatre se levèrent.

— Compte sur moi, Just ! dit un homme au premier rang.

— Je sais, Youssef ! Rendez-vous donc demain devant la sous-préfecture, conclut Becquoy. Emportez jeux de cartes et casse-croûte. À neuf heures, dès l'ouverture des bureaux vous serez là, je serai reçu.

— On retourne à l'usine? demanda un jeune.

Un rire général éclata.

— Laissons le piquet de grève, dit Just. On le relèvera pour la nuit, si besoin est.

Un chien traversa sur trois pattes la place de la sous-préfecture. Sylvain Lesage cocha le calendrier des postes, ce matin de juin. Il était debout comme chaque jour depuis cinq heures, son jardin arrosé, le premier café passé, et maintenant près de la fenêtre il attaquait les rillettes et le vin blanc. Au premier coup de sept heures que tapait sur la cloche de la pendule personnelle un moine qui baissait son capuchon par temps de pluie, le vieil horloger le vit sans cuculle et souleva le rideau. Floréal Nieppe qui était le meilleur tireur à l'arc et le seul pharmacien à faire encore des pilules pour les hépatiques selon la recette de son père passa en courant sous les tilleuls, ponctuel et les traits tirés, vêtu d'une culotte noire et moulante en jersey, et d'un maillot aux armes de la ville, un lion dansant. Floréal avait fait quelques émules que l'on voyait courir matin et soir surtout sur le boulevard du tour de ville, et les automobilistes les encourageaient en passant un pouce vainqueur par leur portière.

— Bien dormi? demanda Sylvain à sa femme qui regardait le plein panier de cerises sur la table.

— Le petit s'est agité. Ils l'élèvent en dépit du bon sens. Couché à des heures impossibles, sept ans et déjà les yeux au milieu de la figure! Ajoute le changement d'habitude...

— Il ressemble de plus en plus à son père, dit Sylvain.

L'avant-veille, le gendre et la fille des Lesage étaient venus leur confier le petit Rémi. Ils allaient en vacances dans les Antilles.

— Tu ferais bien de les dénoyauter, dit l'horloger. S'il attrapait l'appendicite, ici !

Il roula une cigarette et grommela.

— Agent immobilier ! J'aurais dû...

— Ta fille l'a compris, elle ! Tu as la langue chargée, dit Mme Lesage. Quelque chose n'a pas passé ?

— Rien ! souffla l'horloger. Floréal Nieppe n'a plus son allonge de l'an dernier. Je viens de le voir trempé comme une soupe.

— Le soleil est déjà sérieux ! dit Mme Lesage.

Elle prit la cafetière au chaud dans une casserole d'eau sur le poêle. Des bruits inaccoutumés venaient de la place et même un air de guitare.

— Tiens ? dit Sylvain. Ils manifestent ?

Des groupes arrivaient sous les arbres face au drapeau qui tombait tristement au-dessus de la porte de la sous-préfecture. La demie de huit heures sonna.

— Ils vont encore beugler, dit Mme Lesage.

— Tu ne veux pas non plus les comprendre, Alice, dit Sylvain. Leur usine est pourrie. Une partie du toit a cédé. Va donc voir la salle des emboutisseuses !

— Tu l'as vue ?

— Dans le journal, et Becquoy me l'a dit.

— Becquoy !

— Oui, Becquoy.

— Tu ne pouvais plus le voir quand ta fille tournait autour !

— Il a de l'avenir.

— Mais il n'est pas aux Antilles !

Les grévistes cependant s'étaient assis au pied des tilleuls. Un petit groupe seulement discutait à forte voix. La servante du sous-préfet refermait les volets de fer des deux étages, et l'on entendit des rires et des sifflets à l'arrivée d'un fourgon de police qui s'arrêta devant l'entrée des bureaux, suivi d'une camionnette grillagée où l'on apercevait deux chiens-loups. Leurs maîtres restèrent dans la cabine où grésillait une radio. Alice buvait son bol de café devant le rideau relevé. Elle le posa, ferma les volets et contrôla la fermeture à clé de la porte.

— Prends le panier, dit-elle. On va dénoyauter au jardin.

Au centre du gazon que limitaient au carré des rangées de cerisiers et de pruniers, un rond de fleurs dessinait une horloge avec chiffres et aiguilles qui marquaient chaque année l'heure où Sylvain Lesage avait achevé ce chef-d'œuvre de bégonias nains et d'oreilles-de-loup. Le terrain avait jadis fait partie de l'hôtel de Hurepois dont les anciennes écuries bordaient le côté nord d'un mur à fenêtres haut perchées, toujours ouvertes, même l'hiver à cause de la chaleur des discussions depuis que s'y tenaient les séminaires de Pénélope Rosalba. De son vrai nom Rose Pénel, cette fille d'un ancien juge de la ville, diplômée de psychologie, dirigeait des séances de thérapeutique de groupe dans les fameuses écuries qu'elle avait louées.

Le dernier propriétaire de l'hôtel de Hurepois, le baron Boucart, avant de regagner son Limbourg natal où il tenait à finir ses jours, avait cédé à la ville sa résidence pour une bouchée de pain, seul geste d'abandon de sa longue vie de banque et sur lequel il comptait pour sa rédemption. Son départ et la remise des clés à la municipalité furent l'occasion d'un grand concours de fanfares. La bâtisse était devenue un centre de serrurerie pour la réadaptation de jeunes délinquants. Les communs servaient aux manifestations culturelles. En face, au loin, par-dessus les jardins, s'élevait la maison des syndicats.

— Je ne sais pas où nous allons, dit Alice en regroupant sur un torchon les queues de cerises. Il n'y a plus d'équilibre.

Le petit Rémi parut à la porte de la cuisine, en larmes et nu, au moment où des cris scandés montaient sur la place.

— N'aie pas peur ! cria Sylvain. Va l'habiller, Alice !

On entendait, rythmé, repris par cent voix, des « Donnez-nous un toit, un toit ! », « Nous ne sommes pas des chiens, des chiens ! » et « Patron, démission », slogans qui retombaient avec des sifflets, un rire, un nom qu'on lançait à un dernier venu, l'appel caverneux d'un porte-voix demandant le silence et soudain un « Vive Becquoy ! » enthousiaste que recouvrait la sirène d'une nouvelle voiture des forces de l'ordre. Le phrasé d'un orateur ondula, mais les paroles arrivaient indistinctes dans le jardin des Lesage. L'horloger maniait le presse-noyaux laissé par Alice. Des fenêtres des écuries sortit une musique de cordes frissonnante et vive. Sylvain leva le nez vers les fenêtres et regarda l'heure à sa montre. La séance du matin allait commencer chez Pénélope. C'était la grande récréation de l'horloger. Il essayait de ne manquer aucune des séances qui se déroulaient huit jours par mois, avec des montées de fièvre en fin de semaine par l'arrivée de Parisiens qui campaient deux jours dans les combles des écuries. Avant de regagner son établi où il ne travaillait plus que pour les amis et connaissances, il suivait le déroulement des débats en soignant les fleurs, les arbres, épuçant ses rosiers comme aujourd'hui, mais *L'Internationale* entonnée à pleine gorge se leva de l'autre côté tandis qu'un hélicoptère passait au ras des toits, puis le silence revint, troublé par une lointaine tondeuse à gazon et la scie à tuiles d'une équipe de couvreurs qu'il voyait torse nu sur un toit. La musique avait cessé dans l'écurie et l'on entendit la voix de Pénélope aussi pointue qu'une seringue.

— Hier soir nous sommes restés sur cette corde que vous avez achetée au Grand Bazar de la Ménagère.

Sylvain dressa l'oreille et de loin pria sa femme de se taire, qui revenait avec Rémi dans ses bras. Une voix de basse lança :

— Je ne l'ai pas achetée, je l'ai volée. Je suis sorti le plus simplement du monde du Bazar, mon rouleau de corde à l'épaule. C'était tellement gros que personne ne m'a remarqué. Je ne voulais pas acheter cette corde, surtout pas ! Aucune dépense pour me débarrasser de cette garce !

— Elle ne valait pas la corde pour la pendre ! lança une femme qu'accueillit un rire général et bref.

— Exact, mais une fois de plus, j'ai reculé. D'ailleurs on ne peut rien faire avec une corde aussi grosse. Pourquoi ai-je commis cette erreur ? Parce que au fond je voulais échouer, et que cette créature vive avec encore une possibilité de souffrir ! Je sais pourtant ce qu'est une corde de pendu. Quand on pend en Angleterre, le bourreau découpe et revend la corde. C'est avec cela qu'il joint les deux bouts. L'un de mes oncles en possédait une relique porte-bonheur dans un coffret où l'on voyait gravée une chouette posée sur un arbre mort. La corde n'était pas plus épaisse que mon petit doigt de cette époque.

Sylvain et sa femme écoutaient en gardant la tête levée vers les fenêtres. Rémi dans les bras d'Alice demanda qui parlait.

— Chut ! dit l'horloger comme la voix reprenait.

— Mais je vais la tuer, je la tuerai, j'espère même qu'elle va le faire à ma place. Comment vivre avec une idée fixe ?

— C'est vrai, dit Sylvain.

— Il y a des gens malheureux, dit Alice en reposant le gamin sur le gazon, je me demande seulement en quoi la Rose Pénel peut les aider ! Une fille qui a fait tous les métiers, la confection, la publicité, la galerie d'art et la brocante.

— Pour terminer ses études ! reprit Sylvain. Ne sois pas si dure et ne te répète pas ! Elle est arrivée à ce qu'elle voulait. Elle rend service. Tout le monde le dit. Le chemin du bonheur...

— Quoi, le chemin du bonheur ? Entendre des insanités toute la journée ? Vider les gens comme des poubelles ? Qu'est-ce que j'ai à dire, moi ? Rien. Rien que de bien. Je n'ai jamais voulu te faire disparaître, par exemple.

En élevant la voix, elle fit pleurer le petit.

— Qu'est-ce que tu fais en ce moment sinon vider ton sac ?

— Il n'y a rien dedans ! Le chemin du bonheur ! Des fondrières, oui !

Rémi ouvrait de grands yeux et regardait les fenêtres. Un hurlement terrible se leva de l'autre côté de la maison.

— Ça finira mal ! dit Alice en reprenant le panier de cerises.

— Je vais voir, dit Sylvain.

Il arriva sur la place comme on emportait un homme vers la pharmacie de Floréal Nieppe. Un cordon de gendarmes masquait la porte de la sous-préfecture et l'on voyait des œufs couler sur les uniformes. À la fenêtre parut Just Becquoy. Un hurrah fantastique l'accueillit.

— Camarades, dit-il, l'accord est en vue. J'ai les promesses. Rendez-vous au syndicat. Je vais vous exposer.

La voix de Becquoy avait la force d'une vague et Sylvain vit les hommes sur la place refluer sous les tilleuls, silencieux tout à coup, avec le seul bruit du gravier. Alice et le gamin étaient sur le pas de la porte. Il les fit rentrer.

— Il n'y a plus rien à voir, dit-il. Verse-nous donc

une petite rincette. Qu'est-ce qu'il a encore à pleurer, celui-là ?

— Où est maman ? dit Rémi en reniflant.

— Dans les Antilles, dit amèrement l'horloger.

— Elle a bien raison d'en profiter, ajouta Mme Lesage. Si tout le monde pouvait y aller !

— Va, va ! dit l'horloger.

— Je me demande pourquoi tu t'énerves ? Le petit est là pour être au repos.

— Il est méchant. Papa m'a dit qu'il est méchant.

Sylvain secoua la tête et retourna au jardin. Une voix de femme venait des écuries, avec un accent slave que l'horloger cherchait à situer.

— Pourquoi ? Pourquoi n'aurions-nous pas, nous aussi, notre carnet ? J'ai à ce jour cent vingt-sept amants, cent deux en Pologne, quinze en Hollande, trois ici, avec adresse et téléphone. Vous avez eu une actrice qui en a pratiqué plus de trois mille, chacun avec sa note, ses performances.

— Qui ? demanda une voix.

— Avant votre Révolution. Contrairement à elle, je veux leur donner à tous la vraie vérole : le regret ! Je les hais ! !

Il y eut un silence.

— Je vous en supplie, tous, dit Pénélope, courage ! Vous ressemblez à des arbres qui perdent leurs feuilles à côté les uns des autres, mais nous ne sommes qu'un arbre, nous sommes les branches du même arbre !

— Je n'emploierai jamais la corde, reprit la Polonaise, ni le poison, ni lame, ni balle ! mais le sentiment. Ils dessécheront tous, par mon souvenir cuisant !

— Eh bien, dit Pénélope, notre sœur me paraît en bonne voie. L'important n'est-il pas d'offrir à notre prochain des fêtes inoubliables ? Il arrive que, des feux d'artifice, naissent des incendies.

— Je suis comme Milena, dit une douce voix flûtée qui fit tendre l'oreille à l'horloger, mais je n'ose pas, je voudrais tout dévorer et je ne ronge que moi-même. J'ai l'impression d'être une île, un caillou, avec la mer autour.

Elle partit en sanglots et Pénélope Rosalba proposa une pause. Le concerto pour cordes reprit et Sylvain Lesage sortit sa tondeuse à gazon qu'il promena circulairement autour de l'horloge de fleurs. Les quatre fenêtres de l'écurie se fermèrent brutalement. À midi les Lesage passèrent à table. À la demande de Rémi son grand-père ouvrit un dictionnaire à la page coloriée du planisphère et lui montra où se trouvent les Antilles.

— C'est pas loin, dit Rémi.

On sonnait. Sylvain alla ouvrir.

— *L'Antenne du peuple*, dit un jeune homme qui portait un magnétophone en bandoulière. J'enquête sur les événements de la matinée. Vous êtes aux premières loges. Qu'avez-vous vu ?

— Je suis à table, dit l'horloger.

— Allons-y, dit le journaliste sans s'excuser et en le poussant.

Il installa sa machine entre deux assiettes. Rémi regarda les bobines qui se mettaient à tourner. Le jeune homme commença :

— Donc, les forces de l'ordre ont matraqué des

grévistes qui étaient simplement devant eux et qui chantaient ?

— Je n'ai rien vu, dit Lesage.

— On avait fermé les volets, ajouta Alice. On n'aime pas la violence, chez nous.

— Il y a donc bien eu violence. Le pharmacien Nieppe a reçu un blessé que l'on a dirigé sur l'hôpital, un bras cassé. Étaient-ils plusieurs à se ruer sur lui ? Est-ce le fait d'un gendarme nerveux ?

— Je n'ai rien vu, répéta l'horloger. Juste après...

— ... après les heurts...

— ... j'ai ouvert ma porte. J'ai vu des uniformes tachés de jaunes d'œufs. Et les gendarmes ne bougeaient pas, restés côte à côte.

— Faisant montre d'un sang-froid remarquable, ajouta le journaliste.

— Pourquoi tu bouges tout le temps ton chose ? demanda Rémi.

— Le micro ? dit le jeune homme, on parle dedans chacun son tour. À toi !

Rémi se recula devant le goupillon que l'autre lui mettait sous le nez.

— Je vous remercie, dit le journaliste, ça passera sur l'antenne dans la soirée. Je ne fais que le direct.

Il se retira aussi vite qu'il était venu.

— Alors les mots s'enroulent ? dit Rémi.

— Bien sûr, dit Mme Lesage. Mange proprement. Tu ne manges pas comme ça chez maman ?

— Si, dit Rémi. Je fais ce que je veux.

Sylvain leva un œil sur Alice qui retroussa sa bouche fermée.

— Eh bien, dit l'horloger, étonnez-vous !

Il se retint un bon moment et ajouta :

— J'ai peur que ce petit ne finisse comme les autres, à l'écurie.

Ils arrivaient au moment du café. La sonnette retentit de nouveau.

— Ah, Becquoy ! dit Sylvain. Tu viens pour ta montre ? Elle t'attend. Alors, ça remue, je vois ?

— Ils vont nous refaire le toit. Si tu ne tapes pas du poing sur la table...

— Vous prendrez bien le café ? dit Alice.

Becquoy s'assit en face de l'enfant.

— Tu as grandi, Rémi. La dernière fois que je l'ai vu, il était haut comme ça.

— Haut comment ? demanda Rémi.

— Comme ça.

— J'étais debout ? demanda-t-il, et il sortit dans le jardin.

— Il y a eu un blessé ? demanda Alice.

— Youssef Melik, dit Becquoy, le bras cassé. Déjà l'an dernier. Pour le changement d'horaire.

— Il y en a qui sont prédisposés, dit Mme Lesage. Je me rappelle. Ça s'est passé encore devant chez nous.

— C'est un vaillant, dit Becquoy. Et on y arrive. Allez, je vous laisse, j'ai à faire.

Il avala un comprimé en vidant d'un coup sa tasse.

— Ça vous retourne, hein ? dit Alice.

— Floréal m'a donné de la quinine. Il m'a recommandé d'en prendre pendant huit jours avant.

— Avant quoi ? demanda Alice.

— Ma semaine aux Antilles, dit Becquoy.

Sylvain Lesage baisse la tête et laisse sa femme reconduire le meneur. Il sort les alcools et se demande de quelle bouteille il va goûter, non pas goûter, mais siffler un bon verre. Il y a des jours qui vous pèsent plus que d'autres et qu'il faut brûler. C'est dans une brume chaude qu'il entendit Alice crier après le gamin.

— Rémi ! Veux-tu sortir de là ! Ça n'a rien de bon dans la peau !

Sylvain se leva hors du temps. Rémi quittait l'horloge en fleurs dont il avait arraché les aiguilles.

Chez Vizir

Pour un oui, pour un non, en allant demander un papier aux fonctionnaires de la mairie — c'est de plus en plus obligatoire et fréquent —, il est impossible de ne pas s'arrêter sur le palier du premier étage devant la mappemonde que l'on garde à cet endroit précis selon le testament du donataire de l'hôtel, qui exigea aussi que l'on eût toujours à l'heure et à la place qu'elles occupaient à sa mort les pendules qu'il léguait avec les boiseries et le portrait en pied qui le représente flattant de la cravache son chien de meute préféré : Vizir. On a pris l'habitude de dire que l'on va « chez Vizir ». C'est le cœur de la cité et chacun le prendrait pour le centre du monde si par bonheur la mappemonde nous retenait de déraisonner en nous offrant des constellations de villes dont les habitants ont sans doute aussi des globes terrestres qui leur interdisent de se croire uniques et leur permettent d'imaginer notre existence, si semblable à la leur sous d'autres drapés. La quête de quelque carte que ce soit tourne donc doublement à l'humilité. On est d'ici, certes, mais l'ailleurs est un peu là! Il n'est pas un employé qui ne nous mette en garde et ne nous rappelle nos limites.

Aller chez Vizir donne en écho à notre merci tous les mercis de la terre, et le chemin du retour à la maison passe par le Yémen et la Chine, la Suède et l'Espagne, et l'on surprend à deux pas de chez soi des coins de Prague et de Vancouver, de plus étranges encore avec des déserts en tapis, des gorges pleines d'écume. On entend dans la rue de la Paille des voix du Brésil et de Tartarie. Les jeux du tour de ville ont un air de tour du monde et l'envie vous saisit d'aller prendre le train, si forte que l'on saute dans le premier rapide. Nous sommes pleins de baisers à donner, partout, plus amoureux encore d'en recevoir, les yeux fermés.

SOLEILS D'ENFANTS

Quand il était heureux Victor Brière revoyait en vertige les grandes eaux de Versailles, de Vaux, dont les colonnades et les dômes scintillants soudain s'affaissent dans un bruit flasque, une fin d'ivrogne, car on ferme le parc. En lui, le bonheur aussi, sous une main invisible, laissait retomber son jet d'eau jailli du sable des songes et d'un rapide équilibre ironique et imprévu de ses humeurs. Le frémissement intérieur que nul autre que lui n'entendait si l'on se surprenait à le deviner, parfois, l'arrêtait au milieu d'une rue aussi bien que sur une marche de son escalier ou dans le passage de sa chambre au grenier, comme s'il ne pouvait goûter son chant qu'immobile. Bref, Victor Brière n'était pas plus satisfait qu'un âne dont la carotte qu'on lui présente s'éloigne sans cesse. Il notait cependant ses éblouissements dans un carnet, à leur moment précis, par un rond rayonnant comme les enfants dessinent le soleil.

On disait dans la ville, en le voyant toujours le nez en l'air à la recherche du chapeau qu'il portait sur la nuque et souriant aux anges sous les ailes de sa forte chevelure grise, qu'il n'avait pas inventé le bouton, géniale trouvaille, il faut l'avouer, mais qui n'intéressait guère Victor qui allait la veste au vent, chemise ouverte, et parfois même le pantalon. À vrai dire on ne l'aimait pas : il travaillait aux Hypothèques dont les bureaux à fine éternelle poussière en suspens gardent en retrait du jardin public le silence d'un hypogée. Il grossoyait d'une rare écriture dont usait la municipalité quand elle lançait aux personnalités des invitations pour sa fête de bienfaisance, avant les vacances d'été. Victor bardé de stylos écrivait alors avec des plumes Sergent-Major qui permettent les pleins et les déliés. Il en avait une réserve chez lui, de même que tant d'objets disparus qu'il tenait de sa mère : pinces à linge en bois qu'il offrait quand il entendait que l'on avait besoin de caler un meuble, clés de montre à ne savoir qu'en faire si l'on ne les utilise pour ôter les points noirs, et quantité d'épingles chinoises, ressorts, pinces à cravate et vélo, œilletons et capuchons qu'il baptisait en vrac du nom de tirliboudins.

J'appris l'existence de ses soleils par une étouffante nuit de juillet. Je venais de changer de trottoir en passant devant l'hôpital à cause de la molle odeur d'iode qui le baigne et j'enfilais dans ma promenade du soir qui reste ma plus vieille habitude les rues de ce quartier neuf, si vieux en naissant, si gris, que généralement j'évite parce que l'on ne sait pas où l'on est, maisons sans sel ni grâce, de nulle part et de partout, quand je vis de la fumée, une fumée noire à gros bouillons, sortir de la cheminée du pavillon que l'on appelle « les Brière » bien qu'il n'y ait plus que Victor à l'occuper.

— Il y a le feu, pensai-je, et je sonnai.

Personne ne venait m'ouvrir. La rue à lampadaires, jaune sous le violet du ciel, paraissait mener à l'enfer qui est, chacun le sait, surpeuplé de vide et noir comme l'absolu. J'appuyai une nouvelle fois sur le bouton électrique, avec la sensation qu'il était temps de me mettre à l'abri même de cet intérieur qui prenait feu ! Victor parut à la porte.

— Monsieur Paris ! dit-il. Comment va monsieur votre père ?

— Bien, dis-je, mais avez-vous vu ? Il y a le feu !

Je l'entraînai au milieu de la rue et lui montrai sa cheminée.

— Diable ! dit-il. J'en mets trop.

— Vous chauffez par cette canicule ?

— Eh oui, ça me détend ! Entrez donc. Vous êtes très aimable de penser que je pouvais griller, finir moi aussi en fumée, mais je n'y tiens pas, j'ai le temps, vous tombez bien, j'avais envie de trinquer avec plus drôle que mon reflet.

— Pardon ?

— Je n'ai que moi devant la glace ! Ah, vous êtes jeune, vous pouvez encore supporter d'être seul ! Vous n'êtes pas marié ? Vrai, je l'aurais su ! Comment va madame votre mère ?

— Bien, merci.

— Quelle chance d'avoir des parents qui comprennent ! Les miens ne m'ont jamais laissé sortir. J'en profite maintenant.

— J'ai vingt-cinq ans, dis-je.

— Mon Dieu, que le temps passe !

Dans le salon de Victor Brière, le feu dans l'âtre sous un miroir étroit d'une hauteur de guillotine avait de tels éclats qu'il paraissait aboyer. Tout s'en éloignait, la table à pieds tournés repoussée contre le mur, le tapis roulé, le plancher jonché d'albums, de carnets, de liasses de feuilles, de petits bouts de bois et de cartons à chaussures.

— Excusez-moi, dis-je, j'avais cru à un début d'incendie, involontaire évidemment.

Sur la chaise la plus proche du foyer une bouteille et un verre n'avaient rien d'une nature morte, mais vivaient de cent reflets, s'emplissaient, se vidaient par enchantement. Victor sortit un autre verre du buffet à moulures.

— Chambré à souhait, vous allez m'en dire des nouvelles.

Je ne bus qu'une gorgée de ce bordeaux qui tournait au grog.

— Asseyez-vous, dit Victor Brière en remuant braises et cendres avec des pincettes, et ranimons la flamme. Pas du tout, vous ne me gênez nullement ! Vous êtes comme les autres, vous croyez me surprendre dans un moment d'ivresse ! Je le vois bien à leur regard. Ils pensent que je suis en pleines délices au beau milieu d'une rue ! C'est à côté. À chaque fois.

Il prit une feuille, la parcourut d'un clin d'œil et la jeta au feu avec quelques brindilles.

— Des souvenirs dont vous ne voulez plus ? demandai-je.

— À vrai dire, je ne me rappelle rien, quand je relis les vieux carnets où j'ai tout noté de mes faits et gestes. Quelques images seulement viennent à la surface, aussi inconsistantes que des bulles ou des jets d'eau qui subitement retombent et laissent le ciel fendu. Je me suis aperçu de cela récemment. De même pour ces dossiers dont j'ai pris le double et que je pensais qui m'intéresseraient pour l'histoire de la ville, donations, rapts, captations, qui me sont tombés sous la main. Tout cela, monsieur Paris, n'a plus de sel.

— Mais vos grands moments? dis-je. Les malheurs...

— Les bonheurs, voulez-vous dire?

J'appris ainsi l'existence des soleils, et il feuilleta devant moi d'anciens éphémérides où surgissaient les zéros à rayons. Il releva la tête et parut chercher.

— Avez-vous déjà vu Versailles, l'heure où l'on arrête les Grandes Eaux?

Il jeta le carnet dans la cheminée, prit une rame de papiers défraîchis qui étouffa le feu. Il la retira d'un coup de pelle et dégagea les feuilles une à une. L'âtre dont il rejetait les cendres de côté était plein.

— Je poursuivrai demain, dit Victor Brière. N'ayez donc aucune crainte si vous me voyez lâcher des tourbillons par le toit! Une fois encore, comment vous remercier? Sachez que personne ne se soucierait, au contraire, de me voir partir en fumée avec le bâtiment! Ma cour isole et protège les voisins immédiats!

— Vous pensez que l'on vous déteste? dis-je. J'aimerais savoir pourquoi? Vous vous faites des idées.

Il ne me répondit pas d'un long moment, puis :

— Regardez, dit-il en me tendant un carnet d'une année lointaine. Celui-ci est plein de soleils ! Un automne éblouissant, eh bien, je cherche pourquoi ? Aucune réponse.

— Pour qui ? dis-je.

— Pour moi, à coup sûr. J'aurais dû noter le détail. Je sais seulement qu'ici à dix heures du matin, là à minuit moins dix, tournez quelques pages, et ce jeudi au début de l'après-midi, j'ai été parfaitement heureux. Je suis même certain que j'étais sur le point de tout comprendre, de l'intérieur, et jusqu'au fond du ciel. Une certitude, monsieur Paris, mais de quoi ? Et plus rien, soudain.

— Vous avez compté ces moments ? Il me semble que vous en avez eu beaucoup. Vous êtes sous une bonne étoile !

— Parce que j'y ai fait attention, dit Victor Brière.

— Il vous en reste donc quelque chose ?

— Dans la mesure où l'on a l'impression de surprendre parfois l'une de nos vies antérieures.

Il serra les lèvres et brusquement me reconduisit à la porte. Il ne faisait pas de doute qu'il était sincère, mais dérangé. Je rentrai chez moi par la nuit suave qui avait des mouvements d'air laineux et me rappelait le balancement de l'écheveau tendu sur les poignets de ma grand-mère devant ma mère qui en pelotait le fil. Au moment de m'endormir je revis Victor Brière, son chapeau coquin sur la nuque, la veste en voile, déambulant sans souci des passants, le nez humant un autre monde, au-dessus de celui-ci, parfumé de fleurs inconnues, et je l'oubliai pendant quelques jours. Je retrouvai Victor Brière chez Caracalla dont l'enseigne de coiffeur laissait tomber d'une boule d'or une queue de cheval. Par le goût du théâtre qui nous travaille on avait gauchi, ou si l'on préfère redressé, son nom de Canacalla, mais ses pratiques l'appelaient Henri, selon son désir et la mémoire d'un ami qui l'avait quitté. Il tenait dans la ville le lieu de la plus pure communication, beaucoup plus intime qu'à la brasserie, allant même jusqu'à l'abandon que l'on imagine au confessionnal, mais sans remords, de don simple et naturel, sans crainte, bien que l'on pût penser quelquefois que l'on confiait son cou à un homme qui d'un coup de rasoir pouvait le trancher. Cela faisait aussi partie du plaisir, de même qu'avouer dans cette tiède lumière de lingerie des pensées secrètes ajoutait aux fragrances en espalier du salon de Caracalla. J'avais surpris Victor Brière, dans la plus belle de ses messes noires, la nuit du feu, et je pensais aussi que c'était un secret entre nous, mais j'allais comprendre que n'importe qui aurait pu appuyer sur sa sonnette et qu'il l'aurait reçu comme moi, sans façon; il n'avait rien à cacher. Sans détourner la tête il me regardait dans le miroir, assis dans le fauteuil voisin, livré aux ciseaux qui poussaient des cris d'oiseaux dans sa tignasse.

— Il m'a fallu trois nuits pour en venir à bout, monsieur Paris, et pour ainsi dire me repeupler.

Henri leva son peigne et je restai moi-même interdit.

— J'ai fait le vide, dit Victor. J'ai brûlé mes souvenirs, mes notes, les photographies, famille et régiment, des dossiers qui me pesaient, tout ce que j'avais amassé d'écritures et de comptes. C'était un rempart, et moi, tout petit, perdu au milieu de cette forteresse ! J'ai l'impression que maintenant le monde est à moi. Je respire. Je ne suis plus seul. M. Paris a assisté au jour de ma seconde naissance. Je vous remercie encore d'avoir cru que j'étais menacé. Henri, ne faites pas cette tête !

— Vous avez brûlé vos parents ? s'écria le coiffeur de sa voix claire.

— Ils avaient bien jauni ! dit Victor Brière. Je regrette de ne pas l'avoir fait plus tôt.

— Et vous vous sentez à l'aise ?

— Comme chez vous, où l'on est soi, sans jouer, sans salamalecs, ouvert. Vous me coupez bien les cheveux, vous allez les balayer ce soir, et mes crins sont vivants ! Oui, il faudrait un coiffeur définitif.

— C'est-à-dire ? demandai-je, inquiet de soupçonner une pensée suicidaire, noire à tout le moins, chez Victor Brière qui cependant souriait.

— La mémoire, mon ami ! C'est la vraie maladie. Quand je songe que je l'aidais, que je l'ai soutenue pendant plus de quarante ans !

— Vous m'avez dit que vos signes et consignes ne vous disaient plus rien !

— Je viens seulement de l'apprendre ! Je croyais qu'elle vivait toujours. Mais non ! Ah, mes amis, j'ai maintenant une fraîcheur d'animal !

— Quel parfum ? demanda Henri. Quand vous venez le jeudi, c'est la violette.

— Changeons ! dit Victor en désignant au hasard

l'un des vaporisateurs perchés sur une tablette en marbre comme des volatiles de cauchemar, déséquilibrés par la touffe rouge de leur queue. Celui-ci !

— Jasmin, dit Henri en ajoutant un petit bruit de baiser.

Nous laissâmes partir Victor Brière après la lotion, et le coiffeur parut le chasser encore en secouant sur le pas de la porte la blouse dont il l'avait entouré. Je demandai un léger rafraîchissement, n'ayant nul besoin d'une coupe et venu là pour le plaisir de goûter une trêve.

— Ça ne fait rien, dit Henri, mais imaginez le monde peuplé d'ostrogoths de son acabit ! Quel zoo, mes enfants !

Comme je ne disais rien, Henri reprit sur un ton naturel :

— Monsieur Paris, peut-être que nous lui ressemblons, par un côté ! Peut-être que nous ne le savons pas, et que lui le sait ?

— Je l'aime beaucoup, dis-je. Je me demande seulement pourquoi il a choisi les Hypothèques ?

— Il en faut ! dit Henri. Ça prouve qu'il y a partout du meilleur et du pire. Il a donc brûlé sa famille ?

— Des souvenirs inutiles, dis-je. Ça nous prendra peut-être aussi un jour.

— Vous avez de drôles de pensées, dit Henri. C'est vrai qu'on ne fonctionne jamais que sur l'exemple ! À votre place j'oublierais tout cela. Oh ! ajouta-t-il en riant, voilà que je dis comme lui ! Vos cheveux sont féminins, monsieur Paris. Une petite friction ? Mon eau maison ? À la bonne heure ! Vous voyez, je ne ferai qu'une remarque. J'ai l'impression que Brière se laisse aller, sous le couvert de faire une action d'éclat !

— Tout au plus son ménage, dis-je.

— Taratata ! Si j'en faisais autant, moi, savez-vous ce qui arriverait ? Je ne veux pas y penser !

Sa voix avait filé en chandelle.

— Non ? dis-je.

— Évidemment, reprit Henri. Vous ne croyez pas que l'envie ne m'a jamais saisi de leur couper le cou, à tous ?

Je le détaillai dans le miroir. Pouvait-on offrir un visage plus calme, un peu passé, des yeux de biche aussi limpides ? Et ces mains transparentes, ces poignets de jeune fille ? En effet, je le voyais tout à coup à la une des journaux. Je me regardai. Je portais aussi une drôle de tête.

— L'important, dit-il, c'est de se retenir. Oublions tout cela. D'ailleurs c'est ma devise, oublier. Sans quoi je ferais se battre les montagnes. Avec ce que j'entends !

— Par exemple ?

Il n'y avait rien à faire. Je n'avais jamais pu lui tirer les vers du nez.

— Victor Brière est un original, vous savez. Quand je ferme le dimanche midi et qu'enfin je peux faire mon tour il m'arrive de le rencontrer, son chapeau en bascule, ses petits pas ! C'est vraiment une figure. Il nous manquerait.

Henri se lança dans une description de Victor Brière comme si je ne l'avais jamais vu.

— Je suis certain, je suis certain que sous ses airs

de ne rien voir, il n'en perd pas une bouchée et qu'il doit tout noter. Avec ses quatre stylos à la pochette. C'est sa fleur à lui ! Voulez-vous dire à monsieur votre père que j'ai reçu des pierres d'alun ? Mais voyons ! portez-lui-en une. Nous réglerons cela à sa coupe de fin de mois. Oh ! le baromètre monte encore !

Il le cogna gentiment du revers de la main, comme un bon ami, et il m'accompagna jusqu'au seuil. Je me retournai. Une main en visière, il regardait de l'autre côté. Sans doute m'avait-il oublié, déjà ! Sous la fleur de soufre sinueuse répandue au bas de sa devanture pour éloigner les chiens, l'officine de Caracalla avec les vitres à petits carreaux de sa façade en bois lie-de-vin, légèrement bombée, et la monture d'or de son enseigne paraissait la proue d'un navire de la Royale saisi par un haut-fond et caressé par les algues. Le ciel avait les plis de la mer, et Caracalla voyait comme moi au bout de la rue d'une étroitesse de jetée s'immobiliser un gros soleil rouge.

Le chemin du Sycomore

Les fruits ailés tombaient du sycomore sur le panama d'Iris Church. Du bout de son pinceau elle en chassait aussi qui venaient se coller sur le paysage qu'elle peignait, œuvre dont la vente aux touristes allait payer son loyer, à l'hôtel de l'Aiguille, bâtisse aux paupières tombantes où l'on peut lire dans le vestibule une notice qui rappelle en caractères gothiques que dans l'escalier une bourgeoise énamourée se précipita et recousit en août 1566 les chausses du duc d'Albe. Ce prince en route vers l'apaisement des Flandres lui creva un œil pour lui souvenir d'oublier qu'elle l'avait vu tomber, et entrevu sa nudité. Iris Church restait américaine mais faisait partie de la ville. Elle était arrivée en visiteuse pour une journée, il y a soixante ans, et n'avait jamais pu repartir, ni quitter sa chambre d'hôtel qui donne du haut du toit sur un jardin de tortues et de paons aussitôt devenu sa spécialité avec le chemin du Sycomore, prouvant à haute couleur que la vie d'artiste n'est qu'un perpétuel approfondissement. L'esprit léger y voit ressasse-

ment, battement de papillon sur une fleur épuisée, mais Iris Church plantait son chevalet, que ce fût à sa fenêtre ou sur le chemin, avec le sentiment toujours frais d'une première fois. Elle préférait cependant le chemin à la chambre parce qu'il est vulnérable. Les trois clochers, les cent vingt toits et leurs antennes, les huit arbres qui sortent des murs n'ont pas qu'affaire à tous les ciels. Iris défendait surtout ce coin contre les envahisseurs. Il ne se passait pas de semaine en effet qu'un aquarelliste japonais, une pastelliste germanique, un barbouilleur de banlieue ne vînt s'installer sur la promenade du rempart, à l'angle où trône le sycomore.

Iris se levait de son pliant, allait examiner leurs travaux, leur donnait des conseils, suggérait des retouches, affirmait qu'ils étaient faits pour d'autres motifs, les asphyxiait de théories, finissait par leur raconter sa vie, à chaque fois nouvelle, et ces inventions spontanées formaient le plus clair de ses aventures. Étonnés et lassés que cette grande femme sèche en ait tant connu et qui paraissaient encore inépuisables, les uns reprenaient leur bagage au milieu de son discours, d'autres la suivaient à son chevalet et trouvaient en effet avant de s'éloigner qu'elle était insurpassable et que l'endroit n'était qu'à elle.

Je l'ai connue dans ses dernières années. L'une de ses toiles est chez moi, retournée comme j'aime, dans une pile d'œuvres au bas d'un mur. De temps en temps je la prends. Je n'y reconnais pas la ville vue du sycomore, mais c'est beaucoup plus beau. Je m'y sens bien. C'est quelque part, au milieu d'un songe, et ce songe est au milieu de ma vie.

LES ÉPICES

Le bruit courait que dans cette maison il s'était passé des choses. Lesquelles ? Personne ne pouvait préciser le drame qu'elle avait abrité, inceste ou suicide. Et dans celle-ci, un peu plus loin, il s'était passé d'autres faits beaucoup plus mystérieux. Messes noires, laissait-on entendre. Dans la rue de Venise on regrettait qu'une plaque n'apprît pas au flâneur que J.-J. Rousseau avait passé une semaine au numéro 19 qui était le 7 de son temps. Un peu partout l'on cherchait à enrichir, que dis-je on cherche toujours à célébrer, la moindre façade ou à lui faire protéger des abîmes. À côté du pavillon du Mouchard, un chauve à barbe bifide qui se charge pour la bonne conscience des autres d'écrire à lui seul un flot de lettres anonymes, se tient derrière une palissade en jonc une maison de bois d'un genre de bord de mer — on la découvre surtout par l'arrière sur la ruelle aux Épices. On l'appelle la maison du Parisien. Quand on l'évoque l'œil s'affole, le nez se pince. Il est vrai qu'elle se cache et qu'en même temps elle provoque. Les fenêtres en sont souvent fermées. La femme Mouchard va les ouvrir quand le propriétaire lui téléphone qu'il vient y passer une nuit. C'est rare. Aramelli n'aime pas cette résidence secondaire. Elle ne lui sert qu'en pensée et, dans les jours sombres, il la considère comme une poire pour la soif. Lorsqu'il y séjourne, la ruelle des Épices est impraticable. Elle sert de garage à l'énorme voiture d'Aramelli, blanche à trompe d'argent. Les gamins viennent l'admirer, la caresser, puis la rayer à longues traînées de silex. C'est une des raisons qui font détester la ville à Aramelli. Depuis trois mois la maison est mise en vente. Aramelli a même failli la jouer au poker, un soir avec une femme qu'il convoitait et qui lui résistait dans un rire éclatant. Aramelli avait trouvé cette maison sur les dires d'un garçon de la ville, un nommé Dubreuil, qu'il faisait travailler par un hasard de production cinématographique, mais Dubreuil reste encore dans l'ombre, toujours attiré par cet Aramelli qu'il méprise et meurt d'envie de moucher. Il n'essaya qu'une fois de lui faire la morale et il pécha, non sans noir plaisir comme toujours. Après quinze ans d'assistanat Aramelli saisit l'occasion que lui offrait la Compagnie des Caméras et prit la qualité de metteur en scène dans un film sexo-noir qui arriva au plus gros de l'inflation pornographique et passa inaperçu. Les habitués des salles gluantes ne retinrent évidemment pas son nom, mais comme le cinéma de ce temps-là tirait de ces spectacles le plus fort de ses recettes, Aramelli put continuer et passer en tête du « box-office hard » avec ce que l'on baptisa son chef-d'œuvre : *Sois bête et ouvre-*

toi, où il avait eu l'idée de montrer « pour la première fois en France » des séances de plaisir avec nos frères et sœurs inférieurs, canards, chiens, chèvres et vaches. Aramelli était devenu un personnage d'importance dans les milieux dits avancés. On l'appelait Carré Blanc et l'on percevait même son odeur quand il apparaissait sur les écrans de la télévision où il était de bon ton d'interroger aussi les repris de justice, les donneurs, les putains des trois sexes, les frappes et les ivrognes.

La liberté voulait entendre les pensées d'Aramelli sur la pauvreté, la faim qui a tendance à devenir la fin dernière d'une bonne partie de l'humanité, le dévouement, Dieu, les dieux, le travail et l'honneur. Il avait réponse à tout et c'était merveille de l'entendre jeter l'anathème sur « la classe de pourris qui me laissent m'exprimer pour avoir elle-même bonne conscience ». Il ne se trompait guère puisqu'elle se plaisait à l'écouter, ravie de ses provocations, de son savant débraillé, de ses colliers et grigris, de ses lunettes perchées à la Rommel sur le casque des cheveux, des puros qu'il gardait entre les dents pour donner son avis sur l'Immaculée Conception, la lutte des classes, le statut des émigrés, la musique sérielle ou le militantisme des vernaculaires, en vingt minutes où l'on arrivait encore à loger six publicités et deux rengaines à la mode. Il logeait maintenant dans un ancien hôtel du Marais que *Sois bête et ouvre-toi* lui avait permis d'acheter, de réparer, de meubler moitié mauresque moitié norvégien, en compagnie d'Anita, cette gamine dont la voix blanche, à frêle fente, à peine pubère, collectionnait les succès au hit-parade : *Mon petit linge, Pissou Poussa, Choisis l'aisselle*. Ils descendaient tous deux régulièrement dans la rue lors des manifestations où la bonne conscience trouve sa jouvence quand elle ne déclare pas qu'elle va prier pour tel ou tel peuple opprimé. Le lendemain du défilé il se faisait projeter par les amis du show-bise en cheville avec tous les reporters les actualités où leur couple était privilégié, mieux en vue que les organisateurs et les têtes d'honneur du défilé. Gonzague Aramelli, aux journalistes qui lui mettaient le micro sous le nez et l'interrogeaient sur le Chili, la Pologne, Le Cap ou San Salvador, dans le salmigondis du jour déclarait toujours la même chose, avec un jeu de formules qu'il avait mises au point avec Ludo Martin son parolier. Laissant un instant sa bouche ouverte, mâchoire inférieure avancée, il se tournait vers la petite Anita et la pressait contre lui.

— Tout ce qui est faible et humilié, la France doit le serrer ainsi sur son cœur. Je ne vois pas ce que je peux dire de plus.

Il ne le voyait guère en effet, car il savait très bien qu'il ne ferait aucun autre geste et n'avait qu'une envie, une fois filmé, celle de rentrer au plus vite dans son décor tapissé de bouteilles de malt, de nus crus et pâles, de posters du Che et de Marilyn. Quand, pressé par d'autres reporters, il lui arrivait de s'écrier : « Ne nous mêlons pas de leurs affaires intérieures, mais soyons prêts », il lui arrivait quand même de s'entendre, d'un instant blêmir devant l'image de son départ suivie d'une mort foudroyante, mais l'idée qui le traversait d'un éclair de devenir un héros dont le poster couvrirait les murs des chaumières s'éteignait, et il se surprenait à avoir la chair de poule. Anita lui glissait la main dans sa grosse ceinture à pierres colorées et le plus fort et plus commun désir du monde le reprenait : vivre sous n'importe quelle couleur, mais vivre, on se débrouillera toujours ! D'ailleurs les sondages lui donnaient raison, qu'il commentait d'une voix désabusée : « On ne peut compter sur personne. »

Anita se répandait en répétant que Gonzague était prêt à tout donner, qu'elle ne connaissait âme aussi généreuse, qu'il n'y avait hélas qu'une poignée d'hommes à son image et qu'ils connaissaient tous deux l'angoisse des minorités.

— C'est diabolique, c'est invivable.

Aussi oubliaient-ils très vite et le plus souvent possible leur sort d'écorchés vifs que l'on venait tirailler pour un oui pour un non, pour toutes les causes, singulières ou générales, où la justice était bafouée, et il était vrai que les appels ne cessaient pas, qu'ils étaient sollicités jusqu'au loin des archipels où ils allaient se refaire le moral.

— J'ai honte, déclarait Gonzague au correspondant des îles parfumées, d'être ici dans l'un des derniers paradis terrestres, quand j'apprends cette nouvelle agression. Je vais rentrer dès que possible à Paris et reprendre la lutte. Pardonnez au guerrier qui se repose ! Quand je songe que la terre pourrait être comme ce coin béni, soleil et palmes, nudité divine des corps. On pêche, on grille le poisson sur la plage, bananes et noix de coco, l'amour sans voiles, gré à gré. Qui donc inventa la feuille de vigne ?

À deux pas, en étoile sous le soleil qui la bronzait, plus nue qu'Ève qui toujours serre les cuisses, Anita se percevait confondue au sable brûlant et sentant tous ses grains se défaire comme la source miraculeuse.

— Debout, lui dit Gonzague, j'ai faim.

Au Tropical où le personnel en mao blanc et boutons dorés servait la clientèle d'un nu non moins luxueux, Gonzague demanda d'une voix forte, pour commencer, du camembert et du brouilly et il eut le plaisir de voir que l'on appréciait son goût aux tables voisines au point qu'on l'imita et qu'il fut une fois de plus fêté. Les verres de bourgogne se levèrent sous les lentes pales des ventilateurs, accompagnés de souhaits de bonheur en toutes langues. Hélas, il fallait reprendre le collier après quinze heures de jet. Sur l'écran du bord on projeta un western qui parut d'une douceur de grand-mère, un conte de lointaine veillée, trois coups de fusil, beaucoup de baisers, un troupeau qui allait et venait. Avant de s'endormir Gonzague pensa qu'il ne pouvait plus y avoir d'intéressant désormais que la voie qu'il avait suivie, fusil peut-être mais fusil-sexe, plus justement sexe-fusil, et le sang ne vient pas à n'importe quelles lèvres. Sa main vivait encore à peine par réflexe entre les cuisses d'Anita, mais il ronflait.

Leur retour des Antilles ou de l'océan Indien, du Mexique ou de Bali, était toujours marqué par une série de soirées où ils montraient à leurs amis les photographies de leur voyage, mais chacun ne s'étonnait pas de ne trouver aucune image d'un temple, d'un site, d'une œuvre d'art, d'un cataclysme ou d'une scène pittoresque. Gonzague ne projetait sur le mur blanc qu'il avait réservé à cet effet dans sa maison du Marais que des vues d'Anita ouverte à tous les vents, de lui-même dans les exercices d'Adam et d'intimités auxquelles s'étaient prêtés dans toutes les positions des vacanciers de rencontre. Certains gros plans toutefois pouvaient évoquer des paysages, forêts, montagnes pelées, grottes sous-marines, reptiles et volcans. L'habitude était telle qu'elle ne soulevait aucune curiosité, aucune remarque que l'on aurait pu vérifier par des travaux pratiques. L'atmosphère était à la fois studieuse et lasse et pouvait rappeler l'usage d'un moulin à prières, une sorte de cérémonie de remplacement, sans fatigue bien qu'obligatoire.

Aramelli traitait ce soir-là un ancien compagnon de sa première équipe technique, gentil garçon au chômage qu'il se plaisait de temps en temps à plaindre et éblouir.

— Tu n'as pas voulu t'élancer sur la seule route que tout le monde fréquente ! Ne pense pas, Dubreuil ! Ne fais pas d'élitisme ! Ou alors ne te plains pas !

— Je ne me plains pas, dit Dubreuil. Je regarde et ça me suffit.

— J'ai horreur de ceux qui ne s'engagent pas, laissa tomber Gonzague. À table ! On commence par des truffes. Elles viennent de chez Fauchon.

Ils les mangèrent comme des radis. Elles étaient en abondance.

— Et maintenant du foie gras. Toujours de chez Fauchon. Par le même commando.

— Le sac de la semaine dernière ? demanda

Dubreuil en rappelant la vague de vandalisme et de vol qui avait roulé sur les beaux quartiers de la nourriture.

— Exact. Il est temps de donner une leçon à ceux qui se croient au-dessus des autres. À bas les privilèges ! Tu vas me donner des nouvelles de ce saint-émilion 69. Ils m'en ont raflé une caisse. Je regrette qu'ils n'aient pas mis la main sur le millésime 70 qui est extra. Celui-ci est seulement très bon, mais sans doute ont-ils eu l'attention de porter aux nues le nombre délicieux que je place au-dessus de tout. Car nous ne les avons pas attendus, en haut lieu, avec leurs symboles et leurs antres trois étoiles, pour savoir que le caviar est de l'œuf de poisson et que le poisson est à tout le monde.

— On a fini le dernier kilo hier, dit Anita.

— Je ne te reproche rien, dit Gonzague et, se tournant vers Dubreuil : Un caviar gris, de première ! Excuse-moi.

Après l'armagnac qui provenait aussi d'une tire, mais dans le 16e, et le café moulu bêtement, et payé, d'une grande surface, Gonzague Aramelli installa Dubreuil dans un pouf en cuir dont la panse de granulés épouse la forme que l'on désire. Sur la table basse en verre à sa droite, Dubreuil remarqua un petit canard en argent, une croix d'or avec un jésus de rubis, une coupe de cigarettes noires, un narghilé, un minuscule mobile à la Calder, une bottine en cristal, un paquet de tabac gris.

— Je ne resterai pas tard, je suis attendu, dit Dubreuil dès que la projection de la dernière œuvre d'Aramelli commença.

— Elle est courte, mais bonne, dit Aramelli. Pas encore dans le commerce. C'est le bout à bout. Manquent la musique et le titre. Je l'ai tournée dans ta bonne ville, oui, chez moi. Je voulais l'appeler *Les épices* mais j'ai changé. *Le jardin de derrière*, qu'en penses-tu ? Quand je dis musique, je ne veux que des bruits, tous les bruits naturels, filés, secs, explosifs, profonds, mouillés, la gamme, quoi ! Pour une fois un accord complet et véridique. Tu me diras si dans tous ces derrières tu reconnais les fesses d'Anita. J'ai voulu un éventail complet. J'achève en les mettant en pyramide, tu verras, comme des melons. Ça va faire un malheur !

Le jardin de derrière regorgeait des plus beaux fruits, en effet, et n'avait pas besoin d'autres fumures, à la chinoise, que celles des agenouillés qui ne cessaient de la produire avec une aisance qui laissait Dubreuil interdit.

— Certaines ont posé des heures, dit Aramelli. Tu n'obtiens pas ce que tu veux sur commande, malgré la préparation, et le travail de la monteuse est sensationnel. Il n'y a que les femmes pour obtenir de tels raccords.

Anita ne perdait pas une bouchée du spectacle.

— Je l'ai vu plus de dix fois, on ne s'en lasse pas. Gonzague est génial.

Il regardait aussi, happé par le mur blanc plus souillé qu'un édicule de gare. Dubreuil en profita pour allonger le bras et mettre dans sa poche le petit canard en argent. À sa gauche, sur une autre table basse d'un Japon récent, où l'on voyait ton sur ton dans la laque le portrait de Mac-Arthur, Dubreuil rafla deux boîtes à pilules sur la douzaine qui traînaient là et dessinaient, de cristal et d'ivoire sur le fond sombre, une précieuse constellation. La dernière image tomba en boucle comme une ceinture que l'on défait et le mur retrouva sa pâleur, une incroyable distance qui tenait à la fois du reproche et du mépris. Aramelli surprit une gêne sur le visage de Dubreuil.

— Le but est atteint, dit-il, rien qu'à te voir. On ne les provoquera jamais assez. Le monde respirera quand on l'aura vidé, quand on lui aura vidé les boyaux. Je suis content que tu sois venu. Bonne chance !

Dubreuil ne prit pas le métro pour rentrer chez lui. Il avait besoin de marcher, de respirer, tête haute, en clignant de l'œil aux étoiles entre les rues encaissées. Devant une bouche d'égout il s'arrêta pour y jeter ses larcins, mais il se dit que c'était stupide, qu'il ferait mieux d'appeler Aramelli au réveil, demain, pour lui demander s'il ne lui manquait rien sur ses tables, foie gras ou truffes, d'attendre sa colère et de lui donner une bonne leçon, en éclatant de rire.

— Figure-toi que j'avais vu, se contenta de dire Gonzague. J'ai piqué le canard rue de la Paix et les boîtes à mouches aux Puces. Tu as bien raison de te faire la main. Ne va pas les revendre dans ces coins-là. Je t'ai sous-estimé, Dubreuil !

Sur la tablette du téléphone public Dubreuil regarda le petit canard en argent, les délicates boîtes d'ivoire incrustées de mouches en ébène et de coccinelles en corail. Tout cela ferait plaisir à sa petite amie. Elle venait de le quitter pour un type qui ne pouvait lui offrir d'aussi beaux cadeaux. Quel jour sommes-nous ? Le 30. Après-demain il toucherait l'allocation-chômage. Il irait traiter son ingrate dans le restaurant qu'elle choisirait, mais oui, le plus cher, si tu veux ! Au dessert, j'ai des surprises pour toi !

— Allô, tu m'écoutes, Dubreuil ? Si tu veux tenir un rôle dans mon prochain film, c'est cent francs de la journée, mais dis-le-moi vite, on fait la queue pour en être.

— Cent francs ? dit Dubreuil.

— Six jours assurés. Il ne m'en faut pas plus. Le temps du tournage. Évidemment, Dubreuil, ce n'est pas moi qui paye, c'est vous ! Je demande ça pour couvrir vos assurances. Ciao !

Cité des Fleurs, bloc des Anémones,
bâtiment 3, escalier A, porte 512

Le dernier crime qui s'est perpétré dans le sous-sol où les huit locataires du 512 vivent sur trente-trois mètres carrés n'a pas laissé de cadavre. Ce fut pourtant une histoire sévère dont les journaux n'ont dit mot, pas même la feuille paroissiale. L'abbé Boron, le vicaire de Sainte-Marie-l'Égyptienne, faisait comme toutes les semaines sa tournée d'apostolat dans l'ensemble des tours de béton qui s'est élevé en un temps record sur le plateau à l'est de la ville, non loin du quartier industriel dont les usines basses et bariolées s'allongent entre de jeunes arbres aux écorces pâles, pour la plupart haubannées dans la terre argileuse. L'abbé Boron arriva dans sa 2 C.V., tourna dans le labyrinthe des cubes blancs que des lettres au goudron distinguent seulement les uns des autres, avec leurs plaques d'émail : « Les Roses », « Les Lys », leurs bacs de sable pour les enfants devant les portes, le damier anonyme et sans fin des fenêtres dont les rideaux sont des lessives qui sèchent, de peu de couleur en général, laissant la vivacité, la nervosité aux radios mal réglées qui lacèrent en confettis acides les programmes d'ondes que l'on dirait captées en oblique. Méthodiquement, en bon missionnaire, le prêtre s'arrête de bloc en bloc, retrouve des adolescents qui l'ont écouté, sans un mot, légèrement intéressés et inquiets. Il leur ressemble. Son œil malgré lui reste méfiant. Pourtant il se sent des leurs, vêtu comme eux d'un blouson, d'une chemise ouverte, le cheveu crêpelé, l'accent faubourien qu'il n'a pas perdu. C'est très curieux, aujourd'hui. Il lui paraît qu'un groupe l'attend au pied des Anémones et il ne fait pas erreur. Ils sont une quinzaine. Le plus jeune n'a pas dix ans. Le reste dans les quinze, seize ans.

— Bonjour Fred! dit-il à celui qui est un pas devant les autres.

— Fred, c'est le 512. Moi, je suis Patrick, le 311 aux Violettes.

Il indiqua le bloc d'un coup de menton.

— Vous savez que Noël approche, dit l'abbé. Il faudra venir à Sainte-Marie. Je vous ai déjà parlé de Marie.

— Justement, dit Fred en passant le seuil du bloc 3. On savait que c'est votre jour. On voudrait vous montrer quelque chose.

Ils lui indiquèrent le bâtiment et le laissèrent passer, mais à peine fut-il à l'intérieur qu'en un éclair l'abbé sentit ses bras retournés. Il entendit le claquement des menottes, dans son dos.

— C'est en bas, dit Fred.

Ils descendirent, tournèrent sous une série de lampes à vaches. Patrick ouvrit le cadenas d'une porte à claire-voie et donna la lumière du 512. L'abbé vit une fille assise sur le sol de ciment entre une lessiveuse et un casier à bouteilles vide. Elle paraissait douze ans, du sparadrap lui couvrait la bouche, enserrait ses poignets et ses chevilles. Les yeux étaient du noir qui suit l'éclair. Il voulut avancer, mais aussi vite que pour ses mains les garçons lui encordèrent les jambes. Il tomba.

— Qu'est-ce que vous voulez ? dit-il.

— On va te montrer. Petit Noël, un jeu chouette.

Ils libérèrent les chevilles de la gamine tandis que les copains lui tenaient les jambes écartées. Fred tira la fermeture éclair de sa braguette. Le rire des autres démantibula l'abbé qui restait surpris par les coups de reins, les bonds de la fille, puis son apaisement. Il la crut évanouie quand Patrick s'allongea sur elle à son tour.

— Elle est des Iris. Une salope qui nous refusait tous, dit Fred à l'abbé. Si tu veux te la faire ? On ne dira rien. Toi non plus tu ne diras rien. Comme tu veux. Elle aussi ne dira rien.

Ils la libérèrent comme après une quelconque partie de flipper et remontèrent saluer la 2 C.V. qui partit en bondissant.

LES LAURIERS

Les jurés du Prix des Sept étaient six. Leur aîné mécontent du dernier vote et dont la rancœur avait tenu un an avait prétexté une attaque de goutte pour ne pas siéger, mais il se tenait au courant des tours par téléphone et donnait son choix d'une voix souffrante. Depuis cinq heures qu'ils étaient en réunion, deux candidats restaient en balance et l'on commençait à regretter que le président, qui l'était par roulement d'une année sur l'autre, n'eût pas droit à une voix double, comme il se fait en d'autres académies. Le déjeuner avait été quelconque et les garçons du Petit Malouin, le restaurant où ils siégeaient, ne cessaient à la demande de leur apporter des alcools pour faire passer à la fois la chère lourde, le temps, les romans indigestes qu'ils avaient retenus et les disputes auxquelles ils croyaient devoir se livrer, pour leur bonne marque.

— *L'auberge du Canard Vert* me semblerait quand même devoir l'emporter, dit l'un de ces messieurs.

Il indiqua la pendule dans le salon particulier et enfumé dont on ne pouvait ouvrir les fenêtres sur l'avenue sous peine de ne plus s'entendre.

— Nous n'allons pas en effet dîner ici, assura son voisin. Résumons : j'aurais bien aimé pouvoir dire qu'avec *L'auberge du Canard Vert* nous allions couronner une œuvre de jeunesse, un premier galop. Hélas, les renseignements, vous les connaissez ! Valère Gallerand est un homme sur le retour qui a déjà commis quelques erreurs. Nous n'allons pas célébrer un grand homme de province ! une histoire de petite province !

Les voix fusèrent autour de la table.

— On peut écrire un chef-d'œuvre à tout âge !

— Pas après une suite de nullités !

— Quelle suite ?

— Vous voyez bien !

— Raciste ! Que vous a fait la province ?

— Notre aîné vote pour *Après moi le déluge*. Nous sommes toujours à égalité : trois *auberge*, trois *déluge*.

— Je trouve qu'*Après moi le déluge* devrait l'emporter rien que par son titre, reprit l'aîné au bout du fil.

Ils burent et recommencèrent à porter les noms sur de petits papiers et à mettre les petits papiers dans une soupière aux armes du restaurant, une galère aux voiles gonflées. Le benjamin de l'équipe dépouillait le vote. Il roulait vers la soixantaine, en rondeur, bien assis sur ses tirages, claquant le fouet d'une langue verte.

— J'en ai plein les urnes, dit-il. Votons à main levée et tirons-nous. Je ne veux douter d'aucun de nous, ici présents.

Tous le regardèrent. Son vis-à-vis suggéra :

— Disons à l'aîné qu'il y a six voix pour l'*auberge.* Il sera furieux et demandera l'honorariat. Ne souhaitons-nous pas voir siéger parmi nous enfin une femme ? Elles sont dix à la porte. Faisons entrer la plus jolie.

— À la bonne heure ! s'écria son voisin. On lui fera passer le conseil de révision !

— Moi je préfère le charme à ce qui est transitoire. Et le talent, qu'en faites-vous ? Celle à qui je pense n'est pas belle, certes, et même loin de là, mais enfin l'esprit...

Le tumulte empêcha le vote pendant un certain temps. Dans la salle du bas, les journalistes qui attendaient le résultat jouaient aux cartes, troublés par les paris qu'ils avaient faits sur les deux candidats restants. Il y avait là le correspondant du *Messager picard.* De temps en temps il allait composer un numéro et, de la ville où il avait coutume d'aller passer ses vacances, il annonçait à sa tante que l'on attendait toujours le nom du vainqueur.

— Alors ? demandait Mme Becquerel.

— Aie confiance, répondait-il mais il avait maintenant des doutes et la crainte de voir s'envoler le bon papier qu'il pourrait écrire si le poulain de sa parente ne l'emportait pas, car il connaissait l'histoire et malgré l'affection pour sa tante il ne pouvait s'empêcher de détester celui qu'elle appelait son grand homme.

Il flairait avec délices le scandale qu'il allait lever, en dépit de l'amour pour sa famille. Une fois de plus retournant au jeu de cartes, il revoyait la ville aux feux couverts, aux ambitions dérisoires, aux âmes aussi tortueuses que le lacis des rues. Ses paroissiens étaient là, tous, devant lui, se mêlant aux rois et aux reines de carton qui se recouvraient sur le tapis.

Long de taille et de discours, vêtu étroit, toujours fleuri, le cheveu pensif, la cambrure noble et laissant tomber d'un plissement de front son monocle à cordon noir pour indiquer à ses visiteurs qu'il était avec eux, qu'il allait les écouter avec recueillement, Valère Gallerand ne connaissait toujours pas le succès. Ses écrits atteignaient cependant la pointe du département où son gendre possédait une auberge : « Le Canard Vert ». Ses livres étaient en bonne place au salon. Les voyageurs les empruntaient pour la nuit, mais ne les volaient pas, ce qui est toujours mauvais signe. Le premier ouvrage de Valère Gallerand, *Le soir tombe*, resté dans l'ombre, fut suivi d'un roman d'amour, *Le jour se lève*, dont l'insuccès lui empesa l'âme définitivement, et il se mit à écrire des pensées amères. C'était quand même le héros de la place d'Armes. Il avait hérité de son épouse défunte, dentiste d'un fin doigté, femme digne, travailleuse et retirée, l'une des demeures en demi-cercle qui forment le plus bel ensemble architectural de la ville. Valère Gallerand avait gardé pieusement le cabinet dentaire. Il y entrait quelquefois pour songer au passé, changeait sur les plateaux de verre les pinces et les daviers, inclinait le siège mécanique, tirait la fraise au bout du bras articulé, reprenait les gestes de la disparue, soupirait et regagnait son bureau à l'arrière de la maison, une pièce aveugle où, pensait-il, l'esprit ne peut se distraire qu'avec soi, mais il recevait dans la grande pièce qui donne sur la place, aidé par Alberte, la chambrière recueillie jadis par l'épouse, qui servait les boissons.

— Vous pouvez disposer !

Alberte s'éclipsait. Le monocle tombait.

— Alors ? demandait Gallerand.

Tant de sollicitude marquait soudain son visage que le vis-à-vis en restait coi, quel qu'il fût. Le plus souvent c'était une femme. Elles raffolaient toutes de la prestance de Valère qui s'identifiait à la hauteur du plafond, au teint pâle et talé des miroirs, à l'aisance retenue du mobilier à cannelures. Oui, comme on s'occuperait à ravir de cette maison ! D'une main longue Gallerand profitait de cet émoi pour réencastrer son disque de verre et fixer d'un œil grossi l'interlocuteur qui hésitait encore un moment à poser sa question, souvent une demande de conseil. Gallerand répondait par une vision globale et pessimiste du monde qui, par d'interminables crochets et rétrécissements, finissait au point demandé : « Que pensez-vous du dernier arrêté municipal sur les stationnements ? », « Que valent les sonnets que je vous ai remis le mois dernier ? », « Mettriez-vous cette enfant dans les mains d'une institutrice publique ? », « Dois-je rendre à mon mari la monnaie de sa pièce ? Voulez-vous m'y aider ? ».

— Ma chère amie, j'ai toujours été sensible à ce genre de déclaration, mais il y a un mais. Je ne suis pas libre.

Il avait dit cela à un certain nombre d'énervées qui n'avaient jamais pu mettre un nom sur la créature qui tenait asservi le grand homme. Certes, toutes avaient pensé à Alberte, bien que cela parût impossible, par une telle disproportion de grâce et de dons entre le maître et la servante. Aucune ruse n'avait élucidé le problème, aucune filature, aucune insidieuse parlote avec Alberte, pas un lapsus de Valère, aucune fouille dans le passé de l'épouse disparue, pas un indice dans l'œuvre de l'écrivain, ni dans les premiers romans où la candeur le disputait à l'immatériel, ni dans les récents recueils de morale d'une généralité qui vous laisse sur votre faim.

— Vous ne vous intéressez qu'à vous-même ! finit par dire Mme Becquerel. Vous ne voulez surtout pas troubler votre train-train !

— Quelle amertume, Arlette !

— J'en ai assez, dit-elle. Je veux que les choses soient claires. Voici deux ans que je vous pose une question que vous éludez, depuis la mort de Louise que j'admirais et dont je suis certaine que vous ne vous souciiez pas ! Oui, oui, vous allez me montrer une fois encore son cabinet resté intact, comme elle l'a laissé, exactement dans le même état. Cela ne prouve peut-être que le regret de ne pas l'avoir assez choyée de son vivant.

— Seriez-vous venue pour me faire une scène ? dit Gallerand. Je ne les supporte que dans les livres, et encore ! Je ne vous reconnais pas, ma chère amie. Ou plutôt je vous découvre.

Le monocle était tombé.

— Je pars, dit Mme Becquerel, mais je vous aurai vidé mon sac. Vos livres sont illisibles. Votre maison n'est qu'un héritage, vos grands airs ne m'en imposent plus. À personne d'ailleurs. Votre gendre lui-même...

— Un homme exquis, dit Gallerand. D'ailleurs ma fille...

— Parlons-en ! J'ai passé le dernier dimanche à leur auberge. Vos livres larmoyants les font rire !

— Madame !

— Voilà la vérité ! Et le fin mot, je vais vous le dire. J'ai cherché et trouvé ce que vous êtes.

— J'aimerais l'apprendre, dit Gallerand qui lui ouvrit la porte pour la voir disparaître au plus vite. Comment ai-je pu vous écouter pendant des mois sans soupçonner vos délires !

— Onaniste ! s'écria Mme Becquerel en s'élançant vers l'escalier.

Elle reprit souffle en atteignant le bas des degrés.

« Comment peut-elle savoir ? se demanda Gallerand immobile sur le palier. Certes je le suis, mais n'est-ce pas la manie la plus secrète ? Me suis-je jamais livré à un quelconque regard ? Cette Becquerel aurait-elle un flair si développé ? Ressemblerais-je à son mari qui précisément, peut-être... se satisferait de cette façon et lui mettrait la puce à l'oreille ? »

Tout cela fut pensé en un éclair et Gallerand traversa l'appartement, ouvrit la fenêtre sur la place. La visiteuse était encore devant le porche et rajustait sa voilette. À la voix de Valère elle eut un saisissement mais assez de contrôle pour ne pas lever la tête.

— Nous le sommes tous ! s'écria Gallerand.

Il demeura un moment au balcon de pierre pour la voir s'éloigner d'un pas royal, lent et qui mesure ses offres. La place était soudainement rétrécie, le ciel bas, l'après-midi malheureuse. La ville chuchotait.

Gallerand ne voyait plus à l'entrée du pont, dans le jardin de la mairie, sur le mail, les statues de Hugo et du poilu de la Grande Guerre, le buste de Léon Bayart, inventeur de la présure, et le groupe ailé des archanges sur le parvis de la cathédrale, mais lui-même sur tous les socles et dans la position qu'affectionnait Onan.

— Je vous trouve l'œil bien cerné, lui dit Alberte en lui apportant le potage du soir. Vos pages n'ont pas voulu venir ? Je vous ai entendu qui alliez et veniez.

— Oui, j'allais et venais, répondit sèchement Gallerand. Vous pouvez disposer.

En trois jours il ne put écrire qu'une faible maxime sur la perfidie des femmes, mais elle ne sut le calmer, pas plus que le souvenir du visage en fleur d'Arlette qui d'ordinaire lui était d'un grand secours et donnait un moelleux éclairage à sa rêverie solitaire. À peine s'étonna-t-il de chercher l'occasion de renouer avec sa visiteuse préférée. De toutes c'était la plus franche, et ce constat valait la plus tendre caresse. Valère Gallerand donna bientôt de l'Arlette à la psyché de sa chambre, avec l'impression de ravir à la grondeuse ce qui lui revenait. Il fallait au plus tôt qu'elle lui pardonnât, mais il eut beau faire tous les salons de thé vers cinq heures et les messes du soir, envoyer à son domicile Alberte avec un bouquet, arpenter la ville et se tenir auprès du téléphone, la Becquerel resta invisible pendant des jours et des jours qui n'en finissaient pas. Valère Gallerand commençait à trouver qu'il faisait mauvaise figure. Il n'entendait au bout du fil qu'une domestique qui annonçait avec un certain plaisir que Madame était sortie. Au point où la honte allait percer, que représentait ce dernier effort d'aller lui-même frapper à la porte ? Il était clair qu'Arlette était la lune de son ciel de lit, s'il en avait jamais douté. Aucune autre femme ne répandait le lait céleste avec une telle et si douce abondance.

— Eh bien oui, je suis là, dit-elle en ouvrant au grand homme. Vous vous décidez enfin à être honnête. Pourquoi « chut » ? Nous sommes seuls. La bonne est chez sa sœur, mon mari en tournée, mais vous savez qu'il serait si heureux de vous voir ici. Entrez.

Valère Gallerand s'aperçut alors qu'il avait oublié son monocle. Le fait était si rare qu'il pensa qu'il allait entrer dans une phase nouvelle de sa vie.

— Mettons enfin cartes sur table, mon cher Valère. En quoi vous fais-je peur ? Je suis la seule dont vous n'ayez rien à redouter. Les veuves qui papillonnent autour de vous ne guettent que votre maison. Les bourgeoises échauffées cherchent à voir la façon dont vous noierez leurs feux, pour mettre un casque de plus à leur panoplie. Je suis la seule à ne penser à vous que pour vous-même, pour ce que vous représentez.

— Alors, de quoi vous plaignez-vous ? dit Gallerand. Je pensais aussi que nous avions des rapports d'esprit.

— L'esprit n'est rien, reprit-elle, s'il est sous le boisseau. Vous êtes là comme un épicier, de luxe certes, dans vos sombres rayons, et chacun va vous trouver pour obtenir une pincée de sel. Moi, c'est du poivre ! Je vous veux éclatant, à tous. Je vous le répète, ne faites plus la sourde oreille. Vous viendrez ici à chacune de mes réceptions. Mon mari m'en saura gré. Je vous dis tout.

— Vous vendrait-il pour éponger ses dettes ? Seriez-vous pour lui un bureau d'hypothèques ? Chère amie, moi qui venais avec tendresse et demande d'indulgence ! Et si l'on me voyait régulièrement à vos soirées, que ne dirait-on pas ?

— Que vous seriez mon coquin, et après ? Où est le mal ? Auriez-vous honte de moi ? Suis-je si mal tournée ? Et ne m'avez-vous pas dit que je suis la seule à vous comprendre, la seule à saisir vos nuances ?

— Justement, Arlette. Avez-vous bien encore en tête la scène que vous m'avez faite ? Peu d'hommes auraient passé l'éponge.

— Cher imbécile, lorsque l'on a une illumination, lorsque la vérité vous tombe dessus comme la foudre, vous en restez un instant saisi et sourd, vous et ceux d'alentour ! J'ai mis quelque temps à m'en remettre, à me faire à l'idée que comme beaucoup d'intellectuels vous faites un minimum de manuel pour l'équilibre, et d'une main toujours aussi égoïste. Je ne vous reproche rien. C'est ainsi. Je m'en accommoderai. Viendrez-vous samedi soir, je donne une petite sauterie ?

— Je viendrai.

Il avait dit cela d'une voix lointaine, le front barré d'une mèche qui soulignait sa vacance, les jambes allongées, si longues et semblant fuir en deux ruisseaux le sombre étang de son corps affalé dans un fauteuil bas. Arlette vint s'asseoir sur le dossier et ils restèrent un moment à la dérive, puis sans calcul, par machinale gentillesse, elle posa sa main sur les cheveux de Gallerand.

— Valère ?

— Oui.

— Je pourrais renouveler votre source. On ne vous le dit pas, mais votre dernier recueil de pensées ressemble à ces gués inutiles, ces pierres perdues dans le lit d'un torrent à sec.

— Mon gendre est un homme très fin, dit-il. Il n'est pas de votre avis.

— Il n'a rien lu ! Il vous a téléphoné cela pour faire plaisir à votre fille. Voyez donc les choses en face !

— C'est un homme exquis, reprit Gallerand.

— Un magouilleur, dit Mme Becquerel. Mon mari en a les preuves. Comme tous les faillis il ouvre une auberge pour tenter une dernière chance. Le chef qu'il a engagé vient de le quitter. Votre fille est obligée de refaire les lits. Le personnel a émigré en face, à l'hôtel du Veau d'Or. Un roman ! Il n'y a plus que quelques Anglais égarés dans la nuit qui viennent sonner pour ne pas coucher dehors ! Et ce n'est pas eux qui prendront vos livres au salon.

— Vous me ferez donc toujours mal ? dit Valère.

— C'est le triste sort de la vérité, dit-elle, mais une fois encore, vous me mentez. Dites que vous ne le saviez pas !

— Si, dit-il lamentablement. Ma fille veut divorcer. Il paraît même qu'il la bat !

Arlette était maintenant devant lui et lui tendait la main. Il se laissa faire et se trouva debout contre elle. Tout était simple, comme à chaque fois que l'on se trouve au fond, au fond des choses et de soi. Le moindre geste vous ramène à la lumière.

— Ne dites rien, mon ami.

Il en était bien incapable. Ce n'était plus qu'un enfant dans des mains maternelles et sur la courtepointe du lit grandiose de Becquerel il subit l'orage, après quoi le souffle revient, dans l'immense paix des chambres dont le silence en demi-teinte à parfum de toile et de vieilles fleurs rappelle des convalescences souhaitées, parce qu'il n'y a plus qu'un présent sans matière dont on ne sait ni le début ni la fin. Le jour n'avait plus de couleurs dans les hautes fenêtres et soudain la pluie tomba, d'un seul bloc. La porte s'ouvrit. Mme Becquerel rentrait avec le sourire, un cahier à la main, habillée, peinte. Valère vit sur lui une couverture écossaise.

— Tu as dormi, dit-elle. Tu n'as pas froid ? Écoute.

Elle s'assit au pied du lit et commença la lecture du cahier.

— *L'auberge du Canard Vert*, c'est un roman, je te l'ai dit. Ta fille, celle que j'aurais pu te faire, en est l'héroïne. Et je la sauve ! Donne-moi ton avis. Bien sûr, j'écris ! Qui n'en a pas envie ? Il faudrait que tu le corriges, peut-être. En tout cas, je te l'offre. Et tu ne voulais pas m'écouter ! C'est un cadeau que je veux te faire depuis longtemps. Vous autres, sans nous, que pourriez-vous raconter ?

Dans la salle du Petit Malouin les yeux se tournèrent vers l'escalier que descendaient les jurés du Prix des Sept. Les journalistes se levèrent sans hâte. Les photographes lancèrent des éclairs et le porte-parole s'arrêta sur la dernière marche, ses compagnons perchés derrière lui à diverses hauteurs. Seul, le pigiste du *Messager picard* le regardait avec inquiétude. Les autres avaient l'œil intrépide et instable des étourneaux.

— Alors ? lança une voix. On a assez attendu ! Qui l'emporte ?

— *Après moi le déluge.*

Les journalistes volèrent vers les fils du téléphone.

— Allô, tante Arlette ?

Comme il se taisait, elle comprit.

— Je sais, dit-elle. Valère m'a appris que l'on n'est jamais mieux servi que par soi-même. Ce n'est pas tout à fait vrai, sans doute te le prouverai-je un jour. Il va devenir la fleur de mon salon. Parle donc de notre *auberge*. Fais-moi un beau papier.

Le Beau Dieu

L'église en gros chien sur la place, avec ce poil verdi des bains dans les mares, dort devant ma fenêtre. Elle attend l'Homme parti seul pour une chasse éternelle. Les pavés ont un creux d'abreuvoir d'où les oiseaux se renvolent dans un bruit d'eau. Nulle enceinte ne s'est plus offerte à la communauté. On fait silence à son approche. On la respecte. Ce sont les pierres les plus humaines dans la carrière de la ville. Servante tour à tour de la Papauté, de la Réforme, de la déesse Raison et du citoyen qui en fit successivement une resserre à tonneaux et fourrage, un théâtre, un cinéma (la séance de minuit était vouée à la pornographie), un garage, un marché où l'on trouvait le meilleur poissonnier, une chapelle ardente pour les catastrophes, un gymnase, une salle de concert, un musée aujourd'hui, le ciel a des attentions pour elle. Sous les dais les plus somptueux il lui passe tous les grands cordons. Elle a bien mérité.

D'où vient sa gravité ? C'est que l'on imagine à deux pas d'elle le beffroi qu'un marchand de biens acheta sous la Restauration pour construire la résidence campagnarde d'un Pair. Il y a des absences ici et là qui pèsent et gauchissent la marche des jours.

Elle garde cependant à son portail un visage qui n'est pas celui de la vieillesse, si souvent beau et dont on ne sait s'il balance entre la connaissance et le doute, mais une figure de l'au-delà. Les yeux ouverts sans prunelles montrent que le dieu ne s'occupe que de soi-même. De temps en temps, sans hélas suivre son conseil, un passant vient l'interroger sur la sérénité. Je le vois qui reste immobile et lui ressemble un instant. Mais il faut repartir.

LES LACAILLE

Méticuleux au gramme près, avec d'étroits rapides remuements de hannetons sur le dos, ne se quittant pas d'une semelle, d'épaules serrées et le regard d'un court rayon, Luce et Fernand Lacaille eurent un fils unique, difficilement venu, l'année des grêlons dont certains atteignirent la taille d'un œuf de poule, l'avril même où ils venaient d'agrandir leur crémerie dans le faubourg nord de la ville peuplé de pylônes à haute tension et, prolongeant ce boyau jusqu'au milieu du jardinet, de transformer l'ancien poulailler en réserve de marchandises. Un store souple que l'on remontait le soir au-dessus des volets de bois repliés portait à la devanture leur nom fripé. Le petit Paul passa les premières années de sa vie, une tétine à la bouche, dans une poussette garnie de dentelles que ses parents laissaient au fond du magasin les jours de pluie et sortaient sur le trottoir, calée par deux briques, au moindre rayon de soleil. Plus tard une des nombreuses filles du Polonais voisin, manœuvre aux docks, promena l'enfant dans le parc du palais et, dès qu'il fut en âge d'aller seul, petit Paul découvrit le monde à l'école où le directeur infligeait lui-même les châtiments dont se gardaient les maîtres. Cet individu violet et fermé montrait que le vin ne réjouit pas toujours le cœur de l'homme. Il faisait tendre la main, paume vers le sol, au paresseux, au chahuteur, à celui qui avait de sales manières, et lui donnait sur les doigts un nombre de coups de règle qui variait avec la gravité de la faute, mais petit Paul ne ressemblait pas aux mauvais bien qu'il les regardât avec de grands yeux que les larmes troublaient. À sa douzième année il entra à l'Institut du Divin-Cœur où les Bons Pères et les Grands lui apprirent les langues mortes et vivantes. Il y montra des dispositions. Vinrent la guerre et la défaite. L'ennemi réquisitionna la Sainte Maison. Paul avait toujours montré, de classe en classe, des dons pour la scène. Les maîtres à qui sa reconnaissance fut toujours vive lui confiaient le premier rôle dans les saynètes de leur théâtre. Il reste aux archives le programme des fêtes de fin d'année. Le nom de Paul Lacaille y saute aux yeux. Comme ses parents ne prenaient jamais de vacances, les congés scolaires de Paul se passaient dans la forêt voisine. Il avait un ami, fils de chausseurs qui dans la hiérarchie du petit commerce sont beaucoup plus élevés que les riz-pain-sel, mais ces derniers sous le sigle de B.O.F. tinrent le haut du pavé pendant l'Occupation. Les Lacaille cependant n'imaginèrent pas d'en tirer parti. Ils étaient humbles. Paul, sur le conseil d'un professeur de musique qui se fournissait chez ses parents, se rendit à Paris et fut reçu par Charles Dullin, dans sa loge, avant une représentation de *Richard III* au théâtre Sarah-Bernhardt, alors rebaptisé de la Cité. Il récita quelques fables de La Fontaine et joua la scène de Sosie dans l'*Amphitryon* de Molière, ravi que le Maître ne levât pas la main pour l'arrêter, mais le priât d'assister à la séance qui commençait tôt, à cause du couvre-feu.

— Demain, allez donc à cette adresse, de ma part.

Paul comptait dormir, après la représentation, sur les chaises en rotin d'une brasserie proche de la gare du Nord. Il en avait déjà usé dans ses visites de la capitale. Sa mère lui donnait un peu d'argent à l'insu du père qui fermait les yeux au retour du fils et ne voulait rien savoir de ces équipées que son cœur n'avait jamais connues ni même imaginées. Il parlait de moins en moins à Paul et le regardait par en dessous. On fermait au cadenas vers vingt-deux heures la gare du Nord pour la rouvrir à cinq, le matin suivant. Paul arrivait à mettre en ligne trois des sièges enchaînés et s'y couchait avec des délices de vagabond. Ce soir-là, il ne regagna même pas la gare. Son voisin d'orchestre l'invita. Il demeurait à deux pas, rue Quincampoix. C'était un garçon de son âge dont les parents étaient loueurs de diables pour les Halles. Dans la cour et les anciennes écuries du vieil immeuble noir, des dizaines de pauvres bougres désemboitaient les colonnes de ces demi-chariots aux roues de fer, encastrés les uns dans les autres, et les roulaient sur le pavé dans un bruit de forge, martelant dès la première nuit le nom que Paul allait substituer à Lacaille et rendre bientôt célèbre : Quincamp. Le premier rôle de Paul Quincamp, celui d'un résistant qui se cache sous une robe, fut un triomphe, car il entrait dans sa nature profonde qui était d'être toujours un autre que lui-même depuis qu'il avait découvert au dortoir et dans les coins d'ombre de la Sainte Maison que son corps préférait être celui d'une femme, étincelante et sombre, d'une fausse maigreur et d'un regard de pâtre comme on l'imagine au plus doux bosquet des bucoliques. Ce nom de Quincamp était la seule griffe de ses mains fines et transparentes et il évoquait à le lire sur les affiches où il prenait chaque saison de plus gras caractères une voix équivoque et pleine de caressantes embûches qui n'était que le moindre élément de son succès. On l'entendait à la radio, on allait le voir bientôt sur le petit écran, miraculeuse nouveauté, on l'applaudissait d'un théâtre l'autre, mais dans la rubrique des faits divers, dans la chronique scandaleuse jamais Quincamp n'apparaissait. Sa vie était toute aux chandelles de la comédie. Le privé ne restait connu que de ses amis qui rêvaient de voir un jour reconnu leur statut particulier. Certains pensaient même à manifester, à claironner que l'homme à hommes devait avoir les mêmes droits que l'homme à femmes et que l'homme tout court, tel que dans sa variété le destin l'avait fait avec le même cœur et le même esprit que les autres. Quincamp n'aimait pas ces ardents car il ne souffrait en rien de son état et il allait d'un ami à l'autre sans penser encore à se fixer, sans laisser d'autre souvenir que caressant et léger. On disait cependant dans la confrérie qu'il s'usait par les deux bouts et qu'il ne ferait pas de vieux os, rongé d'un mal ardent dont on ne savait le nom et qui le tenait autant que les feux de la rampe. Sa jeunesse était oubliée. Sa vie n'avait commencé que dans cette loge où Dullin l'avait reçu, tordu, la chemise rugueuse ouverte, assis devant un pauvre miroir à trois ampoules et la tablette des fards, avant d'aller en roi avec une épée plus haute que lui commander à des armées que deux méchantes oriflammes agitées par des figurants rendaient dans le noir mystérieusement grouillantes et dangereuses. Il se rendait bien rarement à l'épicerie Lacaille pour embrasser sa mère et il se reprochait de désirer davantage à chaque fois que ses parents cédassent leur pas-de-porte. Il chassait vite ce soupçon de honte et s'en voulait tellement qu'il en restait troublé pendant des semaines, puis la boutique s'enfonçait dans le néant. Il redevenait le jeune premier tragique, le prince attendant son royaume, le fils que jamais on n'aurait pensé sorti du petit commerce mais d'un couple royal et poétique. Certains soirs cependant, et dans la loterie des pensées d'avant le sommeil, il entendait sa mère qui lui demandait, comme à chacune de ses visites, quand il se marierait, maintenant qu'il gagnait sa vie. Bien sûr il faut prendre son temps pour tomber sur le bon numéro, mais vous serez tous deux les bienvenus. Ne tardez pas, nous vieillissons ! Ton père commence à sentir son cœur. Il peine, à présent, pour descendre à la cave. Les caisses, les cruches, tout a plus de poids qu'autrefois, et tu sais combien il aime siffler ces airs d'opérette que tu aimais tant, eh bien, je ne les entends plus. Il souffle. Il pâlit pour un rien. En ce qui me concerne j'ai blanchi totalement, tu le vois, mais cela me va bien. Les clients me le disent. Ne parlons pas du commerce de moins en moins libre, de taxes, de notre marge de plus en plus réduite. Un gros-demi-gros vient de s'installer rue du Taureau. Il draine tout le faubourg.

Quincamp faisait bouler d'un coup de hanche le petit Paul qui s'accrochait à lui, puis le Paul grandi, tous les Paul misérables qui s'étaient pourtant assemblés pour faire le Paul célèbre d'aujourd'hui. Alors, ne pouvant retrouver le sommeil, il demandait à son compagnon temporaire de lui donner la réplique et, devant les miroirs dont il avait tapissé sa chambre, il répétait la pièce à venir et, passant au-delà du jeu d'images, il achevait la scène d'amour, de violence, d'abandon ou d'espoir dans les bras de l'ami qui toujours, pour commencer, l'applaudissait. Souvent il s'avouait qu'il aurait aimé voir sa mère tous les soirs, au premier rang du public, mais Mme Lacaille ne sortait jamais de chez elle, où, disait-elle, il y a toujours à faire. Paul savait bien qu'elle ne s'intéressait à rien qu'à son commerce et à son mari. Les Lacaille s'étaient une fois pour toutes enfermés dans leurs rayons et menaient une vie d'abeilles sans fleurs. Ils ne lisaient même pas le journal et se contentaient d'entendre les nouvelles du monde « dans le poste » dont la longueur d'ondes n'était jamais nettement trouvée. Le jour où leur fils leur offrit l'un des premiers postes de télévision en dépit d'eux-mêmes qui trouvaient là une dépense bien inutile, ils se mirent à regarder les émissions du soir, quand ils passaient à table. Ils aperçurent deux ou trois fois leur rejeton dans des extraits qui annonçaient une reprise, une création. Quand les clients le lendemain leur en parlaient, ils ressentaient un petit vent de fierté qui retombait tout de suite et ne les poussa jamais à prendre le train pour aller lui faire la surprise de les trouver à l'orchestre. Les voisins se demandaient quel drame il y avait eu entre eux qui leur avait échappé. C'était simplement la bêtise. Paul en arrivait à cette conclusion qu'il ne pouvait écarter et il en souffrait. C'était aussi qu'il n'était pas des leurs, de même qu'il se sentait sur une voie parallèle à celle du monde. Il avait eu un tel chagrin lorsqu'il avait retrouvé, roulée dans un fond de tiroir, l'affiche de son premier rôle — ne l'avait-il pas lui-même punaisée au mur de la salle à manger, croyant leur faire honneur ? — qu'il avait pensé ne plus jamais revenir à la boutique natale, mais au bout d'un moment la mauvaise conscience l'y ramena. Ce n'était plus qu'un devoir et cela le resta, bien que cette notion le fît sourire. Il ne croyait plus à rien qu'aux fantômes qu'il agitait dans les ors du théâtre. C'était un modèle de travail, de finesse, de ponctualité, mais il s'usait, se dépensant sans compter, et le mal qu'il ne sentait pas, peut-être parce qu'il le désirait, commençait à l'emporter dans ce corps d'apparence heureuse. À ses yeux ses parents étaient restés comme la plupart des humains au stade de l'insecte et certaines nuits de désespoir, en dépit du succès et des salles qui réclamaient qu'il revînt une fois encore les saluer, Paul voyait la terre comme une motte où grouillent, en corne, infatigables et gris, chacun pour soi dans un semblant de communauté, bousiers et boutiquiers.

Cependant les Lacaille qui n'aimaient que leur trou à forte odeur en sortirent un beau jour et ravirent la vedette à leur fils. Ils se retrouvèrent en première page des journaux, de part et d'autre de son cercueil. Paul qui refusait la visite de tout docteur mourut en coulisse un après-midi de répétition, d'une embolie. On trouva chez lui en évidence sur le secrétaire, nouée d'une faveur, une série d'enveloppes « à n'ouvrir qu'après ma mort ». Datées depuis trois ans, elles renfermaient toutes la même feuille à une variante près qui portait le nom du dernier ami à qui il laissait ses livres, photographies, son léger mobilier Charles X et les miroirs avec lesquels il avait eu le plus cher de son commerce. La constante de ces testaments successifs restait le désir d'être enterré dans la concession qu'il avait achetée non loin du caveau de famille, par un amour insoupçonné de la ville qui l'avait vu naître et pour marquer aussi un reproche à ses géniteurs qui n'en pouvaient mais. Il désirait un service religieux dans la chapelle de Saint-Sébastien, non pour honorer la compagnie des archers qui est une spécialité de la ville mais parce que Sébastien reste le patron de ses amis, leur meilleur intercesseur auprès du Divin Maître, comme lui mis à nu pour mourir. La chapelle est en contrebas du mail, au bout des terrains de l'archerie qui voit chaque semaine entre ses palissades de protection le vol des flèches vers les niches de paille.

Les concitoyens des Lacaille furent étonnés par ces hommes bien mis qui emplissaient la chapelle et les quelques actrices qui se tenaient au fond. On entendait leurs noms courir de bouche à oreille, dès que le gros de l'assistance qui n'avait pu rentrer avait reconnu tel ou telle, et le mort recevait une pensée de merci d'avoir offert, que l'on n'attendait pas, un si beau plateau. S'il n'y avait eu les photographes de Paris les Lacaille eussent été oubliés, rejetés par ce beau monde qui avait certes aimé Paul mais se trouvait heureux de cette sortie, par un soleil léger, un ciel qui sentait le chèvrefeuille, le doux frisson des jonchaies. Les compagnons de Paul paraissaient faits au même moule et se pressaient derrière le corbillard en une confrérie élégante et pâle, avec une petite fleur de jasmin à leurs vestons, et l'on était à deux doigts de regretter que le chemin fût si court, avec ses pierres et ses herbes, entre les jardins potagers, qui mène à l'enclos paisible. Ce fut une cérémonie rapide, sans discours. Les Lacaille se retrouvèrent seuls comme par enchantement à regarder les petites fleurs blanches, autant d'étoiles sur le cercueil que les fossoyeurs commençaient à recouvrir de terre. La foule était déjà sortie par la grille plus haute que le mur d'enceinte et qui provient d'un château voisin. (Elle fut offerte par son propriétaire le marquis de Moiselle en souvenir de son fils tué à la dernière guerre.) On entendit un rire de femme, des appels. Les Lacaille se rendirent de l'autre côté de l'allée vers leur tombe future, dont la dalle est faite de trois pierres. Un liseron naissait dans le peu de terre que le vent avait logé dans l'une des rainures. Mme Lacaille l'arracha. M. Lacaille regardait sa montre, un gros oignon qu'il tenait de son père. Il la crut arrêtée et la porta à son oreille. Elle donnait son bon bruit de grillon.

Le ramasseur de fenêtres

Quelques livres, quelques disques, les arbres du jardin, la porte qui s'ouvre à l'ami, les pointes sèches sur le mur à la chaux, les tapis aussi rêveurs et absolus que des enfants, le piano qui montre les dents mais veut jouer, la table où la feuille de papier attire le nuage d'une histoire, tel est le décor, et la substance, de ma vie. Des voyages de gré ou de force, guerre ou noces, m'en ont distrait parfois, mais pour m'y rejeter avec plus de ferveur. La lumière du monde s'est concentrée certains soirs dans une pomme sur la desserte et, bien qu'une ombre déséquilibrât un instant ma bonne conscience, la voix innocente d'un poème me redonnait pur à la nuit.

Mais restons au présent que la cohorte des souvenirs accompagne de toute façon de ses ombres hallucinées. Le sommeil ne vient pas cette nuit. Le cœur de la ville bat par à-coups. Quelqu'un souffre et le noir a des étoiles de fièvre. Je sors, certain de rencontrer, qui scrute chaque lueur entre les persiennes mal closes et les volets non tirés, le ramasseur de fenêtres.

Il y surprend des corps en liberté. Alors, le nœud de ta corde se resserre sur sa gorge, solitude. Il fuit. Il pense à l'aube qui va rire au bout d'il ne sait quelle rue, pour d'autres, innombrables et beaux. Je rentre pour le chanter.

LA GRANDE ARMÉE

Léonce Bürck que l'on surnommait l'Empereur dans le coron plia son journal plein de vols et de mensonges et s'apprêta à faire la sieste. La maison dans le vent d'avril craquait comme un navire et la première mouche annonçait la venue des heures chaudes. À peine avait-il commencé sa dérive qu'un coup de sonnette eut l'éclat d'un sinistre. Léonce agrippa une planche au milieu des épaves et vit ses mains serrées jusqu'au blanc sur les accoudoirs. La sonnette s'agitait de nouveau dans le corridor.

— Je suis là ! lança-t-il en allant ouvrir la porte, peu sûr cependant d'être là, mais Édouarette Touchecoq, sa voisine d'en face, lui donna la preuve qu'il était bel et bien là.

— Vous êtes là, dit-elle simplement laissant ses gros yeux sortis et resserrant le châle qui la couvrait. Dieu, que vous me faites d'angoisse depuis quelque temps !

Elle avança jusqu'au salon et se laissa tomber sur la chaise, les pieds sur le journal.

— Je ne vous ai pas vu sortir, ce matin, monsieur Bürck, ni rentrer. J'étais inquiète. Marin Mouchenne est allé à la poste, plus de dix lettres à la main! Fabienne Desprez au marché. Elle a rapporté un beau canard. Victor Courtecuisse a lavé son trottoir comme tous les vendredis et les enfants Chouin sont rentrés de l'école déchirés comme d'habitude, mais se donnant la main, avec leur air de tout dominer comme leur père, et pourtant pas un ne lui ressemble, on sait pourquoi, quelle différence avec les enfants Bakali, si sages avec leurs grands yeux café au lait! Et vous qui ne sortiez pas! La Wahl a secoué son tapis à onze heures passées! Mais vous êtes là. Je peux rentrer tranquille.

— Rentrez tranquille, madame Touchecoq.

— Je me suis dit : notre Bürck a son jour de passe-passe. Il est jeune, il ne se lève pas, il voyage en fauteuil au coin du feu. Est-ce que j'y vais ou je n'y vais pas?

— Vous avez bien fait d'accourir. Nous voilà tous les deux rassurés.

Elle se leva rapidement et rajusta son châle.

— Laissez, laissez, dit-elle, je connais le chemin!

Il la reconduisit quand même jusqu'à la porte et se demanda si cette pie n'avait pas le don de voir aussi à travers les murs et de tomber toujours comme la grêle sur les fleurs de cerisier. Avant-hier, n'était-elle pas venue comme aujourd'hui et comme il y a quinze jours? Il ne fait décidément pas bon de prendre d'autres façons avec elle! Vous changez de trottoir et elle vous demande pourquoi. Bien pis, elle est sincèrement inquiète. D'ailleurs la réciproque est vraie. Si vous ne l'aperceviez pas entre huit et huit et demie du matin à la fenêtre gauche de son premier, de dix à onze sur le pas de sa porte et de quatorze à dix-neuf derrière le rideau relevé du rez-de-chaussée, c'est que le monde serait à la dernière période de sa plus grave crise, c'est qu'il serait mort pour Édouarette Touchecoq.

« Je ne suis peut-être plus le même », se dit Léonce en retrouvant son fauteuil, et il commença d'énumérer les maux qui le désorientaient, au premier rang desquels il fallait mettre cette envie de dormir à tout bout de champ, qui était nouvelle. Jamais il n'avait eu de somnolence après les repas. Il les faisait d'ailleurs de plus en plus légers. Où était son bel appétit ? À cette heure-ci il devrait être dans sa cave-atelier, et il regarda d'un œil attendri les petits soldats en bois découpé et peint qui remplissaient la vitrine du salon et défilaient sur tous les meubles. Le 6e lanciers dans un coin de la pièce semblait en réserve de l'attaque qui se préparait là-bas, à l'opposé, chez les voltigeurs et les dragons, tandis que les chevaux attendaient leurs cavaliers sous la fenêtre du jardin. Mais quoi ? Léonce Bürck déplaça la chaise qui était devant eux et sur laquelle s'était assise Édouarette. Un... deux... vingt-sept... vingt-neuf ? Il y avait trente voltigeurs ! J'ai découpé trente voltigeurs ! Il alla consulter le carnet où comme le maréchal Berthier il notait ses effectifs. Oui, trente ! Léonce se rendit chez les lanciers derrière la causeuse sur laquelle la Touchecoq s'était affalée sous prétexte de reprendre souffle, l'autre semaine. Il revit le châle qu'elle déployait, ses bras qui tombaient de chaque côté du siège ! Cette fois-là comme les autres elle s'était bien vite remise, elle avait repris bien promptement le couloir de sortie ! Bref, il manque un cheval à l'escadron. En même temps qu'il était gêné d'avoir ces doutes, Léonce cherchait à tendre un piège à sa voisine. C'est bien simple. Il déposerait quelques soldats ici et là en un semblant de désordre, mais recensés. Il sortirait un de ces jours et ferait mine de glisser devant sa porte. Édouarette Touchecoq viendrait l'aider à se relever et l'accompagnerait au salon où il prendrait le temps qu'il faudrait pour se remettre. Elle aurait alors la partie belle pour faire prisonnier le soldat de son désir. Il monta dans son grenier et mit un œil à la lucarne de la rue. Édouarette Touchecoq avait repris son poste d'observation, travaillant à longues aiguilles mais sans baisser l'œil sur son tricot. Ce mouvement mécanique aggravait son allure d'insecte à gros yeux. Pourquoi remettre à demain ? se dit Bürck. À bon inventaire, salut ! Si la Touchecoq diversifie ses rapts il faut l'appâter avec un uhlan qu'elle n'a pas encore, avec un sapeur. Il en sortit de l'armoire qu'il appelait la caserne, car il aimait varier ses champs de bataille et donner du repos à ses troupes, par roulement, allant même jusqu'à dissimuler quelques hommes dans les tiroirs pour les oublier un temps et les redécouvrir comme des rescapés de la Berezina, des ressuscités de Wagram ou d'Eylau. Ses dernières créations étaient un détachement de Marie-Louise dont il avait peint les yeux en bleu et les pommettes en rose pour souligner leur jeunesse. Il plaça l'un d'eux près de la chaise qu'il destinait à la curieuse, sortit et, manquant avec art une marche, il s'affaissa théâtralement sur le trottoir, sans se faire mal, mais en prenant bien soin de ne pas se relever. La Touchecoq se posa près de lui avec la rapidité d'un ange.

— À votre âge, dit-elle, filer comme pour aller en ribote ! Voilà ce qui arrive.

— Ce n'est rien, dit Léonce.

— On dit ça ! Donnez-moi la main ! Alors que vous vous amusez si bien chez vous, qu'est-ce que vous allez donc chercher dehors ?

Elle ne s'étonna pas de le relever avec facilité, tout occupée à l'idée de retourner au salon des soldats.

— Nous avons bien mérité un petit cordial, dit-elle quand elle l'eut installé dans son fauteuil. Il y a plus de peur que de mal, mais la peur n'est pas rien ! Vous m'avez toute retournée. Ah, ne dites pas non ! Je n'ai pas inventé l'eau tiède, mais je sais ce que je sais ! Où rangez-vous votre genièvre ?

— La bouteille est devant vous sur le guéridon, dit Léonce.

— Sans étiquette, ça doit être du vrai, dit Édouarette. Du sans taxe. Vous avez encore des parents à la campagne ? Mais remettez-vous tranquillement, je vous bouscule ! Oh, il faudrait vous secouer par un côté et remettre un peu d'ordre dans tous vos intérieurs ! Regardez ces pauvres soldats qui traînent au pied des chaises, qui fuient dans les coins. Il me plaît bien celui-là.

Elle avait ramassé le Marie-Louise.

— Il est à vous, dit Léonce.

— Merci, dit-elle, mais c'est un jeune gars que

j'accepte, un innocent, un militaire d'occasion, pas un volontaire !

— Ne vous y trompez pas, dit Léonce. Ils étaient tous volontaires pour être appelés. Napoléon ne les a pas volés, comme un aigle les moutons !

— Vous savez tout, Léonce Bürck ! On ne vous appelle pas l'Empereur pour rien ! Merci quand même. Je vais le mettre sur ma cheminée.

Elle but et partit avec le Marie-Louise, laissant Léonce perplexe passer en revue les troupes du salon. Personne ne manquait à l'appel, apparemment, mais dans les jours qui suivirent, la Touchecoq revint plusieurs fois pour prendre des nouvelles de sa santé et il n'y eut plus de doute : trois lanciers avaient disparu. Il revoyait le cabas avec lequel elle était venue et il avait eu beau ouvrir l'œil, il n'avait pu la surprendre sur le fait ni oser lui demander pourquoi elle se déplaçait avec un tel sac pour simplement traverser la rue. À plus forte raison, comment le lui faire ouvrir ?

— Milliard de dieux, grommela Léonce, la vieille fée ! Manque un canon !

Il n'y avait plus qu'à lui faire visite et découvrir ses larcins. Le prétexte était évident : aller la remercier. Léonce n'avait jamais mis les pieds chez elle, pas plus que dans les logis voisins, cette longue enfilade de maisons d'un étage peintes comme des jouets, collées l'une à l'autre et qui ne se différencient que par la couleur de leurs volets. Léonce Bürck ne se dérange pas ; on vient le trouver pour un conseil, une lettre à rédiger, ou pour lui demander s'il ne veut pas céder son bail au cas où il penserait à aller finir ailleurs sa retraite. Avec Édouarette et deux croquants du bout de la rue, ses partenaires d'estaminet, il fait figure à part, entre notable et bouche inutile. Il lui arrive même d'arbitrer des conflits, de donner son avis sur telle ou telle couleur de papier peint, ou tel et tel prénom de nouveau-né qu'un des époux refuse à l'autre. En même temps qu'il tirait la sonnette d'Édouarette la porte s'ouvrit.

— Je vous ai vu arriver, dit-elle en restant sur le seuil et bouchant l'entrée. Vous venez me dire merci, ce n'était pas la peine ! Le jour où nous ne nous aiderons plus, la terre disparaîtra. J'allais faire mon marché. Avez-vous besoin de quelque chose ?

Elle referma la porte.

— Vous ne sortez jamais sans chapeau ! dit Léonce.

— Ah ! le curieux, je sais bien qu'il m'observe. Et qu'il voit tout !

Léonce se laissa entraîner, en écoutant distraitement ce qu'elle était partie à raconter sur le prix des légumes, l'âge qui l'empêche de cultiver ses poireaux dans le jardin de derrière, ses jambes fatiguent et l'appétit se tourne vers les nourritures longtemps rêvées, du crabe par exemple, je ne me reconnais plus...

Léonce Bürck aussi ne la reconnaissait plus. Elle n'était venue le voir qu'après des années passées à l'observer depuis sa fenêtre du premier. Leurs rapports avaient été bons, parce que distants. Il suffit de se toucher pour ne plus s'aimer ! Un bien grand mot, certes, quand on pense qu'Édouarette Touchecoq a tout ce qu'il faut pour vous maintenir à distance, l'œil et le poil jaunes comme certaines bêtes que l'on voyait dans l'enfer de nos livres d'enfants, des bêtes qui ne s'intéressent qu'à des proies déjà faisandées, mon Dieu, pensait Léonce Bürck, dites-moi que je ne suis pas encore au bas bout du déclin ! Et soudain en passant devant chez Bakali, le seul Noir du coron, le seul qui n'avait pas l'air sali en remontant de la mine, Édouarette Touchecoq s'arrêta. On voyait par la baie de la maison le plafond peint en vert de la salle de séjour et la richesse des locataires clouée au mur : une peau de zèbre qui vue de la rue paraissait déployer les nervures d'une immense feuille d'hiver. C'est vrai que le dernier enfant de Bakali a pour marraine Édouarette ! Léonce était venu boire ici, avec tous ceux de la rue, après la cérémonie. C'était le septième enfant de Mme Bakali, née Beauquin, une fille d'ici, que son père ne voulait plus voir après son mariage africain. Le père Beauquin n'existait pratiquement plus pour la cité. Il était quasiment sans poumons depuis plus de vingt ans et sifflait un peu d'air au long des couloirs de l'hôpital où on l'avait recueilli, mais sa descendance respirait avec plaisir, nombreuse et simple.

— Je vous laisse, dit Édouarette, je vais aller faire la bise à mon petit Toussaint. Le 1er novembre ça lui a fait quatre ans.

— Et votre marché ? demanda Léonce.

— Je me contente de si peu ! dit-elle.

Léonce Bürck bénit le ciel de n'avoir pas de compagne et donc aucune inconséquence à supporter. Il leva la main et poursuivit sa route. Un peu plus loin une femme à sa fenêtre s'arrêta de battre un tapis où l'on voyait un calife respirer une fleur. Léonce Bürck atteignit le café des Pyramides où il jouait aux dominos vers les six heures du soir, mais aussi désemparé dans ses plans il se laissa aller au petit bonheur vers la station d'autobus au carrefour du Grand-Crassier, et prit le premier qui se présenta en direction du centre. Les yeux apeurés il traversa l'Égypte et quelques millénaires, l'Afrique pleine de Bakali, la plaine russe où la Grande Armée se couvrait d'horreur et de neige, enfin son limon natal couvert de sucreries et de conserverie d'où Édouarette Touchecoq sortait avec une boîte de petits pois.

— Terminus ! lança le chauffeur en lui touchant l'épaule. C'est bien là que vous allez ?

— Oui, dit Léonce Bürck.

C'était le cimetière de l'est, de l'autre côté de la ville. Il descendit, regarda l'autobus faire demi-tour, happer un groupe en noir et s'éloigner. Le ciel paraissait plus vaste encore au-dessus de l'étendue des lames et des croix. Léonce alla jusqu'à la grille ouverte et rebroussa chemin, saisi par le dégoût. Ce n'est vraiment pas un endroit fréquentable. Il se tourna vers le bois nain qui vient mourir lui aussi au bord de l'enclos et il alla plus avant dans les hauteurs s'y dégourdir. Les bourgeons commençaient à s'ouvrir. Le printemps sentait la peinture fraîche, avec ces riens d'acide et de sucré qui luttent amoureusement, se fondent, s'écartent et se reprennent jusqu'à devenir poisseux. J'aimerais quand même bien savoir ce que cherche cette vieille toupie ! Édouarette Touchecoq !

Il prononça plusieurs fois le nom à haute voix,

comme un policier celui du voleur qu'il recherche, ou comme pourrait le penser un policier celui d'une victime que son assassin expulse par remords. Léonce Bürck finit par s'en étonner et en rire, de la même façon qu'il finissait par se moquer de ses mauvaises jambes, de ses essoufflements qui le prenaient à présent pour un oui pour un non, un rire qui lui servait de morale depuis toujours et de vulnéraire. C'est d'un bon pas qu'il revint à la ligne d'autobus, mais sans avoir envie de rentrer au coron. Il descendit place de la Toison-d'Or, leva le nez sur la statue de Philippe le Bon qu'il ne manquait jamais de saluer comme si le duc restait depuis plus de cinq siècles le souverain des Bürck. C'était jour de foire aux Puces. En escargot sur la moitié de la place les vendeurs offraient leur brocante éparpillée sur des toiles que soulevaient les pavés inégaux. Il y avait là des petits marchands qui tenaient aussi boutique dans la ville, des particuliers en mal de finir la semaine et qui présentaient à contrecœur des objets chéris, d'autres qui nettoyaient leur grenier ou se débarrassaient de souvenirs inutiles, d'anciens cadeaux qu'ils ne pouvaient plus souffrir, devenus porte-malheur. Des adolescents racolaient pour des échanges, briquets, armes qui sortaient d'on ne sait où. Léonce Bürck tournait parmi les étals avec plaisir et se croyait le maître de ces épaves, comme si les vases, les épées, les médaillons, les boîtes de toutes sortes, les livres gâtés, les casseroles avaient été jetés par lui par-dessus bord. Soudain il aperçut un grenadier de la vieille garde, l'un de ses hommes, qui lui présentait les armes entre une pendule sans aiguilles et une seringue dans un plumier. Léonce s'immobilisa et se passa la main sur le front, d'un geste qui pouvait être un salut militaire. Mais quoi ? Sur la méchante toile où le lot en vrac n'était pas mis en valeur, il aperçut l'un de ses voltigeurs dans une soupière. La dignité de la vendeuse, sèche et noire, le genre veuve à bréviaire, faisait ressortir avec plus d'étrangeté encore la condition de ces soldats perdus.

— S'il vous plaît, demanda Léonce qui voulait simplement connaître par quel chemin ses créatures étaient arrivées aux pieds de cette femme (mais qui voyait sa question se dérober, se changer en une demande dont il n'avait nul besoin, comme s'il craignait une réponse douloureuse), s'il vous plaît, madame, c'est combien ?

— Votre doigt tremble, monsieur. Qu'indique-t-il au juste ? L'encrier ? Le fume-cigare ?

— Je ne fume plus, dit Léonce.

— C'est dommage. Il est en ivoire. Usagé, certes, il appartient à mon mari, mais je l'ai nettoyé. C'est une pièce très saine dont je me défais avec tristesse. Vous pourriez peut-être vous y remettre. Il me serait agréable de savoir qu'un objet que mon défunt aimait beaucoup tombe entre les dents d'un homme digne et rangé.

— Qu'en savez-vous ?

— Il me semble avoir l'avantage de vous connaître, monsieur. N'habitez-vous pas de l'autre côté du crassier nord, au coron de la Belle-Amour ?

— En effet, dit Léonce surpris.

— J'ai même vu votre porte sang-de-bœuf austère

au milieu des voisines qui sont criardes, de vert d'orange, de bleu, on ne sait plus quelle couleur inventer aujourd'hui !

— C'est exact, dit Léonce de plus en plus intéressé et désireux de déjouer il ne devinait quel adversaire. (Il lui fallait donc user des mêmes armes.) J'ai voulu pour ma porte la couleur du légume que je mets au-dessus de tout : la betterave cuite.

— Et j'ai vu sur l'appui de votre fenêtre, à l'étage, la misère qui tombe en tapis. Avez-vous quelque secret pour l'entretenir en telle épaisseur? Celle que j'arrose chez moi, un peu tous les matins, s'allonge certes, mais si maigre !

— La misère, dit sentencieusement Léonce, a ses quartiers préférés. Il faut aussi lui parler. Elle aime les histoires. Un jour viendra où l'on découvrira que les plantes nous ressemblent autant que les bêtes.

— Mais je lui parle ! reprit la veuve. Peut-être suis-je trop triste pour elle !

— Je ne me serais pas permis de le dire, reprit Léonce, mais vous touchez le point sensible de tout ce qui n'est pas nous-mêmes ! Le monde attend de nous plus que des soins, un excès de bonté, lequel se traduit par la gaieté. Je traite ma misère par le rire, en lui contant des histoires. Mais j'y pense...

— Vous m'inquiétez, tout à coup.

— J'y pense, reprit M. Bürck. Je viens de commettre une erreur en nous omettant nous-mêmes. Nous nous devons aussi la profonde gentillesse, la drôlerie. Nous devons nous taquiner, nous tirer par la barbichette et nous faire éclater de rire. Oui, nous-mêmes, quand nous sommes seuls !

— Voulez-vous, dit la veuve, accepter ce fume-cigare? Si, j'y tiens. Je suis heureuse que le hasard vous ait porté jusqu'ici. Une amie qui me sait dans les difficultés m'a conseillé de venir ici. Je n'osais pas, j'ai hésité et je vois que je ne suis pas la seule à venir chercher, oh! pas un petit profit, mais un petit complément.

— Une amie?

— Oui, dans le coron Belle-Amour. D'ailleurs, j'essaye de lui vendre aussi quelques objets, des inutilités qui pourraient l'aider doublement en s'en allant.

— Édouarette Touchecoq?

— C'est elle qui m'a montré votre maison, un jour où je lui rendais visite. Vous donniez de l'eau à votre misère. Nous vous regardions de derrière ses vitres, et vraiment, j'y pense tout à coup, vous dites vrai, vous nous avez bien fait rire!

— Elle vous a parlé de moi? demanda Léonce.

— Pas du tout, pas plus que des autres. Édouarette est une renfermée, vous savez. Elle n'a de famille qu'un filleul au bout de sa rue. Elle aurait pu en avoir plusieurs et de cette façon plusieurs occasions d'entrer chez l'un chez l'autre, mais ce qui l'a intéressée, c'était d'avoir un filleul noir! Toussaint Bakali. Elle s'y est prise bien tard. C'est pour lui faire des cadeaux qu'elle vend ses souvenirs.

— Lesquels?

— Ces soldats, ce canon.

— Pourquoi ne les donne-t-elle pas à son filleul?

— Par respect. C'est une pacifique, vous savez. Hélas, je n'en tire pas grand-chose. Je ne sais pas où elle les a eus. On a de tout dans les héritages! Mais elle me les donne au compte-gouttes! Un client m'a dit il y a un instant que c'était un travail d'amateur. La Grande Armée, en tout cas. « Justement », je lui réponds! Mais lui : « Je veux dire un travail léger. On ne plaisante pas avec la Grande Armée. À moins d'être l'Empereur! » Monsieur, ne faut-il pas en entendre des vertes et des pas mûres? Alors, je ne vous vends rien?

— Non, merci, dit Léonce Bürck qui pensait au jeune Toussaint et sentait rouler en lui, bizarrement accouplé, l'attelage noir et blanc du pardon et de la vengeance!

— En tout cas vous me trouverez ici tous les jours de foire. Je veux encore en entendre de toutes sortes. Si j'avais connu cela plus tôt! Voulez-vous dire à votre voisine que vous m'avez vue, et ses soldats? Mais n'ajoutez pas qu'ils ne valent pas grand-chose! C'est une amie. Nous nous sommes connues au dernier carême. Le dominicain qui prêchait m'a semblé dire des horreurs. J'ai regardé la chaise à côté. Une personne de mon âge. Aussi étonnée que moi. Scandalisée, vous voyez? C'était Édouarette Touchecoq. Nous sommes sorties avant les vêpres. Nous avons les mêmes idées.

— Madame, dit Léonce Bürck avec un calme d'Empereur, voulez-vous vendre toute la Grande Armée? Quand revenez-vous?

— Samedi.

— Prenez un emplacement double, s'il vous plaît.

— C'est au premier arrivé, monsieur...

— Bürck, Léonce Bürck. Donc samedi, à la première heure, au pied de Philippe le Bon. J'arriverai avec la troupe. Ne cherchez pas, vous comprendrez. Voulez-vous inviter votre amie Édouarette à passer ? Elle sera de revue.

Rue de Médine

Certaines rues plus vivaces ou troubles que d'autres ont des surnoms : le Raccourci, la Verte, et l'on dit plus volontiers la Médina que la rue de Médine qui n'a pourtant rien de blanc, de clos, de nerveusement musqué, avec un cuivre surpris dans une ombre bleue ou de longs cils musicaux dans le noir violent d'une porte. C'est une suite étroite de maisons neuves qui remplacent l'ancienne voie romaine bordée de façades à poutres qu'un chapelet de bombes égarées détruisit à la Libération. Quelques-uns ont encore connaissance de sa douceur d'aïeule avec un soupçon de chèvrefeuille et le suri félin de son ruisselet central, vieil air de la mémoire sur quoi dansaient les branches des cerisiers. Elle descend avec brusquerie du boulevard de ceinture jusqu'au bas quartier qui connut les teneurs d'étuves, les cardeurs de laine, les dinandiers, mais à quoi bon regretter ? Elle a gardé ce qui faisait le plus pur de son charme. Il est toujours là quand on la prend du bas vers les trois ormes qui se lèvent sur le ciel au-dessus du parapet des remparts vers le vide où l'on pense que l'on va trouver la mer. Si lointaine, à tant de lieues, nul endroit au monde ne la rend aussi présente. On l'entend même, à chaque crépuscule, couchée pleine de désirs, se retournant ivre immense qui vous convie au théâtre bariolé du soir, ou prête à quel départ dans l'aube sans bruit ? Je m'arrête au seuil du boulevard d'un poli d'aile de requin. Je ne veux pas aller jusqu'aux trois arbres qui sont la plus précieuse gravure de la ville avec cette odeur visible de violette. Je ne veux pas retrouver en contrebas les jardins de fil de fer, les champs d'épandage, la trouble rivière indolente, les bois que des champs entament à coups de masses jaunes. J'y laisse régner la mer. Ce n'est pas vrai qu'elle manque à la ville.

L'OISEAU-DIEU

Dans son logis en boyau, ancien couloir du Séminaire vendu par appartements, Clémence Lehêtre révisait la partition qu'elle allait faire sonner à la messe de minuit, mais les notes se gravaient mal dans sa mémoire, distraite par le ciel de fin d'année qui s'en allait en charpie. Bien qu'il fît encore jour, la jeune femme, en deux pas, alla tirer le rideau de la fenêtre. (Elle ressemblait, comme dit Saint-Simon de la duchesse de Gesvres à ces grands oiseaux que l'on appelle des demoiselles de Numidie.) Les toits de la ville avaient pour le crachin cet air indifférent des rocs pour l'écume. Clémence regarda vers l'ouest d'où venaient par bancs les vapeurs froides. Au-delà, la mer se balançait jusqu'à l'enchantement. Elle mit à chauffer l'eau du thé, d'un coup d'aile se passa un peu de poudre sur le visage, regarda sérieusement ses longs yeux bleus et près de la lampe sur le piano reprit l'étude. Naturellement, son regard dériva vers la chaise, là-bas, dans le coin sacré. Sur le dossier restait une veste du bien-aimé. Elle avait décidé de la laisser là jusqu'à son retour. François en avait pris un fou rire et le rire se levait à chaque regard que Clémence portait sur le vêtement pourtant chargé de la tristesse des habits fatigués, pareils à des suaires, avec leurs creux, leurs hernies, les disgrâces laborieuses, mais l'enveloppe usée tendait encore timidement ses manches et rappelait le corps désirable. François? François, là-bas, au fond du Tchad!

La nuit n'était pas la nuit, mais son écume, un froissement de soie poivrée et François Tesselle allait en jeune chien, tête baissée sur le bas de cette robe dont les volants lui donnaient un plaisir qui tournait à l'agacement. Il avait quitté le palais du gouverneur où l'on finissait de préparer les réjouissances, d'orner d'ampoules le sapin qui était arrivé au début de la semaine par avion. Ce seraient le grand repas, les baisers, les chansons, la confusion du profane et du sacré, car le gouverneur, avant de regagner la métropole entre les fêtes, désirait célébrer d'un même coup Noël et l'an nouveau. Les collègues seraient là, les femmes blanches et celles de quelques chefs de tribu. Jaquettes et boubous tourneraient sur des airs américains et l'on ne laisserait à minuit que les lumières de l'arbre dans les aiguilles à peine troublées par le mouvement des pales de l'énorme ventilateur, un engin mi-plante mi-bête, sombre ou clair, qui met au plafond, selon les sautes du courant, la molle retombée d'un bananier ou le dôme d'une méduse. Tesselle était loin de tout, de sa ville, de l'amour qu'il avait rencontré il y avait juste un an, resté là-bas, de l'autre côté de la terre, et qui pendant quelques jours, avec des arrêts pour les dînettes de fortune, l'avait laissé l'écouter à son piano. Ces constructions fabuleuses restaient intactes dans la mémoire du tout frais fonctionnaire, cités idéales que son âme allait retrouver d'un coup d'aile alors que ses mains classaient encore machinalement les dossiers des affaires économiques dont il était chargé, prix FOB, offres d'achat, soumissions. D'une odeur de graisse et de rose, tenace et sans épaisseur, s'élevait le minaret en pain de sucre de la mosquée, dans le dernier emballage du crépuscule.

La chaleur montait du sol, sortait des murs de pisé et l'on allait dans ses tentes flasques que des lampes à acétylène au seuil des cases faisaient remuer et s'ouvrir. Des ânes restaient immobiles au milieu du chemin, leurs têtes dans toutes les directions, ne sachant d'où viendrait la première fraîcheur, et des lampes nues durcissaient au bout des fils dans l'odeur des chèvres. Les acacias invisibles de vieilles urines se levaient avec force le long de grandes masses molles et l'homme pensait aux cuisses noires que la nuit allait lui ouvrir. C'était Noël. Dans une heure commencerait le bal doudou dont le bruit brûlerait la savane, ne laissant que cette cour de sable foulée par les pieds nus, l'arche sombre du ciel dansant sur les chevilles à touche-touche dans le bruit d'os des bracelets et le murmure des danseurs chantant à l'intérieur de leurs grosses lèvres fermées et laissant flotter au ras de la nuit toute une marée d'yeux blancs.

Le jeune homme eut une pensée pour la neige, l'enfant-Dieu dans la paille, Clémence sa bien-aimée qui préludait à l'orgue et l'église mal chauffée, d'un sombre d'étable, qui s'emplissait de fidèles mouillés, d'haleines et de buées, mais ce ne fut qu'une image. Il arrivait au bord du fleuve, que des pirogues traversaient chargées de catéchumènes en longues robes. Une file déjà se dirigeait vers la mission à la suite d'un grand Noir à houlette qui portait en sautoir un agneau.

Les étoiles étaient en place sur l'échiquier. Pas même le doigt de Dieu n'aurait osé y pousser une pièce. François Tesselle retrouva le calme et s'assit sur la berge. De nouveaux piroguiers découpaient leurs ombres d'insectes, venus de l'autre rive où l'on entendait, posés en buissons jusqu'à l'infini, avec de grandes zones de silence poivré, les tam-tams. À l'avant de l'une des fines embarcations brillait une chandelle dans une boule de verre et la rame offrait le même décollement de ventouses qu'un pied nu. Une ville transparente se leva sur les eaux. Prélude et fugue. Au cœur de ces architectures une présence se devinait, qui courait au long des remparts, sautait de balcon en patio, dévalait les escaliers et faisait jouer comme autant de cartes les fenêtres, et soudain le jeune homme aperçut la forme heureuse qui se jouait des étages et des murs. C'était, dans une énorme cage de bambous à dômes, escarpolettes et clochetons, un oiseau rouge, et la barque approchait. François Tesselle fixait le prisonnier, la geôle, et se demandait comment il avait pu un instant, mais si profond, se sentir aller et venir dans la cité merveilleuse, seul et connaissant enfin l'aisance jusqu'à la désinvolture. La ville maintenant tenait par un anneau à la main d'une femme. Tesselle la laissa s'éloigner vers l'allée d'arbres qui borde le fleuve et fait la gloire de la ville. Il se leva et suivit. Dix mille oiseaux dans les boules de feuilles saluèrent tout à coup leur ami qui passait, un tintamarre qui avait la force du feu et faisait du ciel un bouquet de braises.

La femme allait-elle vers la mission, la maison d'un ami ? Tesselle ne l'avait pas reconnue, bien qu'il eût rencontré toutes les femmes des marchands, Noires, Syriennes, Grecques, et il se rendit compte que captivé par la cage il n'avait pas même levé le nez sur la porteuse. Elle tourna vers le palais du gouverneur toujours accompagnée des arbres, une Noire évidemment, si haute et souple, la croupe royale, et voilà, bien sûr, elle pose la cage sur sa tête. Les deux globes électriques sur les pylônes de l'entrée tourbillonnaient dans leurs gangues d'insectes, s'allongeaient, s'écharpaient, reprenaient leurs cœurs de nébuleuses. Les sentinelles à chéchia saluaient d'un garde-à-vous à répétition les invités qui débarquaient de voiture, de bicyclette, du trottoir où les épouses des factionnaires, accroupies, déterraient des chenilles au pied des arbres, les faisaient griller, les assaisonnaient de piment et les offraient à leurs hommes, à leur marmaille, à quelque ami se rendant à son obscur office dans les dépendances du palais. Tesselle rattrapa l'oiseleuse avant qu'elle atteignît la grille où les gardes souriants mastiquaient la chair des larves.

— Madame..., dit-il.

Il ne l'avait jamais vue et ne trouvait pas ses mots.

— Qu'est-ce que tu veux ? dit-elle.

Le tutoiement ordinaire était inversé et le jeune homme retrouvant son aise leva le doigt vers la cage.

— Vous allez l'offrir au gouverneur?

— Pas moi, ma patronne, mais elle a ses souffrances. Elle ne peut plus bouger. Je fais la course.

— Venez, dit-il. Voyons, venez!

— Où tu m'emmènes?

— Parler un peu, dit Tesselle en essayant de l'entraîner, mais elle résistait, son bras libre maintenant la ville de rêve. Portez la cage, mais vendez-moi l'oiseau, dit-il à voix basse.

Il se tourna pour ne pas être vu des gardes et sortit un billet de banque de son portefeuille, puis deux, puis trois.

— Tenez, dit-il en les glissant dans la main qui se referma. Qui saura qu'il y avait un oiseau?

La femme partit d'un rire qui fit voler en tous sens le bengali.

— Tu es fou, dit-elle. Qui dira qu'il y avait un oiseau?

Elle fourra l'argent entre ses seins et descendit la cage. Tesselle ouvrit l'une des portes et saisit l'oiseau qui ne bougeait plus.

— Laisse-la ouverte, dit-elle, on ne me posera pas de questions. Tu es le grand fou. Je te vois souvent passer le soir le long du fleuve, mais tu ne regardes rien, tu ne penses qu'à tes pieds. Oh la la monsieur tout seul!

Elle remit la ville sur sa tête et François la laissa rouler vers le palais, moulée, enveloppée de fleurs vives qui s'ouvraient et se fermaient en passant de l'un à l'autre les étangs lumineux des réverbères.

Il porta l'oiseau à ses lèvres et le lança dans la nuit.

Au milieu de janvier, le courrier lui apporta une lettre de Clémence qui lui parlait peu d'amour mais beaucoup de musique : « Ma compagne. La seule. Ma vraie ville, tu le sais. Je hais les fêtes. Je n'aime que les jours sans histoire. Oui, tu me manques, mais enfin j'ai eu un moment de bonheur. Bien simple, il est vrai. Au matin du Jour de l'an, un oiseau s'est posé sur ma fenêtre, petit, rouge, un cardinal, je pense. Il ne semblait pas perdu. Il m'a regardée un bon moment. »

La tour Clémence

Dominant les arènes et les étuves, elle en a vu de toutes les couleurs depuis le temps des Légions et elle a l'air de nous demander quelles ruines nous laisserons, nous qui disposons de tant de machines et de si peu d'orgueil. Seul le menhir que l'on appelle la Canine de Gargantua, au milieu de la place des Ancêtres, lui en impose, aussi étrange et nu que doit être l'idée de Dieu. Féminisée à la Renaissance par des ouvertures gracieuses, elle reste au point culminant de la ville le belvédère des amoureux. L'amour aime faire l'amour, partout, lit, table, cave, grenier, rue, marches, sous-bois, métro, gondole et couloir aérien. Je vous entends : baignoire et bicyclette. N'oubliez pas les fusées! Pas un de chez nous qui n'ait connu la petite mort sur la terrasse de la tour Clémence, à l'abri du parapet gravé de tous les prénoms, sous les dentelles d'oiseaux et dans le ronronnement de la ville heureuse qui donne en offrande au ciel le plus beau, pour l'instant, de ses couples. La terre n'est pas plus grande qu'une loge de concierge, à l'entrée du Versailles de l'univers. Nous l'avons touché du doigt quand nous avons vu la tour Clémence assiégée par les Asiatiques, les Yankees, le Tiers Monde et le Troisième Âge. Ils se sentent là comme chez eux, avec toujours des retardataires qui prennent nos façons volages et dépêchent leur désir avant de regagner le gros de la troupe et le chauffeur du car qui s'impatiente à la portière. La tour Clémence abolit les dialectes et l'âge, nous rend muets et puissants, signe de la beauté. La municipalité a sans le vouloir facilité son ascension et la domination qui en découle en installant dans le corps de garde du rez-de-chaussée des toilettes publiques. La tripe libérée, l'esprit règne seul au sommet, avec pour unique besoin non le rejet mais l'appétit. Il y a de quoi. La ville offre jusqu'au plus secret de ses jardins clos : celui des dames qui vivent nues dès le premier beau jour et qui savent qu'on les regarde, celui de vieux messieurs qui donnent aux fleurs des prénoms d'autrefois, l'enclos de salades des Pères de la Bonne Parole, les cloîtres dont les arcades vont au pas du soleil, le gazon rigoureux autour d'un rosier solitaire qui trahit une âme hautaine, l'abattoir pavé où des jets d'eau chassent le sang, le gravier des cours de récréation entre les poteaux à filets des jeux de balle, image du Purgatoire, et çà et là, dans le labyrinthe des murs, l'œil aveugle des puits. Le regard de l'amour ne laisse rien perdre de ce fouillis de pergolas, de rocailles, d'allées de cailloux en croix, vies difficiles !, des pelouses où l'on plante chaque année le sapin de Noël. Souvenir, petite mémoire deviendra grande que l'on saute à pieds joints, dans les commencements, tel un fleuve à sa naissance! Prenons aussi les tapisseries potagères que signe nonchalant un ruisseau. Loin des trains à folle plainte et du périphérique monomane, ici, dans un jardin de curé, le nom même de Clémence est écrit en italiques de myosotis et de pensées. Chers noms plus durables que nous-mêmes! À nous toutes les cases du damier, celles des reines et des chevaux, et non moins importantes les désenchantées qui n'ont vu que des pions sans bonheur. N'oublions pas le cimetière à l'écart dont les pièces ne jouent plus, échec et mat.

Mais quoi? Parce que nous sommes insatiables, la tour Clémence s'élève encore. Voici jusqu'aux nues, fleurant la menthe et la pierre à feu, le cri des coqs visible et vert.

VICTOIRE

Un de ces petits matins qui sentent la frangipane, où l'on a tout pour être heureux, poupe d'or d'un rêve de la nuit, soleil levant, santé, plan de travail et où soudain l'envie de sortir vous pousse dans les rues à la quête d'on ne sait quoi et qui vous manque — la mémoire vous fait défaut que cherchent à percer une forme et un nom douloureux et chatoyants à la façon d'un désir que l'amour vous passe sous le nez en s'enfuyant —, je me retrouvai à longues enjambées dans la ville encore endormie. À cette heure fraîche la chaleur est sensible derrière les volets fermés. Les éboueurs viennent de passer et les perspectives ont de la moralité. Les premiers pigeons commencent à incliner le ciel du côté des églises et rachètent leurs pans sombres par de suaves touches. J'arrivai au quai des Frisons quand j'entendis une voix qui appelait une certaine Victoire et qui répétait avec douceur et chagrin, implorante et joueuse Victoire? Victoire! La rivière avait la densité, le mat et rêche de l'abricot. Le soleil coulait dans le même axe et l'énorme tas de sable déversé sur le quai par la voirie qui devait l'épandre sur l'esplanade restait sillonné, démantelé par les motards qui l'avaient écrasé dans la ronde de leurs jeux, la veille au soir. La voix cependant reprit et Justin Chabert déboucha du passage derrière l'hôtel de la Prospérité qui remontait du fond des temps avec son plâtre soufflé sous les torsades des viornes, aussi terrible qu'une face de noyée. C'était un homme sans âge nourri de poireaux et de riz gris, mais parfumé comme une garce dont l'unique aventure, banale pour tant d'autres, avait dérangé la simplicité. Ses yeux, son nez fort, deux mares célestes au pied d'un vergne. On ne le rencontrait qu'aux petites heures, quand le monde se retire ou reste encore enfermé. On ne lui connaissait qu'un costume qui blanchissait avec le temps et se confondait aux murs aimés des giroflées. Premier second grand prix de clarinette au Conservatoire de Paris, il avait fini par venir diriger l'harmonie municipale. Son air inquiet et instable d'hirondelle sur un fil de télégraphe le faisait plaindre des dames et lui attirait des élèves davantage délégués par pitié que pour leurs dons, mais un dimanche de juin, le dernier avant les vacances, alors qu'il présidait l'audition publique de fin d'année, la mère du jeune Édouard Longuet, la fougueuse Édith qui ne faisait qu'une bouchée des fiers-à-bras, vint le remercier des soins dont il avait entouré son enfant. C'est bien simple, elle ne reconnaissait plus son petit démon, la musique l'avait charmé.

— Il est doué, dit Justin Chabert et sans penser au-delà il ajouta : C'est un fils comme Édouard que j'aurais aimé avoir.

— Eh bien ?

— Personne n'a voulu m'en faire, dit-il en souriant, et il est bien tard, à présent.

— Il faut y tenir, monsieur Chabert. On obtient ce que l'on veut, mais il faut le vouloir !

— Veillez, dit-il, à ce qu'Édouard fasse une heure de clarinette par jour. Il n'y a pas de vacances pour nous autres.

Le soir même Édith vint sonner à sa porte.

— Madame ? dit Chabert.

Elle entra, lui prit la main et le silence aux cent bras les emporta. Édith lança seulement un « Oh, mon Dieu ! » en faisant tomber d'un coup de coude le porte-montre sur la table de nuit, une cantinière en biscuit de Creil qui avait porté à bout de bras les tocantes mâles de la famille. Édith Longuet laissa le musicien silencieux mais plein d'accords heureux qui élevaient dans son âme un escalier sans fin.

— Merci, dit-il.

— De rien, s'écria-t-elle. Nous partons pour l'Inde où mon mari est invité par un de ses confrères qui élève une ville ! Un de ses anciens compagnons de guerre et de captivité. Mon mari est un grand infirme, vous savez. Il me laisse ma liberté. Passez de bonnes vacances. Faites de beaux voyages !

— Je ne bouge pas, dit Justin. Si j'avais eu envie de partir je serais resté. Vous avez enchanté ma maison.

Elle le regardait et se demandait par quelle folie, par quel pari souterrain elle avait un instant épinglé ce papillon et elle se dit qu'il n'est pire eau que celle qui dort et que Justin Chabert savait s'y prendre, elle était sa victime.

— Embrassez Édouard, dit Justin.

— Ah, vous connaissez la musique ! lança-t-elle en tirant de son sac un flacon de parfum.

Elle s'en mit un doigt derrière les oreilles. Justin Chabert lut les lettres d'or sur le verre noir : « Grand Fauve ».

En septembre, Justin vit revenir Édouard, mais pas sa mère.

— Comment va-t-elle ? demanda le professeur.

— Qui ? demanda Édouard.

— Votre mère. Elle ne vous accompagne plus ? Vient-elle vous rechercher ?

— Je suis assez grand pour rentrer seul, dit Édouard.

M. Chabert alla soir et matin rôder autour de la maison des Longuet, mais Édith restait invisible. Cela faisait des semaines.

— Votre mère est malade ? finit par demander M. Chabert.

— Non. Elle va bien.

À quelque temps de là, comme la leçon se terminait, Chabert regarda par la fenêtre et aperçut Édith et son mari qui venaient vers sa porte. Ils échangèrent des mots banals sur les progrès du fils. Édith parut pâle à M. Chabert et lointaine, si pressée au bras de son mari. Il les revit encore une ou deux fois ensemble, au hasard des rues.

— Reprenez la dixième mesure, dit le professeur à Édouard et aux vents qu'il avait réunis dans son salon, faites un effort, vous n'allez pas être prêts pour Noël

Ils répétaient un quintette que M. Chabert avait

composé et qu'il allait diriger avec sa clarinette, œuvre qui lui avait demandé des années et restait unique, l'air d'une petite cage où picore un serin stérile.

— Édouard, dit-il, restez un peu. Laissez partir vos camarades. J'aimerais vous entendre seul.

— Oui, dit Édouard, bientôt surpris que le maître lui demande de ranger son instrument.

— Comment va votre maman ?

— Elle va bien. Je vais avoir une petite sœur.

M. Chabert se déchira comme le voile du temple sur un ciel d'orage plein de pluie chaude.

— Comment sais-tu que c'est une petite sœur ? dit-il.

Le garçon haussa les épaules doucement en signe d'ignorance, mais Justin Chabert avait aussi la certitude qu'une petite sœur allait arriver. La tempête s'éloignait et d'entre les colonnes du temple sortait une petite enfant rieuse vêtue d'une transparente robe blanche et qui descendait le grand degré en sautant, les bras tendus vers lui.

— Je sais déjà son nom, dit Édouard. On en parle tout le temps à table.

M. Chabert avait fourré les mains dans ses poches et comptait sur ses doigts, ne doutant pas que dans... ne faisons pas d'erreur... trois mois, il serait père.

— Victoire, dit Édouard.

— Victoire ! s'écria Justin Chabert avec ravissement et comblé.

Il avait l'impression de l'avoir choisi. L'enfant remontait les marches vers la colonnade merveilleuse, priait à cache-cache derrière les fûts cannelés pleins du miel de la lumière. Il dut s'asseoir et, comme il ne disait plus un mot, l'élève Édouard lui demanda s'il pouvait s'en aller. Sans réponse, il hésita, tourna autour du maître et courut vers la porte dont le bruit tira Justin de ses songes, mais il y revint aussitôt, en policier qui a des doutes sur le mobile de son affaire. M. Chabert monta à sa chambre, respira avant d'y entrer, et sa main hésitait sur le bouton de porcelaine. Le premier objet qu'il alla toucher fut le porte-montre dont il avait recollé les morceaux et qu'il avait mis à l'honneur, gratuitement, sans qu'il servît désormais, sur le dessus de la cheminée. La cantinière à pantalon garance et sous la robe à grecque tricolore, son tonnelet à l'épaule, restait grave, un poignard passé dans sa haute ceinture de zouave, et l'on imaginait que cette bande de flanelle bleue était le plus grand plaisir de l'homme qu'elle aimait, soit qu'il la déroulât à n'en plus finir ou la resserrât en faisant pirouetter l'aimée. Édith virevolta un long moment sur les pointes, et la ceinture s'échappa des mains de M. Chabert. La cantinière levait son bras blessé, avec en bourrelet ses deux mauvaises cicatrices de colle. Il ne porterait plus de montre, plus d'heure. Le temps s'était arrêté un soir d'été dont resterait toujours le parfum de chair et d'oranger. M. Chabert se tourna sur le lit fermé et l'enfant merveilleuse commença d'y sauter.

— Victoire ! dit-il à mi-voix, comme s'il se retenait de la gronder.

Elle allait faire la folle toute sa vie, ça se voyait ! Il fallait déjà goûter au bonheur de la gourmander.

La chambre stricte devenait le lieu des fantaisies et

son tapis de corde un jardin enchanté. Justin Chabert qui avait une barbe de trois jours se surprit dans le miroir et s'en voulut d'un tel laisser-aller. Il alla se raser, changer de chemise et s'ajuster pour offrir sa joie à la ville. Les maisons étaient plus hautes qu'à l'ordinaire dans leur théâtre de frontons et d'encorbellements, les rues d'une fougue de torrent, les vitrines d'une opulence à saliver, les passantes pleines de lait, les hommes paraissaient venir du bout du monde, avec une immensité de steppe dans l'œil, et M. Chabert se sentait à cheval sur lui-même, enserrant une monture nerveuse et inconnue. La maison des Longuet cependant lui laissa le regret des auberges pleines qui ne peuvent vous recevoir, dont le patron est navré et ravi. Il alla jusqu'au bout de la rue sonore, revint, s'éloigna de nouveau, fit demi-tour et d'un pas plein de remords laissa derrière lui la façade aux rideaux tissés de hérons et de lis que découvrirait bientôt Victoire dans son premier contre-jour. M. Chabert sentit la fatigue le saisir. Les rues redevenaient étroites et sales, les maisons fatiguées, agrafées de tirants en forme de points d'interrogation, et Justin se demandait si tout n'allait pas s'écrouler sur lui, s'il n'était pas préférable de disparaître avec un monde dont on ne pouvait extraire le joyau, et qu'importe de jeter la perle avec l'huître que l'on ne peut ouvrir ! Justin Chabert se surprit à ricaner avec la même force qu'il avait eue pour chanter Victoire dans son cœur, et le reflux si rapide le laissait assommé. L'idée lui vint de faire des emplettes de bouche pour une semaine, de s'enfermer, de remettre les dernières répétitions du quintette à Noël.

L'enseigne lumineuse d'un sex-shop dont le courant filait au long d'un collier d'ampoules porté par une femme aux reins cambrés le fit changer de trottoir. Il regarda d'un air méprisant un homme à cheveux blancs, à moustache jaunie par le café, qui hésitait à entrer dans l'officine, faisait les cent pas, les mêmes aller et retour que lui devant la maison d'Édith, et il demanda pardon à Victoire de ses pensées. Victoire comprenait tout déjà et lui souriait. Ses menottes posaient de doux oiseaux sur les épaules de M. Chabert, mais il ne se laissa pas séduire. Il avait l'impression que ces quelques heures depuis l'apparition de l'enfant contenaient toute une vie.

— Allons, Chabert, dit une voix qui le fit se retourner, on ne voit plus les amis, on marche dans ses pensées ?

C'était le deuxième cor de l'harmonie, un pharmacien.

— Bonjour, dit Justin. Oui, je rêvais.

— On se fait la belle ?

— Oui.

— Vive le duo ! Gare au trio ! lança le plaisantin, en s'éloignant.

C'est étrange comme les dires du premier venu soudain sont marqués de sous-entendus ! Un trio, en effet. Déjà ! Et que guette la célébrité ! M. Chabert secoua la tête pour chasser ces pensées idiotes. L'autre ne pouvait rien savoir. Personne ne connaissait son aventure, ne pouvait même la deviner ! Cela lui rappela le papier journal poussé par le vent sur la pelouse du jardin public et qu'il avait pris un moment pour un chat, tant les chats le poursuivaient depuis que celui du voisin était venu lui voler sa viande sur la table, un jour qu'il avait le dos tourné. Il aimait pourtant les chats, mais l'un d'eux se faisait haïr et gâtait toute la communauté. Justin pressa le pas et referma bien vite sa porte sur cette ville à crocs. Il ne tint pas cependant ses promesses et reçut ses élèves. Le travail, loin de l'irriter, l'apaisa, et il se demanda si Victoire n'était pas le fruit de son imagination. Pourtant, la semaine suivante, alors qu'il se rendait au bureau de tabac, il défaillit en apercevant Édith Longuet au bras de son mari. Elle avait un ventre énorme et les traits tirés. La première neige était tombée et il trouva très imprudent qu'elle sortît par un temps pareil, au risque de glisser, en même temps qu'il se demandait s'il avait jamais tenu cette femme dans ses bras, s'il était possible qu'elle eût eu l'audace de violer son seuil, de l'entraîner et qu'il se fût laissé faire sans plus de force qu'une paille dans l'ouragan, mais la cantinière recollée venait bien des morceaux du biscuit en Creil sur le plancher de la chambre et ces morceaux d'une statuette porte-montre qu'il avait toujours connue sur sa table de nuit et que l'amour imprudent et brusque avait fait tomber.

Victoire le réveillait au milieu de la nuit et il ne saisissait dans l'ombre que le parfum de la mère qu'il entretenait depuis sa visite aussi miraculeuse que celle de la fille dans les songes. Justin Chabert était entré à la parfumerie de la rue piétonne et avait demandé un flacon de « Grand Fauve ».

— En extrait avec atomiseur?

— Un flacon jaune à lettres noires, des lettres en

forme de griffes, dit Justin. Santal et bergamote, n'est-ce pas ?

Il en pulvérisait sa chambre un jour sur deux et n'avait qu'à fermer les yeux pour retrouver le monstre exquis dont il avait été la proie. Justin qui savait que la distance inspire le respect n'avait jamais touché la main d'un élève autrement que pour rétablir la bonne position sur l'instrument, mais il s'était mis à serrer celle du jeune Longuet et longuement, tendrement, pour les salutations de l'arrivée et du départ. Il lui posait aussi la main sur l'épaule pendant qu'il jouait pour accompagner d'une pression passionnée le mouvement de la mélodie et, n'osant pas lui parler directement de Victoire, il prenait des nouvelles d'Édith. N'était-elle pas fatiguée ? On ne la voyait plus, tout se déroulait-il comme prévu ? Comme Édouard semblait-il se désintéressait de l'état de sa mère et de la venue de sa sœur et répondait à côté, des mots sans intérêt comme « ça va bien », M. Chabert répétait ses questions, feignant d'oublier qu'il venait de les poser.

— Vous ai-je demandé comment va votre maman, Édouard ?

— Oui, monsieur. Bien. Je vous l'ai dit.

— On ne la voit plus.

Alors s'ouvrait l'ombre sur la silhouette heureuse et déformée.

— Elle chante, disait Édouard, et s'arrête pour manger des confitures.

Justin Chabert respirait. Victoire sentait la groseille, la framboise. Elle était dans l'indécence des fraises, dans la gravité du cassis et l'humour de la mirabelle, le précieux de la griotte et l'innocence de la pomme. Elle était le fruit des fruits.

— Elle chante, disait M. Chabert, et vous restez grave, Édouard ! Vous devriez chanter avec elle.

— Il paraît que ce sera un garçon, dit Édouard.

Justin Chabert tomba de son haut, l'âme retournée.

— Comment le sait-on ? Qui l'a dit ?

— Le docteur et mon père, et je l'ai vu.

— Comment, vous l'avez vu ?

— Ma mère me met souvent la main sur son ventre. Il n'arrête pas de donner des coups de pied.

Quand Édouard s'en alla, en filet d'encre sur la rue neigeuse, M. Chabert se mit à tourner en rond autour du piano d'accompagnement qui tenait le milieu du salon. Allons, allons ! Il était certain que Victoire ne pouvait lui manquer, mais quel sac à coulisse, la vie ! Un infirme, un Longuet vous ravit votre bien, mais de toute façon, tôt ou tard, l'enfant lui échappera, à lui aussi ! C'est la nature de l'enfant ! Voyez les tours qu'il vous joue même avant de naître !

— Victoire !

Il se mit au clavier pour se calmer et cela tourna aussitôt à la gloire de la désirée. Les notes se mignotaient, les accords jouaient aux grâces, le rythme emportait l'espiègle au jardin, dans une ronde d'ailes, au salon de son premier bal, enfin sous les lustres de la trentaine, au milieu des hommes. Les mains de Justin Chabert se dérobèrent et la jalousie qu'il ne connaissait pas commença de vivre avec lui, jour après jour. On donna son quintette dans la salle des fêtes de la mairie dans l'après-midi de Noël, et ce fut sans doute l'une de ses plus belles heures. Au premier rang, Édith Longuet avec Victoire dans son ventre souriait aux musiciens. Justin Chabert la regardait à la dérobée, imaginait cette douce peau tendre sous laquelle frappait, pour se forger, Victoire, et cela ressemblait à certain duo fondu qu'il aimait où la percussion du piano double à même hauteur les notes ondoyantes et filées de la clarinette. Vers la fin de l'audition Justin trouva que Mme Longuet était d'une rare insolence à son égard et voulut chasser la pensée qu'elle s'était sur un coup de sang amusée un instant de lui dans l'après-midi où le soleil jouait sur le tapis de corde. Elle se conduisait comme s'il n'en restait aucune trace ! et il la voyait sourire, immédiate et sans mémoire. Près d'elle son étroit mari avait une sécheresse de parapluie roulé et, dans cette salle comme dans la vie, paraissait avec sa tête en bambou d'une digne inutilité. Justin se détourna de lui et revint à sa propre personne. L'idée que peut-être il n'était pour rien dans la venue de Victoire ne l'avait jamais traversé et il se débrouillait avec lui-même quand son corps le travaillait, éloignant, effaçant toute nouvelle femme, comme si la fidélité pouvait être ressentie par l'autre avec l'évidence que possède le remords. Mais la salle applaudissait. Édouard sauta de la scène, courut embrasser sa mère et fit signe à M. Chabert, qui saluait encore l'assistance tout en s'épongeant le front, de venir auprès d'eux. Debout, M. Longuet ressemblait encore plus à un parapluie. Il regardait Chabert qui arrivait les cils battants en se demandant s'il allait baiser la main d'Édith qui restait assise et si la raideur du mari marquait qu'il était au courant de l'après-midi bienheureuse d'il y a six mois, si même il ne l'avait pas suggérée à sa femme. Chabert ne doutait pas qu'il fût l'infirme absolu dont elle avait parlé et le dégoût monta en lui, de se découvrir un jouet, d'avoir été choisi parmi les mâles de la ville comme le plus discret bien que le plus artiste. Ce nuage fou annonçait un ciel encore plus noir.

— Édouard, dit Édith, as-tu dit à M. Chabert que nous partions pour l'Inde ? L'ami de mon mari le prend pour associé. Ils vont élever des villes, des villes entières, à partir de rien !

— Mais..., dit M. Chabert en baissant les yeux.

— Je ferai une jolie petite Indienne !

— Vous partez..., ajouta-t-il, ne pouvant finir sa phrase.

— La semaine prochaine. Tout est prêt. Nous avons déjà un locataire pour la maison. Mon mari veut même la vendre.

Elle se tourna vers le maire qui conversait avec M. Longuet et les invitait à dîner. Par bonheur les mères des autres élèves entraînèrent Justin qui voyait Édith se lever et s'éloigner sans se soucier de lui.

— C'est votre audition la plus réussie, disaient l'une et l'autre. La prochaine fois, ajoutez-nous des violons ! Composez-nous quelque chose à danser. Vous êtes trop discret.

Pris dans les tourbillons de la foule qui s'en allait, M. Chabert en déroute voyait la terre basculer et volait en timide jusqu'aux extrémités. Ne serait-ce pas un non-sens si l'homme ne faisait pas sauter la planète ? Il était au bord du vertige et Mme Pinglot de la droguerie Pinglot et Fils successeurs, qui se retrouvait dehors à son côté, se demanda quel malaise le faisait pâlir et s'asseoir sur le banc couvert de neige qui ceinture le monument aux morts, évasement du piédestal où un homme nu en grès brandit contre le ciel un fusil.

— Vous allez attraper mal, dit Mme Pinglot. D'abord un rhume de sept ans et la suite qui prend toutes les formes !

— Ce n'est rien, dit M. Chabert assuré que déjà tout le mal qu'on pouvait lui faire l'avait envahi, mais puisqu'elle insistait il se leva et rentra chez lui comme à la fin du jour un cheval à l'écurie, sans regarder ni chercher, poussé par le seul instinct.

Il hésita puis remit sa montre au bras de la cantinière, avec la certitude qu'il n'aurait plus jamais besoin de savoir l'heure. Les mois passèrent. Il recevait toujours des élèves mais il était devenu une machine. Sa renommée n'en souffrait pas. On le trouvait au contraire en progrès et tel qu'un maître doit se tenir, sévère et gardant la distance. Comme il ne sortait que pour les achats de la vie courante et qu'on le surprenait à se parler à mi-voix, on pensait à son travail de création qui exige d'être enfermé et de ne se distraire encore qu'avec son œuvre si l'on met le nez dehors, pour renouveler l'inspiration. L'automne qui suivit, M. Chabert reçut une carte du Bengale signée Édouard qui lui apprit que Victoire depuis sa naissance n'arrêtait pas de chanter et qu'elle avait une chambre à elle avec une moustiquaire où l'on accrochait des oiseaux de papier. Ce fut le seul signe de l'Inde vers laquelle Justin Chabert se tournait chaque soir après une heure de clarinette, pareil à un charmeur de serpent, et la lumière maligne que lui seul voyait faisait encore pâlir son regard. Il arrivait qu'on le prît pour un aveugle, au hasard d'un coin de rue, dans l'ombre déserte, avec ses yeux qui tournaient au blanc, mais il marchait encore assez droit, guidé par la forme invisible qui le précédait, vers laquelle il tendait parfois la canne en souriant, comme l'on menace par jeu l'enfant qui vous provoque, et l'on entendait distinctement le prénom de la petite canaille qui l'animait, lâché sur tous les tons, brûlant et doux, rieur et d'un vol d'éventail amoureux : Victoire ! Il descendait toujours vers le fleuve, vers l'eau qui mène aux Indes où son âme avait été emportée. Il voyait la haute chambre aux poutres peintes, la moustiquaire en tabernacle qui attire les oiseaux. Après son passage, un mélange de santal et de bergamote laissait un instant voguer dans la lumière neuve sa galère enchantée.

La ville. Vue de nuit

De tous les sons qui m'enchantent il en est un plus saisissant que les autres et qui n'est pas nommable sans détour, comme étaient simples le bruit des verres que ma mère heurtait quand elle était heureuse, ou le déchirement d'une pièce de cretonne que l'on achetait sur le marché, la tombée des bottes de fourchettes dans le tiroir de la cuisine, le ronron d'hiver de la salamandre ou l'éclatement des ballons, le bris des pipes dans les baraquements de la fête. C'est un froissement qui touche à l'imaginaire, et toujours nouveau, d'hier et de ce soir.

Après une journée où l'on est allé par champs et bois contrôler que l'on a encore de l'oreille, qu'il y a toujours des oiseaux, de l'herbe, des eaux qui parlent, et même un vagabond qui surgit, se répète à soi-même la comptine d'une fleur ou d'un lézard, nous évite et nous laisse tous deux entiers, la rose des vents à la main, nous voici de retour vers la ville qui ne sort jamais ses instruments de musique. (On les trouve rangés sur une toile du musée, La fosse de l'Opéra.*)*

Donc, la nuit tombée, par nuages bas, dès que l'on sort de la forêt — ce moment aussi fort et bruyant qu'une cataracte —, on devine la cité, ovale sous un halo tiède qui rappelle le fond des boîtes à poudre de riz, d'un rose grand-mère, celui des bas trop lavés d'un pauvre torero. On perçoit son bourdonnement de vieille sourde où passent et le boursouflent des coulis de ventre. On la croit à l'agonie. Un plaisir malin nous retient de nous précipiter vers elle. Au contraire, on ralentit, on goûte sa décomposition, et quelque chose nous paralyse qui tient du souvenir. Cela fait dans ma main qui se serre le craquement d'un cornet de pâtisseries dont j'ai dégusté les brisures.

DU MÊME AUTEUR

Aux Éditions Gallimard

Romans

L'AUTRE RIVE (L'Imaginaire).

MIROIR D'ICI (*L'Ombre*).

LE GOUVERNEUR POLYGAME.

LA PORTE NOIRE (Collection Folio).

LE TÉMÉRAIRE (Collection Folio).

LA ROSE ET LE REFLET (L'Imaginaire).

JULES BOUC (Collection Folio).

MES COQUINS (Collection Folio).

LA CONFESSION D'OMER (Collection Folio).

UN ÉTÉ À LA DIABLE (Collection Folio).

URSACQ (Collection Folio).

LE RETABLE WASSERFALL.

CAPORAL SUPÉRIEUR.

Récits

LA DAME DE CŒUR.

CONNAISSEZ-VOUS MARONNE ? (Collection Folio).

Nouvelles

MÉMOIRE DE LA VILLE (L'Imaginaire).

VESSIES ET LANTERNES (prix de l'Académie française 1971) (Collection Folio).

LA BARQUE AMIRALE.

FOUETTE COCHER (Goncourt de la nouvelle 1974) (Collection Folio).

LES PRINCES DU QUARTIER BAS.

L'ENFANT DE BOHÈME (Collection Folio).

UN ARBRE DANS BABYLONE (grand prix de Monaco 1979) (Collection Folio).

LE VENT DU LARGE (Enfantimages, *illustrations de Roger Blachon*).

LE CHAT M'A DIT SON HISTOIRE (Folio Benjamin, *illustrations de Sophie Kniffke*).

LE CHANT DU COQ (L'Imaginaire).

TABLE D'HÔTE (Collection Folio).

LES JEUX DU TOUR DE VILLE.

LES NOCES DU MERLE.

L'ÉTÉ DES FEMMES.

Poésie

RETOUCHES (prix Max Jacob 1970) (Collection Poésie/Gallimard).

TCHADIENNES (Collection Poésie/Gallimard).

LES DESSOUS DU CIEL.

TIRELIRE.

LA POULE A TROUVÉ UN CLAIRON (Enfantimages, *illustrations de Danièle Bour*).

ŒILLADES.

VOLIÈRE.

HÔTEL DE L'IMAGE (Collection Poésie/Gallimard).

DRAGEOIR.

LUCARNES.

INTAILLES (Collection Poésie/Gallimard).

À LA MARELLE.

CARILLON.

LE PORTE-ŒUFS.

AUTOMNALES.

À LA COURTE PAILLE.

ÉTIQUETTES.

SOUS-MAIN.

Théâtre

C'EST À QUEL SUJET ? suivi de LE ROI FANNY.

À LA BELLE ÉTOILE — À VOTRE SERVICE — LE BEAU VOYAGE.

COUP DE LUNE — LA PARTIE DE CARTES — LE VOYAGE DE NOCES.

LA TOISON D'OR — LE PARADIS.

LA REINE FRACASSE — LE JARDIN.

Aux Éditions de La Table Ronde

Romans

LA RUE FROIDE (Collection Folio).

LE TÉMÉRAIRE (Collection Folio).

LA PORTE NOIRE (Collection Folio).

Aux Éditions Laffont

Romans

LA MER À CHEVAL.

LES PORTES.

LA NACELLE.

LA ROSE ET LE REFLET.

Nouvelles

LE CHEMIN DES CARACOLES (prix Sainte-Beuve 1966) (Collection Folio).

LE JARDIN D'ARMIDE.

Aux Éditions Casterman

Nouvelles

LE CHANT DES MATELOTS.

LES GRANDS.

COLLECTION FOLIO

Dernières parutions

2671. Pierre Charras — *Marthe jusqu'au soir.*
2672. Ya Ding — *Le Cercle du Petit Ciel.*
2673. Joseph Hansen — *Les mouettes volent bas.*
2674. Agustina Izquierdo — *L'amour pur.*
2675. Agustina Izquierdo — *Un souvenir indécent.*
2677. Philippe Labro — *Quinze ans.*
2678. Stéphane Mallarmé — *Lettres sur la poésie.*
2679. Philippe Beaussant — *Le biographe.*
2680. Christian Bobin — *Souveraineté du vide* suivi de *Lettres d'or.*
2681. Christian Bobin — *Le Très-Bas.*
2682. Frédéric Boyer — *Des choses idiotes et douces.*
2683. Remo Forlani — *Valentin tout seul.*
2684. Thierry Jonquet — *Mygale.*
2685. Dominique Rolin — *Deux femmes un soir.*
2686. Isaac Bashevis Singer — *Le certificat.*
2687. Philippe Sollers — *Le Secret.*
2688. Bernard Tirtiaux — *Le passeur de lumière.*
2689. Fénelon — *Les Aventures de Télémaque.*
2690. Robert Bober — *Quoi de neuf sur la guerre ?*
2691. Ray Bradbury — *La baleine de Dublin.*
2692. Didier Daeninckx — *Le der des ders.*
2693. Annie Ernaux — *Journal du dehors.*
2694. Knut Hamsun — *Rosa.*
2695. Yachar Kemal — *Tu écraseras le serpent.*
2696. Joseph Kessel — *La steppe rouge.*
2697. Yukio Mishima — *L'école de la chair.*
2698. Pascal Quignard — *Le nom sur le bout de la langue.*

2699.	Jacques Sternberg	*Histoires à mourir de vous.*
2701.	Calvin	*Œuvres choisies.*
2702.	Milan Kundera	*L'art du roman.*
2703.	Milan Kundera	*Les testaments trahis.*
2704.	Rachid Boudjedra	*Timimoun.*
2705.	Robert Bresson	*Notes sur le cinématographe.*
2706.	Raphaël Confiant	*Ravines du devant-jour.*
2707.	Robin Cook	*Les mois d'avril sont meurtriers.*
2708.	Philippe Djian	*Sotos.*
2710.	Gabriel Matzneff	*La prunelle de mes yeux.*
2711.	Angelo Rinaldi	*Les jours ne s'en vont pas longtemps.*
2712.	Henri Pierre Roché	*Deux Anglaises et le continent.*
2714.	Collectif	*Dom Carlos* et autres nouvelles françaises du XVIIe siècle.
2715.	François-Marie Banier	*La tête la première.*
2716.	Julian Barnes	*Le porc-épic.*
2717.	Jean-Paul Demure	*Aix abrupto.*
2718.	William Faulkner	*Le gambit du cavalier.*
2719.	Pierrette Fleutiaux	*Sauvée !*
2720.	Jean Genet	*Un captif amoureux.*
2721.	Jean Giono	*Provence.*
2722.	Pierre Magnan	*Périple d'un cachalot.*
2723.	Félicien Marceau	*La terrasse de Lucrezia.*
2724.	Daniel Pennac	*Comme un roman.*
2725.	Joseph Conrad	*L'Agent secret.*
2726.	Jorge Amado	*La terre aux fruits d'or.*
2727.	Karen Blixen	*Ombres sur la prairie.*
2728.	Nicolas Bréhal	*Les corps célestes.*
2729.	Jack Couffer	*Le rat qui rit.*
2730.	Romain Gary	*La danse de Gengis Cohn.*
2731.	André Gide	*Voyage au Congo* suivi de *Le retour du Tchad.*
2733.	Ian McEwan	*L'enfant volé.*
2734.	Jean-Marie Rouart	*Le goût du malheur.*
2735.	Sempé	*Âmes sœurs.*
2736.	Émile Zola	*Lourdes.*
2737.	Louis-Ferdinand Céline	*Féerie pour une autre fois.*
2738.	Henry de Montherlant	*La Rose de sable.*

2739. Vivant Denon Jean-François de Bastide — *Point de lendemain*, suivi de *La Petite Maison.*
2740. William Styron — *Le choix de Sophie.*
2741. Emmanuèle Bernheim — *Sa femme.*
2742. Maryse Condé — *Les derniers rois mages.*
2743. Gérard Delteil — *Chili con carne.*
2744. Édouard Glissant — *Tout-monde.*
2745. Bernard Lamarche-Vadel — *Vétérinaires.*
2746. J.M.G. Le Clézio — *Diego et Frida.*
2747. Jack London — *L'amour de la vie.*
2748. Bharati Mukherjee — *Jasmine.*
2749. Jean-Noël Pancrazi — *Le silence des passions.*
2750. Alina Reyes — *Quand tu aimes, il faut partir.*
2751. Mika Waltari — *Un inconnu vint à la ferme.*
2752. Alain Bosquet — *Les solitudes.*
2753. Jean Daniel — *L'ami anglais.*
2754. Marguerite Duras — *Écrire.*
2755. Marguerite Duras — *Outside.*
2756. Amos Oz — *Mon Michaël.*
2757. René-Victor Pilhes — *La position de Philidor.*
2758. Danièle Sallenave — *Les portes de Gubbio.*
2759. Philippe Sollers — *PARADIS 2.*
2760. Mustapha Tlili — *La rage aux tripes.*

Composition Euronumérique
et impression Bussière Camedan Imprimeries
à Saint-Amand (Cher), le 19 octobre 1995.
Dépôt légal : octobre 1995.
Numéro d'imprimeur : 1/2522.
ISBN 2-07-039349-6/Imprimé en France.

71924